Staread
星文文化

船到桥头自然直

漠兮 作品

四川文艺出版社

图书在版编目（CIP）数据

船到桥头自然直/漠兮著．—成都：四川文艺出版社，2017.2

ISBN 978-7-5411-4562-9

Ⅰ．①船… Ⅱ．①漠… Ⅲ．①言情小说—中国—当代 Ⅳ．①I247.5

中国版本图书馆 CIP 数据核字 (2016) 第 321231 号

Chuan Dao Qiaotou Ziran Zhi

船到桥头自然直

漠兮　著

特约监制　柯　伟
特约策划　柯　伟
责任编辑　邓　敏　孙学良
特约编辑　谢小闸
装帧设计　書大圣
封面插画　蒲之未落
封面题字　白大仙

出版发行　四川文艺出版社（成都市槐树街 2 号）
网　　址　www.scwys.com
电　　话　028-86259287（发行部）　028-86259303（编辑部）
传　　真　028-86259306

邮购地址　成都市槐树街 2 号四川文艺出版社邮购部　610031
排　　版　北京东安嘉文文化发展有限公司
印　　刷　北京毅峰迅捷印刷有限公司
成品尺寸　145mm × 210mm　1/32
印　　张　10.5　　字数　210 千字
版　　次　2017 年 2 月第一版　　印次　2017 年 2 月第一次印刷
书　　号　ISBN 978-7-5411-4562-9
定　　价　32.00 元

目录

contents

千里沧江一叶舟

CHAPTER ONE 第一章

003

千里沧江一叶舟

叶轻舟得急性阑尾炎，痛得满地打滚被送进医院那天，正是小暑。她被两个护士架着出了公寓楼道，正午的烈日一照，她直接就厥了过去。

紧跟其后的欧阳不明所以，直接就嚷嚷开了："怎么刚刚还号着呢，给你们一折腾就没气了？"

年纪稍大的一个护士斜了她一眼："还不来帮忙？"

欧阳赶紧上前提起叶轻舟垂下的一只脚，与护士一道把她丢进救护车里，再跟着那呜啦呜啦的声音，一起到了市第一医院。

护士驾轻就熟地推着救护床，对迎面的另一个护士说："叫乔医生，急性阑尾炎，准备手术，家属签字。"

"啊？"欧阳叫了起来，"签字？"

护士回看她一眼："是的，难道你不是家属？"

"我和她长得像吗？"欧阳指着自己的脸反问。

护士上下看看："那你叫她家人来。"

"暂时没法叫。"欧阳回答得特别坦荡。护士偏以为她在开玩笑，略带呵斥地说："你可别以为急性阑尾炎是小毛病，拖久了也是要出事的。"

“我签行吗？”欧阳问，“我是她同学、死党兼同事……”

“……”护士正说不出话来的时候，一个清朗的声音突然响起：“那就把她叫起来自己签。”

欧阳扭头一看，是一个戴着白口罩、穿白大褂的医生，鼻梁上架着一副金边无框眼镜，镜片在走廊的灯光下有些反光，看不清他的眼睛。

“她自己？”欧阳不可置信地伸手指了指平躺在床上哼哼的叶轻舟，她早就出气多进气少了。

那医生点了下头，走到床边，伸出右手，五指洁白修长，拇指往叶轻舟的鼻下人中猛地一掐，叶轻舟瞬间弓起了身子，双目瞪圆：“嗷！”

“签吧。”他说着头也不回就走进了手术室旁边的换衣间。

“这……这……什么人哪？”欧阳有点结巴地说。

叶轻舟的回光返照只有一秒，眼见又要晕，欧阳一把薅住她：“先签了字再晕！”

“签……什么？”叶轻舟恍恍惚惚，“我不要做手术……要死人的……”

“不签你就死了！”欧阳怒吼，“看你怕不怕！”

这句话堪比掐人中，叶轻舟立刻睁大了双眼，一个鲤鱼挺身，仿佛之前疼得痉挛的不过是她的肉身，现在她灵魂出壳，龙飞凤舞地在单子上签了字，末了还死命拉着欧阳叮嘱：“记得我要最好的药，医保不能用也没事，还有……必须是主任医师主刀啊……”

欧阳一边摇头一边看着她被推进手术室，这才松了口气。要说活到这么大，她认识的人当中谁最漂亮，谁最有钱，谁最有内涵……

这些问题肯定免不了引发一场争论，可是要说到谁胆子最小，除了她叶轻舟，再无他选了，全票通过。

名牌可以不买，保险不能不交；过马路绝对不能闯红灯，还得走斑马线最中间；每晚睡前必查三次门窗，防盗锁必须科技领先、与时俱进；家中不留超过四位数的现金，其余全部进银行，不理财，全定期；吃任何东西前先看生产日期和厂家，还得查QS码，与三无产品、路边摊终生无缘；吃水果必先消毒再削皮，包括草莓！

一发工资就给上级送礼，怕被领导穿小鞋。这一点，是最让欧阳无语的地方！“你每个月的工资都上交，那你工作为了什么！？”

叶轻舟认真地回答：“保住工作以后才有退休金啊。万一我老了被丈夫抛弃，没有子女，积蓄又被传销骗走，这时候退休金多重要啊！”

“叶轻舟！”欧阳愤怒了，“你能不能不要把每件事都往最坏的方面去想啊！”

“你知不知道全国有多少失业人群啊，现在还有金融危机啊……”叶轻舟继续自顾自地碎碎念。

……

欧阳抬头看看那亮灯的“手术中”三个字，阑尾炎还要主任医师？还准备住院？还要去买人参鹿茸大补？

佛说人生有四苦：生老病死。

叶轻舟不是佛教徒，所以她既被折磨，又不得解脱。

比如，手术后她被送进病房，刚刚醒来，就颤抖地伸手，奄奄一息地叮嘱欧阳：“快给我去买人参老母鸡汤，还有老鳖、黄鳝、乳鸽，有什么买什么……”

欧阳从舒适的沙发床上醒来，伸了个懒腰，环视病房一周，不屑地咂嘴："割根小肠子的手术还要住这种单人豪华病房？我看你真是够奢侈的。"

叶轻舟不想与她争执，要知道，她现在动了手术，身子虚弱，可能会有贫血、抵抗力下降等问题，如果和别人住在一间很可能就会传染上原本不属于她的疾病。人是很脆弱的，一个不小心就会生病，生了病再一个不小心就挂了，这挂了以后再怎么小心也活不过来了。做人啊，还是要谨慎啊！

"我真的很虚弱，头有点晕，可能麻药过敏，我觉得吃点人参就会好了……"

欧阳扭头看着她，眯缝着眼睛，眼神里透出深深的鄙夷："阑尾手术是外科里最小的手术……"她说着竖起一根小指头，"就这么点东西，那么点大的伤口，你至于吗？我看人家一夜醒来被挖个肾还不是照样能去报警？"

叶轻舟被堵得没话说，半天憋出一句："再小，那也是手术啊。难道你贫乳就算没胸吗？"

欧阳翻了她一个大白眼："医生说了，你不能吃太油腻的东西，要吃清淡点，水果啥的，吃太补反而不好。"

"哦哦哦……真的吗？"叶轻舟一边拿出手机记录，一边怀疑地看着欧阳。

"煮的！"欧阳回道，"看你那胆……老鼠的屎都比你的胆子大！"

叶轻舟被直戳痛处，加之麻醉药的效力似乎在慢慢消散，她觉得伤口上有点麻麻的感觉。

欧阳似乎想到了什么："不过给你动手术那医生真是强势啊。"她说着指了指叶轻舟至今还瘀紫的人中，把手术前签字那段小插曲说了一遍。

"啧啧，我估计要是哪个病人在手术中晕了，丫会故意一刀直捅人家的任督二脉……"

"噗……"叶轻舟也笑了起来，似乎忘了自己还卧病在床。好在麻药的效力尚未退散，她还能笑几声。欧阳继续说："知道什么职业的男人不能找吗？排行第一的就是医生。他会比你更清楚你的身体，想象一下吧，你俩正嘿嘿嘿得火热，他淡定地说：'亲爱的，我觉得你的子宫有点问题，似乎有少许炎症……'"

"哈哈哈哈……"叶轻舟再次笑得咧开了嘴。

就在这时，病房的门被打开了，一个清朗的声音传来："第一，手术以后最好不要笑得太猛；第二，我不是妇科大夫。亲爱的病人小姐，你的肠子还好吗？"

叶轻舟和欧阳立刻收了笑，尴尬地咽了下口水。来者一身洁白的大褂，一副无框眼镜下的眼睛里透着点寒光，他伸手摘下口罩，放进白大褂的口袋里，勾起嘴角，牵出一抹诡秘的笑。

如果她不是才动完手术，如果这里不是四楼，叶轻舟一定会从窗户里跳出去的。

因为，那人是乔洛。

乔洛个子很高，但是并不清瘦，整个人骨架端正，身材匀称，有种挺拔的书卷气。微微带着栗色的黑短发细碎地遮着耳朵的上轮廓，眉梢微微上挑，修长的眼睛微眯着，透明的镜片上一尘不染，高窄的鼻梁下是一张微抿着的嘴，右嘴角总是习惯上扬，白色大褂领口敞开，里面穿着浅蓝色的格子衬衫。他迈步走到叶轻舟床前，伸出右手拿起床尾的病症卡，露出手腕上透着浑厚光泽的金属表，左手从白大褂胸口的衣袋里拿出签字笔，在纸上写了些什么，指甲修得整整齐齐。

真的是乔洛，他一点都没变，永远干净的眼镜片，上扬的嘴角，整齐的指甲，格子衬衫，金属表，以及……左手写字。

叶轻舟两手死攥着身下的床单，她突然觉得，这麻醉药怎么说退就退了呢？欧阳一定没告诉医生她要进口麻醉药。

欧阳本以为叶轻舟见到主掌她生死的医生，一定会立刻为之前的话道歉，然后疯狂感谢，却不想她怔怔地愣在那里，脸色惨白。

“喂……”欧阳伸出手指轻戳了叶轻舟一下。

“啊？”叶轻舟回过神来，赶紧低下头，稍微上翻着眼睛瞥乔洛。他依旧在认真地写什么，难道……叶轻舟眼前闪现一片灿烂的阳光，自己果真是女大十八变，乔恶魔竟然认不出她了！想到这里，她不禁咧嘴嘿嘿地傻笑了起来。

“咳。”站在床尾的乔洛轻咳了一声，抬起头看着把头埋在胸前的叶轻舟，声音里带着笑意说，“第一，你的脸没变；第二……”他扬了扬手里的卡纸，“这上面有你的名字，叶轻舟。”

“……”叶轻舟抬头，欲哭无泪，难道她今年需要多买一份人身保险吗？这个家伙读心的本事还是和以前一样霹雳无敌啊。

“怎么，你们认识啊？”欧阳听出了这话中的话音。

“不……不认识……”叶轻舟急忙摆手，如果可以的话，她宁愿选择承认自己不是人，以此证明，她和乔洛跨越种族，完全没有认识的可能。

可是叶轻舟想撇清关系，并不代表别人也这么想，乔洛伸手轻推了一下眼镜框："我是她哥哥。"

"啊？"欧阳不可置信地指着乔洛左胸挂着的牌子，"你不是姓乔吗？"

而此时叶轻舟已经明白事情发展到了不可挽回的地步，有一种屈服于命运的无可奈何。

"他真的是我哥……"

一个姓叶，一个姓乔，却是兄妹，真是喜感。

原因很简单，叶轻舟十岁的时候跟着她妈一起进了乔家，那时候她就凭空多了一个比自己年长两岁的哥哥。从那一刻起，超现实主义版的灰姑娘就上演了，有体贴的亲妈，有善良的后爹，可是却偏偏多了一个后哥哥……

"哇……你有哥哥啊！"欧阳激动地感慨，"我小时候就特别希望能有个哥哥，打架帮我出头，帮我摆平周围的所有小孩，让老娘我做小霸王！哈哈哈哈……"

叶轻舟轻按着自己的额头，这一切都是少女不切实际的幻想，不，是空想！她多么想大喊出来，可是她不能，因为她是一个胆小的废柴……

还记得自己进乔家前，她也是这么想的。她妈妈告诉过她，乔叔叔家的那个哥哥又听话又懂事，成绩还特别优秀。在她小的时候，父亲和母亲就离异，叶轻舟跟着妈妈虽过得不错，但总是有点被人瞧不起。也许胆小怕事的性格是自小就养成的，但现在她有了新爸爸，还多了一个哥哥……

叶轻舟在心里偷偷地兴奋，以后班上的同学再也不能什么活都让她干了，她再也不用替别人抄课文了！她这个不会反抗的小软骨头，终于有人撑腰了！于是叶轻舟还非常积极地和妈妈说，她要转学去哥哥的学校，前途一片光明啊！

这种空想一直维持到她进了乔家的那一刻。乔叔叔笑眯眯地指着他身边一个身材高挑、面容清秀的男孩说："这就是我儿子，乔洛。"他戴着黑框眼镜，右嘴角上扬，看上去既斯文又和气。

哇，哥哥个头这么高，就算不会打架也威风啊！叶轻舟按捺住心中狂喜，低头问好："乔哥哥好，我……我叫叶轻舟，一叶轻舟的意思……"

"真是个文雅的好名字。"乔洛微笑着夸奖道。

叶轻舟当时感动得都要流出泪来了，看看，多和蔼的爸爸啊，多温柔的哥哥啊……

乔洛将叶轻舟的这种感动进一步扩大了，他上前一步，轻拉过她的手，对着她妈妈道："叶阿姨，我带妹妹去看看她的房间，好吗？"

"我的房间？"叶轻舟有点受宠若惊，鼻子酸溜溜的，感觉有液体要流出来了。她仰望着高出她一个半脑袋的乔洛，他简直就是天神啊！

"来吧。"乔洛微微一笑，手轻轻扯了一下，叶轻舟立刻就神魂颠倒地被他带上了楼。乔叔叔是一家颇有名气的私立医院的院长，乔家自然比普通人家奢华一些。只是对于奢华，叶轻舟并不陌生，她的亲生父亲早年下海经商，只是他成功了，就离开了她们母女。

乔洛打开一扇房门，叶轻舟兴奋地向里面探头，突然背后被人一推，她脚步一个踉跄，险些要摔倒，手臂又被人一扯，重重地摔向墙面。她还未叫出声，乔洛就已经把胳膊抵在她的下巴上，他比叶轻舟高出许多，微翘着手臂，叶轻舟的下巴就被死死卡住，张不开嘴，眼里满是惊慌与恐惧。

乔洛勾起他的嘴角，这一次幅度略大，在未开灯的房间内，他的笑显得有些邪恶："小丫头，你真把我当成你的好哥哥了？"

叶轻舟说不出话来，但是睁大的眼睛无疑彻底透露了她内心的想法：是啊，温柔的哥哥……

他仿佛有读心的本事一样，嗤笑了一声："呵？温柔？对谁温柔？对你这个不知道从哪里冒出来的小丫头？"

叶轻舟努力摇着头：哥哥，你怎么这样啊，放开我……

乔洛果然很明白她的想法，他移开了胳膊，却飞快地用另一只手捏住她的下巴，把脸凑近了她的耳边，声音低沉得像是从地狱传来的一样。对，就是地狱！叶轻舟当时就是这么想的！他说："如果你想让你和你妈过得舒服点，就好好适应我这个温柔的好哥哥吧……"

然后他撒手，微昂着头，瞥着眼中含泪的叶轻舟，笑道："看完了房间，我们就下去吧，该吃点心了。"他拉开房间门，优雅地做了一个请的动作，叶轻舟显然还在发蒙，整个人僵在门口。

楼下乔叔叔慈祥的声音传来："小舟，房间还满意吗？"

叶轻舟连张嘴也不会，乔洛微微眯眼，冷冷的目光看过来，吓得叶轻舟两行眼泪流出眼眶。

"呜呜，叔叔，我好满意，太……太感动了……"

乔洛眼镜下的眼睛里透着寒光，嘴上挂着最温柔的笑，似乎很满意叶轻舟的回答。

此时叶轻舟才明白，最恐怖的不是乔洛是怎样的人，而是他一眼就看穿了她是怎样的人——软弱废柴且不敢反抗!

在病床上疼过了没有麻醉药的第一日，叶轻舟在动手术和遇上乔洛两重创伤中清醒过来，突然发出一声惨叫：“啊！我住院的事没和女王请假！啊！我的全勤奖！我的奖金！”

欧阳放下手里的保温桶：“我早就帮你请过假了，要不我怎么能来给你送吃的呢？来，我妈给你煮了点米汤……”叶轻舟动完手术才第二日，只能吃清淡的流食。

叶轻舟和欧阳在同一家广告公司上班，都是创意部的职员，欧阳是负责制图的，而叶轻舟负责制图、打字、整理资料、送东西、端茶送水……

“女王”是创意部总监的绰号，乃一个精干无敌的女强人，叶轻舟每个月的工资基本都用来讨好她了。

“女王殿下说，你工作认真，生病也一定是平时太累了，所以特别赏赐你安心养病，保留工资。”欧阳一边往米汤里加一点白糖细细地搅拌一边说，“她也知道你在这里没亲人，所以就特许我中午可以多休息一会儿来给你送饭，把我一半的活分给了筱霞……”欧阳上大学时就认识了叶轻舟这个软柿子，两人毕业后又进了同一家公司，如今算来也有五六年了，性格倒也算是互补了。

“哇！”叶轻舟一边接过米汤一边感动地说，“女王对我真好，她真是大好人，我好感动啊。”

“嘁……”欧阳不屑地撇嘴，“我看是女王盘算着要是扣了你工资，她这个月就没礼可收了！”扣了她的工资，女王又拿不到，她自然不会为公司省钱了，这样自己能收礼又能让叶轻舟这个傻瓜感激涕零，何乐而不为啊。

可叶轻舟却不这么想：“看来我平日里孝敬她是对的，要是换了别人，趁机把我开了怎么办啊，要知道，最近金融危机啊，裁员很严重的……”

“……”欧阳很想说，叶轻舟，你这只猪！你是合同工！你有劳动合同的！可是话到嘴边，连她自己都觉得说出来既无聊又无意义。

“快点喝米汤吧，要凉了。”

“嗯！”叶轻舟点头，“哇，米汤好甜哦，好久没喝过了，好幸福啊……”

欧阳歪头看着她一脸满足的样子，咂咂嘴，喝米汤都能觉得幸福，这家伙会不会太容易知足了。

她俩正闲聊着，突然响起一声敲门声，接着护士打开门：“医生巡房了。”

叶轻舟一口米汤就全喷了出来，乔洛笑盈盈地站在她面前，语调温柔地说：“今天感觉如何？”

“好……好得不得了……”叶轻舟低下头，连看他的勇气都没有，头点得像小鸡啄米一样，“头也不晕，全身是劲，腰不酸，腿不疼，胃口好，精神好……”她一个一个列举，试图证明自己好到不需要医生巡视。

护士扑哧笑了一声，提醒道：“你是阑尾手术，医生是问你术后排尿如何？”

叶轻舟想也不想就说：“非常好，简直就和水龙头一样，收放自如……”

“咳。”乔洛似乎想笑，但是忍住了，他对上叶轻舟的双眼，她立刻低头，他扬起嘴角，“既然这么健康，那我就放心了。”扭头对护士说，“走吧。”

他前脚一走，欧阳一脸费解：“什么叫像水龙头一样啊？你是水闸啊？”

“这不重要。”叶轻舟探头确定乔洛已经走了，才露出松口气的样子，“重要的是，只要我很健康，他就不用来巡房啦。”

“有医生管你还不好？”欧阳像看怪物一样看着她，然后猛地伸出双手钳住她的肩膀使劲前后摇晃，“你被什么东西附身了！你还是那个胆小怕死的叶轻舟吗？！”

叶轻舟被她摇得有点反胃，急忙说：“因为我怕见他啊！”

“为什么？”欧阳很纳闷地问，“他不是你哥吗？”

叶轻舟先点头，又摇头，按说欧阳和自己也是这么多年的朋友了，自己一直瞒着她也不好，便把家里的情况大概地说了一下，对于乔洛只是含糊地说了一句：“我和他是继兄妹啊……”

于是大大咧咧的欧阳迅速地将这些零碎的信息拼凑成了一个俗套的故事。再婚而拼凑在一起的子女确实关系不会太好，争执的问题太多了，比如争宠，比如争家产。这些问题很普遍，但是……

她斜眼看看叶轻舟，像她这种软柿子，给她一耳光，再塞个蜜枣，她都会对你无比感恩，争宠？她有这个胆吗？争家产？她有这个需要吗？

再看看她那哥哥，似乎是挺知书达理的一个人，他们俩关系会僵到连面都不想见？她虽然好奇，但也清楚，家家有本难念的经，也就不再多说什么了。

午后欧阳离开去上班，叶轻舟一个人在医院里着实闷得慌，偏偏她要住单人病房，现在连个说话的人都没有。

人一闲下来就开始胡思乱想，她算算日子，自己被乔恶魔压迫了七年，好不容易逃了出来，一晃七年，怎么又遇上了？

这家伙不是应该在乔爸爸的医院工作吗？

说到乔爸爸，叶轻舟就觉得心里暖洋洋的。进乔家前，叶轻舟对自己说，她只是个小小拖油瓶，不该有什么奢望，可一切的发展远远超过了的预期，她打从心眼里为她妈能遇上这样的人感到高兴。何况他对自己就像对亲生女儿一样，疼爱与管教从未怠慢过，除了乔洛这个后哥哥……

呃……

她觉得伤口又开始疼了，赶紧躺平，一想到他，连肠子都痛啊！

且说叶轻舟当年一时糊涂，竟然主动转去了乔洛所在的小学，这让才十岁的叶轻舟明白了一个深刻的人生教训，那就是，人可以穷，可以苦，可以丑，可以残，可是就是不能痴心妄想啊！翻身做主这种事根本不适合她的人物设定啊。

她在原来的学校，好歹只是被班上的同学使唤，打扫卫生全包，帮别人买饮料，偶尔兼职写写作业啥的，其实日子还是可以过的……

可是到了新学校，她不但要做全班的苦力，还要为乔恶魔服务。要知道，她连在学校的时间都要面对他，简直就是日夜无休啊。

“哥哥，你的早饭，煎饼加油条，没葱有香菜，我有叫老板多加一点哦……”叶轻舟卑躬屈膝地递上早饭。明明她是读四年级，上课没有这么早，可是她却要“主动”要求，早上和读六年级的哥哥一起上学，一起在外面吃早餐……其实她很爱妈妈做的皮蛋粥的。

乔洛满意地接过，习惯性地摸摸叶轻舟的头：“真听话。”

“哥哥，你的午饭，我帮你把配餐里的洋葱全部吃掉了！”到了中午，叶轻舟又要开始忙碌了。其实家里离学校很近，她不但可以回家吃午饭，还能顺便睡个午觉呢！而如今，她却只能坐在乔洛身边陪他一起吃快餐，还是他的御用垃圾桶——虽然这个菜我不吃，但是妹妹你吃了一定对身体很好。

“不错。”乔洛浅笑了一下。

“哥哥，我帮你添饭。”到了晚饭桌上，叶轻舟依旧眼中含泪，嘴上含笑地工作着。

一般在家里，乔洛就会多说几个字：“谢谢妹妹，你真懂事。”

然后妈妈和乔爸爸就会无比感动：“这俩孩子，感情真好！”

“……”叶轻舟想哭，日子越长，思维就越固定，她彻底没法开口了。

到了晚上，欧阳准时来送饭。叶轻舟是个劳碌命，平日上班别说忙里偷闲了，简直就是闲中找忙，生怕自己偷懒被女王抓住。

欧阳特别不能理解她的思维，别人暗地里给女王好处，那是为了没事能请假，或是分的活少点，她倒好，忙得屁滚尿流还要准时上供。估计女王都要热泪盈眶了，自己真是慧眼识人，怎么就招来一个这么好的员工呢！开掉她，公司上哪儿找这么爱犯贱的职员啊！

一句话形容叶轻舟——赚卖白菜的钱，操卖白粉的心！

这次动了手术，整日躺在床上，叶轻舟的一身“贱骨”连骨头缝都闲得痒痒。一见欧阳来了，立刻就揪住她，拼命打听公司的事。

“我不在了，谁给筱霞带早饭呢？”别人都是踩点打卡上班，叶轻舟来得比门卫大叔还早，按她的话说——公司前面的花园里空气清新，每天早上在那儿锻炼身体，延年益寿啊！

“我不在了，谁给丽娜泡麦乳精呢？”说到这一点，叶轻舟是可以炫耀一下的，从煮咖啡到泡功夫茶，她样样精通。要知道，世道凶险，技多不压身，如果下岗了还能在路边卖凉茶不是？

“我不在了，谁给羊羊代班呢？她最近可是热恋期啊！”叶轻舟在公司不但身兼数职，还偶尔帮同事代班，对于这一点欧阳没少骂过她，她却说——反正我也是一个人，闲着也是闲着。

欧阳先拿出几个橙子，一边榨橙汁，一边回答她：“你不在了，我看筱霞还不是自己买早饭。丽娜直接下楼去买阿华田，羊羊改和她男友煲电话粥了。所以啊，你就别担心这些乱七八糟的事了。”

“哦，这样就好了。”叶轻舟丝毫不觉得自己在担心什么杂事，反而为此感到十分安心。

等叶轻舟喝完橙汁，欧阳带来的米汤早就凉了，她把米汤倒进碗里：“我去帮你热一下。”

虽说现在是夏天，可是医院里空调温度开得挺低，欧阳套了一件外套都有点冷，叶轻舟生怕伤口发炎，冻得鼻涕直流也不肯加衣服。

欧阳把米汤放进医院的公用微波炉里热了一下，正端着碗要回去，正巧乔洛和一个随行的护士往病房这边走。他认得欧阳，微笑着打了个招呼。

欧阳知道叶轻舟似乎与他关系不是很好，但凭她与乔洛寥寥见过的几面，觉得他人还算和气，便停下脚步，也问候了一句："乔医生，巡房啊？"她盘算着兄妹关系太僵持也不是好事，自己就更没必要火上浇油了，说话的口气也亲切几分。

见她这般和气，乔洛料定叶轻舟这丫头怕是什么也不敢说。就他对欧阳第一眼的认识，就知道她是个直性子，要是叶轻舟真说了什么，她断然不会对自己这么和气的。"是啊。"于是他也笑眯眯地回道，"小舟多亏了你来照顾。"

欧阳是个话匣子，他这么一开口，她就收不住嘴了："可不是嘛，她爸前年出事以后，她在这里可就没亲人了，我怎么说也是她的同学兼同事啊！"

乔洛微皱了一下眉头，她爸出事了？难怪前年有次叶阿姨神色匆匆出了次远门，此后去看叶轻舟的次数也频繁了许多。当初他才去外地上大学，就听说叶轻舟离开乔家去找她那个抛妻弃女的父亲了。这事连叶阿姨也未加阻拦，毕竟女儿大了，去找的又是她的亲生父亲，她便很少去过问了，偶尔通上几次电话，知道个平安就好。乔洛就更是个不该过问此事的外人了。

这两年，叶阿姨往外跑的次数多了。她是报社记者，去外地也是常事了，有次太忙抽不开身，就叫乔洛帮她买了火车票，一时说漏了嘴，说是去看叶轻舟，他才知道，原来这丫头在S市啊。偏巧乔家的医院要和S市的第一医院搞医学交流，乔洛便主动请缨，要来S市做交换。

"那真是辛苦你了。"乔洛笑道，很随意地继续说，似乎像在拉家常一样，"我这个妹妹一向胆子小，我虽然名义上是她哥哥，可是毕竟隔了这么一道，总是生分了些。”

欧阳立刻理解地点头，又见乔洛对叶轻舟甚是了解，直率地说：“她原来一直都没和我提起过你，嘿，这就冒出一个哥哥来了。”

乔洛微眯了一下眼睛，继而又笑了起来：“她一向怕生，而且她离家好多年了，恐怕和我也只会越来越生疏了。”他说着声音越来越低，有几分哀叹。

欧阳立刻接了话：“怎么会呢？她这家伙怕死怕得要命，从来把自己护得连感冒都不得，这次竟然能得阑尾炎，还动手术，真是奇迹啊。”她说话直接，倒也不管这话听上去是不是有点幸灾乐祸的味道，“这么巧你就在这医院，证明你们兄妹还是有缘分的！”

乔洛浅笑了一下：“可是阑尾炎只要住院一周就好了，到时候……”

欧阳立刻觉得自己身上肩负着让一对生疏的兄妹重归于好，一家团圆的和谐重任，拍拍胸脯道：“这是 21 世纪，又不是远古时代，还怕找不到人？我和她都在 KM 公司旗下的 AM 广告公司创意部上班……”说是广告公司其实原来就是 KM 公司的广告部，后来发现做出的广告对产品推广效果很是不错，于是索性就独立出来成立了一家中小型子公司，既负责母公司的产品，也能接接外单。KM 公司是 S 市知名的电子产品企业，乔洛自然是知道的。

乔洛看着她手里端着的米汤道：“小舟独自在这里就是不方便啊，好在能认识你这样本市的朋友。”

“可不是嘛……”欧阳道，“虽然她爸给她留了一栋紫阳山下的别墅，可毕竟离市中心太远了，她自己在公司附近的金苑小区买了一个单人公寓，可是毕竟她是一个人，这生了病，可就没人照顾了。”

乔洛暗暗记下这些信息，然后笑着看向她手里的米汤：“你这米汤恐怕又凉了。”

“呀！”欧阳这才反应过来，立刻嘿嘿一笑，“那乔医生你忙吧，我再去热一次。”说着又往茶水间走去。

到了病房那里，乔洛对身后的护士说：“你去看看别的房，我去单人房看看。”护士知道单人房里住的是乔医生的妹妹，人家是兄妹，肯定有私话要说，便识相地离开了。

叶轻舟动刀，第一日是禁食，第二日是只能吃流食。今天三餐都是汤汤水水，上一趟厕所就什么都没了，着实是饿得发慌。欧阳去了半天也没回来，叶轻舟估计可能这会儿是吃饭高峰期，热饭的人一定很多。

于是她坐起来，把餐桌拉到自己面前，擦擦干净，又把铁勺擦了三四遍，就等欧阳回来了，突然门吱呀一声开了，她立刻笑道：“我亲爱的米汤……”

可是米汤没来，欧阳没来，来的是乔洛。

叶轻舟手里的铁勺直接掉落在地，发出清脆的声音，乔洛见她惊慌的样子，脸上却露出满意的神色，似乎叶轻舟的慌张正是他想要的。他步步逼近，走到她床前。

“亲爱的妹妹，你今天可好？”

“好……好……”叶轻舟直点头，结巴地说，“你中午不是来过了吗？”

乔洛眯着眼道：“谁叫你住的是特别的单人间呢，我们对你可是要特别照顾的……”

一听这话，叶轻舟那已经残破的肠子立刻悔青了，早知道她宁愿被传染上各种疾病也要住进那种大通房！“不用多照顾的，我的手术很小很小……”她竖起小手指，“不就是这么点的伤口吗？”

“哟！”乔洛提高了语调，“你也知道是这么小的伤口啊，可是你偏要住这么特别的房间，难道不正是希望得到特别的护理吗？”

叶轻舟在哪儿都是个软柿子，别人都能捏她，更何况是乔洛呢。要是有欧阳在吧，她还能稍微争点气，说句完整的话，现在就她一个人，立刻就结巴起来：“我那是……不知道……”

她话未说完，乔洛就体贴地帮她接下去：“不知道我在这里？”

“不不……”叶轻舟直摇头，就是借她十个胆，她也不敢把这话说出口啊。

乔洛突然弯下身子，叶轻舟脊椎一僵，后背一凉，竟然连动也不会动了。乔洛把脸凑到她耳边，微热的气息吹在她耳朵上，叶轻舟立刻满脸通红。

他说：“小舟，我又抓到你了……”

自从乔洛说了那句“小舟，我又抓到你了……”，叶轻舟就开始失眠了。迷迷糊糊地醒来时天刚刚亮，她揉揉眼睛，摸到床头的手表一看，才五点一刻。一个晚上都在做梦，梦见乔恶魔逼近自己，然后掐住她的喉咙说：“小舟，我抓到你了……”

于是吓醒，继续睡，再吓醒，再继续睡……无限循环。

都说手术后要保证充足的睡眠和舒畅的心情，本来后者已经不可实现了，如今连前者也彻底幻灭了，叶轻舟不由得开始幻想自己因为术后调养不当而引发了多种疾病，到了垂暮之年，医生用 X 光这么一照，然后对她说：“就是因为你割了阑尾，本来免疫力就下降了，还没好好调养，现在你全身都是毛病，可以回家挺尸去了！”

想到这里，叶轻舟赶紧甩甩脑袋，一定要先睡好才能吃好，于是赶紧找手机打电话给欧阳，让她给自己带点助眠的保健品来。可是手机却在一丈开外的椅子上。叶轻舟相信手机散发的电波会在一定程度上导致脑癌，于是睡觉前手机一定要关机，放在距离自己一丈之外，以策安全。

她本想去按护士铃，可是一想把人家护士叫来就为自己拿个手机未免太不厚道了，而且万一把乔洛也招来怎么办？他昨天可是告诉自己，他是要值夜班的，就是这个原因才更把她吓得一夜睡不安生。

叶轻舟记得护理的护士说过，病人需要下床活动，促进肠道蠕动，防止肠粘连发生，于是抱着运动强身，健康一生的想法，她决定自己下床，顺便做做运动。叶轻舟小心翼翼摸下床，觉得伤口似乎没什么异样，勇敢地走了两步，立刻偷偷地乐起来。看来不要护士扶，她也可以自己下床了！果然是她平时保养得好，如今这么快就康复了，养生节目真是利国利民！

她想着脚步就轻快了，连走几步，拿过手机，开机，等待中。

叶轻舟平时都有晨练的习惯，或者跑步或者打太极，现在停了两日，竟然觉得连骨头都比原来硬了几分，索性一手扶住墙，轻轻地摇晃起腿来，感觉再这么躺着自己都要得“经济舱综合征”了。

手机终于进入了状态，叶轻舟拨了电话，却是该用户已关机。她这才想起，自己在床上想七想八到如今也不过才五点半而已，欧阳怎么可能起床呢？她浅笑了一下，心中竟有几分开心，原来欧阳睡觉时都不关机，现在竟然关机了，证明她果然有听自己的话。想到这里，她心里越发得意了，作为一个极度乐观主义者，她总是很容易满足。

人一乐，身子都轻飘飘的，叶轻舟晃腿的幅度也大了几分，突然右腿甩猛了一下，左脚使劲一撑，没撑住，向后滑去，劈出一个销魂的一字马，而后泪流满面。

就在这样的时刻，叶轻舟依旧积极向上，她去年学的瑜伽终于学有所成了！

不过，现在好像连护士铃离她也是一丈开外了……

叶轻舟抱着不可以打扰到其他休息的病人的想法，用尖细的嗓子在病房里轻哼哼，直到某个路过这里去厕所的护士听见这特护病房里传来断断续续的呻吟，这才发现了快要僵化的她。

尽管叶轻舟用沙哑的嗓音告诉她自己没事，但护士还是脸色惨白地撒腿就跑。叶轻舟嘶哑地叮嘱："别……找……乔……医……生……"

"伤口开裂了。"乔洛平淡地说着，把叶轻舟撩起的衣服放下，然后眯缝着眼略带嘲弄地打量了她一眼，"你韧带真柔软啊……"他的话无疑是在嘲讽叶轻舟那霹雳无敌的一字马造型。

叶轻舟脸上的表情只有四个字可以形容——欲哭无泪。可怜的小肠子啊，可怜的伤口啊，可怜的她啊……

"那要不要紧啊？会不会发炎啊？会不会感染啊？我要不要吃点什么药啊？"

病房里只有他们两人，乔洛也不需要绕什么弯子了，直接就说：

“你去吃点什么补脑的药吧。”

叶轻舟撇撇嘴：“我是一不小心……”

“一不小心？”乔洛微昂起头，勾起嘴角。他一旦露出这样的表情，叶轻舟就立刻背后发寒了。果然他开了口：“一不小心就劈出这么销魂的姿势，你让人家ＡＶ女优情何以堪啊……”

叶轻舟的脸腾地就红了，结巴着说：“你……你说什么！”她虽然是带着点生气地责骂，但因为声音很小，听起来倒像是在娇嗔。

“难道不是？”乔洛笑得越发奸诈了，目光还毫不避讳地在叶轻舟身上游走。叶轻舟立刻掀过被子把自己盖住，她早就知道这家伙是个十足的色魔，大色魔！

这时护士拿着消毒的药水和纱布走了过来，乔洛熟练地用镊子夹起一团棉花，浸了下酒精，然后对包裹严实的叶轻舟说：“掀开衣服。”他背对着护士，面对着叶轻舟的脸却挂着一抹奸笑——看吧，盖了也是白盖。

有了之前的对话为铺垫，加上他这样的表情，叶轻舟觉得掀衣服成了一件很羞耻的事。她两手死攥着被角，瞪着他：“我……我要护士帮我清理……”

乔洛一笑，也不说什么，退后一步，把镊子递给了年轻的护士小姐。护士上前一步，神色里带着点小激动，叶轻舟定睛一看，护士胸牌上赫然四个大字——实习护士。她瞬间头皮一麻，再看乔洛，神色悠然，叶轻舟想了想，认命吧。

“我看，还是让乔医生来吧，他……他是我哥，我怕生……”

乔洛对于叶轻舟的主动拉关系坦然受之，立刻又接过镊子，上前掀开她的被子。叶轻舟在床上挺得无比僵直，一副屏息凝神的样子，瞪得俩眼珠子都要爆出来了。乔洛掀开她的衣服下角，叶轻舟猛地一吸气，小腹立刻瘪了进去。

乔洛轻笑了一下，拿着酒精棉在她伤口上来回轻擦，那动作就和给烤肉上刷酱汁一样。可是给烤肉刷酱是幸福的，拿酒精刷伤口是痛苦的，叶轻舟痛得脸上的五官全挤在一起了。

"痛痛痛痛……"她疼得只会说一个字了。

乔洛微弯下身子，像是在一边观察伤口一边上药。他的鼻息轻轻呵在叶轻舟的小腹上，她的脸立刻就红了个透。乔洛的小拇指似乎是为了找一个支撑点，在叶轻舟的小腹上轻轻地扫来扫去，微凉的手指让她紧张得不断吸气，嘴也张成了 O 字形。

就在她快要吸到没气时，乔洛终于收了手，拿过一块纱布给她盖好伤口，贴上胶布，然后抬头看着她："你要是再把伤口弄裂，那就真要发炎了。"

叶轻舟一脸通红，也不知道说什么话好，只是一个劲点头，然后扯过被子，把自己慢慢埋进被子里，就剩两只眼睛在外面。她含糊不清地说："麻烦你了。"

乔洛微笑着离开，门咔嗒一声关上了，叶轻舟这才把鼻子探出来吸了口气。隔了七年，她再见乔洛依旧心跳不止。她咽了下口水，甩了甩头，这可不是好苗头啊……

等欧阳送来午饭的时候，叶轻舟的精神还有点恍惚。欧阳伸手在她眼前晃了几下，她才回神。欧阳抬手示意了一下自己左手上的果篮："这是丽娜她们请我帮忙买的，说是没时间来看你，请我代为转达她们祝福你早日康复的心意。"

这话一说，叶轻舟脸上立刻由阴转晴：“真的啊？”

欧阳撇嘴，心里暗想那是人家巴不得你回去继续做苦力。她叹息了一声，把果篮放下，这才细瞧起叶轻舟的脸。不知是不是因为这两天只能喝清汤，她的脸看上去瘦了一圈，加上昨夜失眠，今早失魂，连黑眼圈也出来了。

“哎呀，你咋割个阑尾像割了个肾一样呢！”

叶轻舟揉揉眼睛，她原本是张带点婴儿肥的娃娃脸，如今脸颊微微内凹，神色恍惚：“真的吗？”

“你赶紧吃点东西吧。”欧阳说着打开保温瓶。今天是术后第三天，可以吃些稀粥了。她一边盛粥一边说：“女王被调去总部了。”

“啥？”叶轻舟原本就精神恍惚，再被她这么一吓，几乎要精神涣散了，“女王被调走了？”

“是啊。”欧阳说道，“今早才宣布的消息，调回 KM 公司总部，据说是要进高层了。啧啧，女王果然与我们这样的凡人是不同的……”其实这事对于他们创意部的职员来说，都是乐在心头，喜上眉梢啊。女王陛下为了业绩，对她们可是倍加欺压啊，叶轻舟住院以前，欧阳都好几天未曾午休过了。只要一有活，女王就挥着鞭子让他们日夜加班赶工，以坚固她高效率的工作风格，最终高升去了总部。

可是就是这样人人振奋的消息，对叶轻舟来说却是当头一棒啊，她几乎有点言语不能了。“我花了那么长的时间讨好的女王……走了？那……那要是新来的总监不喜欢我怎么办？新来的总监是男是女？多大年纪，有什么喜好？”

“哎哎哎！”欧阳一把按住手忙脚乱的叶轻舟的肩膀，认真地说，“第一，你还在住院；第二，新来的总监未必会讨厌你，你……”

“啊！”叶轻舟大喊一声，声音哀怨凄楚，“新总监才来我就不上班，第一印象啊！我完了……”说着立刻把头埋进被子里，不敢面对现实。

欧阳苦恼地抓抓头。叶轻舟总是担心别人会不喜欢她，所以才会被办公室里的人使唤来使唤去也不敢拒绝：“你为什么总觉得别人会不喜欢你呢？你看我，我从上大学开始就觉得你很好啊！”

叶轻舟微抬起头，眼里泛着泪光：“那是因为你是我人生中遇上的三个大好人之一。”她说着掰手指数了起来，“我妈、乔爸爸，还有你，你们是世界上最好的人……”

“谢谢啊。”欧阳哭笑不得，“谢谢你把我的人品拔高到如此境界啊。”

“是真的。”叶轻舟认真地说，末了声音慢慢低下去，“别人……一定都不喜欢我……”她脑海里突然响起一个嘲讽的声音，那张勾起嘴角眯缝着双眼的脸，对着她，冷笑了一声：“你以为除了我爸这样的好人，谁会喜欢你这样的拖油瓶呢？”

欧阳把粥递到她面前，知道与她争执这些没什么意义：“新来的总监人不错，大概和你哥差不多大吧……”

她一说到乔洛，叶轻舟一口粥就呛在喉咙里上下不得：“咳咳咳……”

欧阳立刻拍了她几下：“怎么了？”

叶轻舟艰难地说：“继续，继续，有什么喜好？什么性格？”

“喜好啊……”欧阳抓抓头，“不知道，就是早上接触时觉得人挺和气的。不过也是，他名字就叫温若何，一听就很和气。我和他说你可能要休假一段时间，他也没说什么……”

“噗——”这次不是呛到，是直接喷了出来，“我……我要休假？！”

“是啊。”欧阳认真地点头，“住院一周，你哥说出院后也起码要在家再休息几天呢！”

“完了完了……”叶轻舟把勺子一搁，开始碎碎念了，“总监一来我就住院还要休假，这样等我去了以后，总监一定会让我直接去滚马路的……女王，女王你怎么能走呢？”

欧阳坐在一边的凳子上，继续念叨：“新总监一表人才，连热恋中的羊羊都看直了眼呢！”

叶轻舟摇摇头，长得好看的男人都是危险品，看上去温和的人其实都是恶魔，最无懈可击的例子——乔洛！“究竟是一周后就去上班，还是继续休息呢？”这个选择题太难了，如果因为休假而被开除，如果因为上班而落下病根……这两者对她来说都是致命要害啊！

“真不知道你是怎么想的。”欧阳把头往后一仰靠在墙上，“守着豪华别墅和八位数的存款，却要过这种朝九晚五的日子——找罪受！”

欧阳的话没说完，叶轻舟立刻就脸色一变：“欧……阳，你不会和别人说了这件事吧？”她四下警觉地看看，“隔墙有耳啊，而且听说最近犯罪都有科技含量的，只要知道卡号就能弄出一张你的银行卡的。啊！不对，如果有人知道我家那里是空房的话，会不会入室抢劫？对了，墙上还挂着一张名画呢，我要赶紧去把画收起来，啊！还有摆古架上的瓷器……”

“老娘我才没这么八卦呢！”欧阳喝道，“我当然知道不能和别人说啦，要是说了，还不得把你那点小胆吓飞了？我就是说说，你这样累不累呢？”

叶轻舟低下头，喃喃地说：“我不敢住那个房子，总觉得我爸还在那里。那些钱……我也不敢花，这钱是他用命赚来的，也是他用命保住的……”

欧阳不再反驳，她知道叶轻舟的胆子，一般人觉得无所谓的事都能把这个胆小鬼吓得半死，更何况那样的事，恐怕这辈子都未必能再经历一次了。

“快喝粥吧，我一会儿赶早洗了碗，没准儿还能在你这里睡一会儿呢。”

叶轻舟低头，把一碗粥吃了个底朝天，递给欧阳。欧阳转身去卫生间里洗碗，哗哗的流水声在安静的病房里格外清晰。

叶轻舟伸出自己的右手手腕，一道粉色的疤痕并不明显，她平时戴着两串手珠，便不会被人发现。两年了，七百多个夜晚，有多少夜梦见她爸，又有多少夜是梦见乔洛，她早就记不清了。只是她爸彻底离开了，而乔洛却出现了。

欧阳午睡刚醒，叶轻舟就催促她赶紧去帮自己买补品。她盘算了一下，在医院多住几日不仅要面对丢工作的危险，还要和乔洛在同一屋檐下，自从自己伤口开裂后，他几乎一天要来巡房四五次，美其名曰查看病情。

既然如此，叶轻舟决定挑战一下星矢小强一般的生命力，开阑尾一周就出院！

“咳。”欧阳虽然不忍心，但还是忍不住打断了她的话，“一周出院本来就是正常的……”

叶轻舟讪笑了一下，继续认真罗列补品：“人参、冬虫夏草、血燕、雪蛤油，对了，还有高浓度的胶原蛋白，对伤口愈合比较好……”

欧阳一脸黑线地看着她，叶轻舟继续说：“还有蜂王浆，一定要买最贵的那种，还需要什么呢？”她看向欧阳寻求援助。

欧阳看着清单咂舌：“就差‘三鞭’没买了！”

“哦哦哦！”叶轻舟想也不想就说，“那就去买吧！”

欧阳被彻底震撼了，努力合上嘴巴，咽了下口水说：“你还有钱吗？”

“有啊！”叶轻舟斩钉截铁地说，“去年的工资啊奖金啊，我存着定期呢，今年也没怎么花。”

“是没怎么花……”欧阳抹汗，怎么说她们也是大公司的职员，收入、奖金都不低，扣去她每个月上供的、交保险的，确实还有节余。但是这点节余早就该买衣服什么了吧，可是叶轻舟是绝对不会花这些钱的，按她的说法——与其买化妆品不如吃得健康点，与其买衣服不如买保险。命都没了，还穿个屁啊！

叶轻舟虔诚地递上自己的工资卡：“去吧，千万别省。”

欧阳颤抖地接过：“你该不会一直存着钱就是为了生病这天吧？”

“你真了解我！”叶轻舟星星眼地说。

欧阳哆嗦了一下，正要出门，叶轻舟又叫住她：“记得要帮我和总监说，五天后我准时上班。我对工作充满了热情，我对公司充满了热爱，我对总监充满了热血……”

可是安排好了一切的叶轻舟晚上却睡得特别不踏实。梦里又出现了那锃亮的刀刃，猛地割开皮肉，鲜血一下就涌了出来，沿着手腕滴在地上，然后眼前一黑，耳边是那熟悉的声音："小舟，爸爸对不起你，小舟……"

一声声的呼喊，越来越急促，睡梦中的叶轻舟死命地攥着被子，额头上布上一层细密的汗珠。突然，飘荡在黑暗中的自己被人猛地一拉，又是一声："小舟？"

她睁开眼，借着房内朦胧的夜灯看见了床边的乔洛。她原本出了一身汗，此时却瞬间像是掉进了冰窖里。她全身打了一个激灵，却又无法动弹，连声音都有气无力："你怎么在这里？"

乔洛的手掌从她的额头上移开，轻笑了一下，反问叶轻舟："倒不如问问你自己做了什么梦。"

叶轻舟不吭声，把头往被子里缩，喃喃地说："没什么啊……"

乔洛并不是一个温柔体贴的人，起码在叶轻舟看来是如此的，而且他向来喜欢戳她的软肋，比如现在，他就单刀直入地问："你爸到底出了什么事？"

叶轻舟双眼瞪大了几分，眼神里既无奈又不甘心："你知道了？"

乔洛摇了下头："不知道。"

叶轻舟心中突然涌上一阵喜悦，原来他不知道？她立刻把头探出了被子，舔舔嘴唇理直气壮地说："我拒绝回答个人隐私。"

"隐私？"乔洛若有所思地重复，然后斜了她一眼，"其实我一直觉得你在我面前几乎就是裸奔。"

其实叶轻舟也并不确定他是不是天生这样毒舌，但她可以确定的是，他对自己就没说过什么好话。这样带有严重歧视的言论，即使是她，也是一定要抗议的！

“就是裸奔，我也要穿三点！”

乔洛点了下头：“批准你穿三点裸奔。”

“……”叶轻舟傻了眼，在这个问题上她争不过乔洛，只能继续最初的话题，“你怎么会在这里？”

“看你睡觉。”乔洛直言不讳地说。

“咳咳……”事实证明，乔洛的气场太过强大，以至于他随便说一句话，都能让叶轻舟被口水呛到，两人完全不是一个等级的，“那你……你想做什么？”

乔洛摸摸下巴，眼镜片在昏暗中折射出银光，有几分恐怖：“怎么？小舟，我们原来不都是在一起睡的吗？”

他这话一说，叶轻舟立刻就身子一僵，脑子一嗡，她抽动了一下嘴角，努力挪动自己的屁股，想离他远点。

乔洛突然站起来，双手猛地撑在病床两侧，身子就这么压了上来，脸离她就只有几公分。他面不改色心不跳，叶轻舟却六神无主了。

乔洛一笑，叶轻舟的思绪立刻飞回了很多年前。

那大概是叶轻舟上五年级的时候。她终于在学校里摆脱了乔洛，对她来说，几个小时见不到乔洛，那就是几个小时的天堂啊！

可是天堂是好人去的，叶轻舟流泪了，她因为懦弱的性格不敢与恶势力做斗争，所以她是被打入地狱的，罪责就是——为虎作伥！

到了晚上，叶轻舟睡在床上。她睡觉总是不安分，乔爸爸就给她换了一个双人床，这样她就可以在床上360度地打滚了。那时是深秋，赶着某个晴天，家里的被子在阳台整整晒了一天，满是太阳的味道。叶轻舟很喜欢闻这种味道，满足地在床上打滚，一边流口水一边睡觉。

这时，美梦中的叶轻舟感到一阵突如其来的冷风。她哆嗦了一下，去摸被子，却摸了个空，迷迷糊糊地睁开眼，先吸了口口水，然后含糊地呢喃：“我的被子呢……”

房间里朦胧可见一个黑影。换作一般人就该立刻大叫了，可是叶轻舟的胆子比别人小很多，所以她没叫，直接晕过去了。

对此她的解释是，如果遇上了入室劫匪，而她还没来得及看见他的脸就直接晕了，也许歹徒会对她手下留情；而如果还是不幸要被欺凌或者是挖肾，既然结果已不能改变，那起码让她感受不到那过程吧。

可是这个人既不是劫匪也不是来挖肾的，而是变态的乔恶魔。他走近床边，毫不留情地把用晕倒来逃避现实的叶轻舟摇醒。看到乔恶魔的瞬间，叶轻舟觉得，怎么就没人来她家入室抢劫呢？

“你……你……”她惊恐地开口，乔洛微眯了一下眼睛，叶轻舟赶紧改口，“哥哥……”

乔洛满意地一笑，拎着属于叶轻舟的被子，在她眼前晃了晃。哆嗦着的叶轻舟立刻眼巴巴地去接被子，她的被子啊……

这一次乔洛倒没有像平时那样起码要她三次以上，而是很爽快就把被子放在了床上，同时放上床的，还有他自己。

“哥哥……”叶轻舟好心提醒梦游走错房间的哥哥，“你房间在隔壁。”

乔洛在叶轻舟硕大的床上舒展了一下他修长的四肢，不仅把她挤到了角落，还口气随意地说：“以后我晚上都会来这里睡。”

“为什么？”被挤在角落的叶轻舟死死攥着被子的一角泪眼汪汪地说。她好不容易在学校里摆脱了他，自己和他每日见面的时间不会超过六小时了，这是多么幸福的时刻啊。

乔洛回道："你每天和我待在一起的时间必须超过十二小时。"他的口气不容置疑，但是为了自由，叶轻舟还是置疑了一小下："为什么要超过十二小时呢？"

乔洛用劲拉住被子一扯，把叶轻舟怀里最后的被子也扯了去："因为你永远都别想摆脱我……"

那时他的眼神里透着寒光，就像现在一样。他勾起嘴角："跑了七年，难道我不该向你讨回来吗，每天十二个小时，你要如何还？"他说着身子压得越发低了，几乎要贴上叶轻舟。

叶轻舟颤抖地说："为什么我要还这个？"老天爷啊，她虽然是为虎作伥了一点点，可是也不用这样惩罚她啊。如果给她一个机会，她一定会反抗的！对，要与恶势力做斗争！斗争！她心里这么想，觉得一股强大的气流涌遍全身，趁着乔洛还未回话，她睁大了眼睛，双眼迸射出坚定的光芒，脑中只有六个字——人生在此一搏！

她勇敢地开了口："大爷、大叔、大哥，你是我的天我的地，只要放我一条活路，我每天都祈祷您福如东海，寿比南山……"

乔洛冷笑了一声："你心里真的这么想？"

事情有转机？

于是叶轻舟立刻把手从被子里伸出来，竖起三指，认真地说："我愿意对天发誓！"

乔洛听她这么说，挑眉轻笑了一下："你不是说我就是你的天吗，那你对着我发誓就好了。"

"对你……发誓？"叶轻舟有点结巴了，"发……什么？"

乔洛浅笑了一下：“每天都祈祷我福如东海，寿比南山啊。”见他这么说，叶轻舟眼前一亮，立刻就要发誓，乔洛先她一步继续说，“不过你既然每天都要对着我这个‘天’祈祷，我们还是得天天见面啊！”

叶轻舟僵化了。

第二章

CHAPTER TWO

舟行七载过桥头

舟行七载过桥头

乔洛对自己有很强的占有欲，这一点，叶轻舟小时候就发现了。占有欲的来源是他与生俱来的强势。

牛奶是他的，面包是他的，同样的，叶轻舟也是他的。她的地位应该与牛奶、面包差不多，是个附属品，也可能略高一些，算是个必不可少的日常附属品。

但是事实上，乔洛既不喜欢喝牛奶也不喜欢吃面包，但是他不喜欢吃或是他不吃，并不代表别人就可以吃，这就是乔恶魔的强势。

他并不喜欢叶轻舟，或者说是憎恶她，所以自从叶轻舟进了乔家那天起就备受欺凌。叶轻舟原本就小的胆子更小了，软柿子直接升级为柿子酱，软塌塌的随意抹，想抹哪儿，就抹哪儿。

“去帮我泡绿茶！”

“是！”乔恶魔不但会使唤人，而且嘴很刁，叶轻舟精湛的泡茶技术就是那时候训练出来的。不过她倒会自我安慰，怎么说自己也多了一门手艺，技多不压身。

“去帮我买杂志！”

“是！”叶轻舟每天放学回家后起码出门三趟，或是去买杂志，或是去买吃的，反正就是闲不得。她依旧自我安慰，运动有益健康！

以前她身体弱，总是小病不断，大病偶尔，自从习惯了跑腿，倒没再生过什么病了。

“早上叫我起床！”

“是！”自从乔洛每夜摸进叶轻舟房间，她就沦为了定时闹钟，还是人工的那种。不过叶轻舟仍然在自我安慰，她生性怕冷，一入秋睡觉时就要暖水袋，自从乔洛来了以后，不但不用暖水袋还可以一夜暖和到天亮，而且保持了早睡早起的健康生活习惯。

叶轻舟是一个矛盾体，对于没发生的事她总是悲观，对于已经发生的事，她又是乐观的。比如她既安慰了自己，却又觉得自己不过是乔洛的附属品。

比如在她很“不凑巧”地报考了乔洛所在的中学，又很“不凑巧”地考进了中学以后，软柿子性格飞速暴露，再次光荣地成为班级的“万金油”，哪儿都能抹。

不过按叶轻舟的话说，她的同学并不坏，只是遇上她这样的人，谁都免不了想占点便宜。帮忙打扫卫生啊，倒开水、买零食啊，这也没什么，在叶轻舟纯洁的心灵里，有一个光辉的身影，总是在这个时候浮现出来。他的个子不高，小小的身躯里似乎有无穷的力量，他激励着一代又一代的孩子，他的名字叫雷锋！

乔洛总是鄙夷她的行为，叶轻舟觉得他是最没资格鄙视自己的人，使唤自己最勤的就是他了，这叫啥？黄鼠狼给鸡拜年！

“不过我交了好多朋友。”叶轻舟满意地说，她觉得只要别人能喜欢她，让她做什么都可以。她总是害怕自己被别人孤立，或者是遇上事情没人帮忙，这种从小就形成的“危机恐惧症”似乎一直在加强：“比如小夜啊，她昨天有请我喝奶茶哦！”那时候她们那里才开奶茶店，这东西还是稀罕的。

“哼……”乔洛冷笑道，“那是谁上个礼拜把妈给你买的一大盒德芙巧克力偷偷放进书包里背去了学校？”叶轻舟想不明白啊，既然乔洛能很爽快地叫自己的妈妈为妈，完全接受她妈来乔家，却为什么偏偏不能对她好点呢？

“这个……”叶轻舟咽了下口水，那是人家小夜想吃巧克力而已嘛！“不过还有小七，她今天送了我一张卡片！”她说着炫耀地拿了出来，“看看，上面是魔卡少女樱哦！”

“嘁，”乔洛斜了一眼，“这是学校门口地摊买的吧，五毛钱一张？让我想想你给了她什么，对了，妈从香港给你带回来的笔记本呢？”

“……”叶轻舟蹲在墙角，小七说很喜欢自己的本子啊，她的眼神里写满了“她很想要”的！

乔洛说着把自己的书包拎过来往地上一倒，里面噼里啪啦掉出来一堆东西，有糖果，有小挂件，还有七七八八好几张卡片。他昂头蔑视道：“这些东西，只要我想装，都能带回来……”

蹲在墙角的叶轻舟立刻扑上去，哇，好多魔卡少女樱，还有限量版的巧克力！“哥……哥哥，这是哪里来的？”

“同学塞的。”乔洛哼道。

“哇！”叶轻舟彻底膜拜了，这就是人与人的差距啊。

“瞧你那点出息……”他哼了一声。

叶轻舟撇撇嘴，抬眼望着乔洛，可怜巴巴地说：“我就这么点出息，为什么却总是实现不了呢？”

如果用狗的品种来比喻人的话，那乔洛就是那种高傲的贵宾犬，而她嘛……大概就是那种给根骨头就摇尾巴的小土狗。乔洛却总是高高在上，不但自恋还挑食，不仅挑食还护食。

大概是初一下学期，天气转热，叶轻舟穿着新的短裙去学校，被朋友夸赞了几句，她心中窃喜，喜悦之情一直带到放学以后，一路往家走，还忍不住痴痴地笑。

出了校门转进小巷，她还在低着头偷笑，突然一个声音响起：“哎！小丫头！”

叶轻舟一愣，抬起头看去，巷子中间倚着一女两男，装扮……相当异类。在那个年代，这样的男生叫混混，这样的女生叫太妹。

她脑子一嗡，完了完了，难道是自己走错了路，入了他们的地盘？她胆怯地问：“叫我？”

哪知那三人根本不理睬她，那太妹问身边的一个混混：“就是她吗？”

“就是她，平时天天给同学送东西，出手可大方了。”一个小混混接了话说，听口气估计是他们学校高年级的学生。

叶轻舟立刻想到了自己从电视剧上看到的情节，小混混、小太妹直属黑社会，先抓了她做肉票，然后以此为威胁……啊！她大叫起来：“我是孤儿，我家人不要我了，绑架我也是没有用的！”

小太妹狠狠地瞪了她一眼，叶轻舟立刻吓到失声，傻在那里。小太妹道：“少说废话，把钱都拿出来！”

“你们要钱？”叶轻舟紧张地问。

小混混走上前，一左一右地对着她奸笑：“小妹妹，就是哥哥姐姐们想问你借点钱……”

“你们只要钱？”叶轻舟复读机一样地重复。

小混混们相视一眼，以为抓到一个弱智。

“你们只要钱！”叶轻舟大吼一声，吓得混混们退后一步。只见叶轻舟飞快地掏出钱包殷勤地塞到他们手里，小太妹一时间神色竟有些尴尬。

他们本以为叶轻舟要反抗一下，他们加以威胁才能得手，却不想叶轻舟不但交出钱包，还在书包里到处摸：“我记得这里还有十块的，啊！找到了！”最后还不忘从书包侧袋里掏出了两枚硬币！

太妹打开钱包，看着里面四五张红票子，有些惊叹：“这是你一个月的钱？”

“不不不……”叶轻舟头摇得和拨浪鼓一样，“这是我这个月剩下的，下个月我会一点也不花上交的！”他们是谁啊，校园暴力组织啊，如果自己得罪了他们，以后她就永无宁日了！

“哈……”一个小混混笑了起来，“这丫头真是听话！”说着把空钱包还给叶轻舟，三人大摇大摆地走出了巷子。叶轻舟恭敬地目送他们远去，对自己安慰道：“破财消灾，破财消灾……”

日子没过多久，乔洛发现了异样。以前他爸发零花钱，叶轻舟总是说自己还有很多，不要那么多，最近却是有钱必拿。有天半夜他还听见房间里有一些奇怪的响声，黑暗中就看见叶轻舟在从她的储蓄罐下面的小洞里抠硬币。

最近帮自己跑腿也特别勤快，没事就来问：“哥哥，需要我帮你买什么吗？”

乔洛给了她钱后，她就狗腿地说：“找下来的零钱我能拿着吗？”

乔洛虽然喜欢看她被折腾的样子，却受不了她这种谄媚又狗腿的表情，摆摆手道：“随你好了。”叶轻舟立刻撒腿跑得比兔子还快。

又到了上供的时候，叶轻舟刚要把鼓鼓的钱包交上去，突然巷口传来一个熟悉的声音：“呵，你果然被勒索了！”叶轻舟一惊，循声看去，正是乔洛昂着头慢慢地走了过来。

不光是叶轻舟，就连那太妹和混混也愣住了：“乔洛？！”

乔洛走近，瞥了那三人一眼：“就这点出息？拿这种软柿子的钱……”说着又看向叶轻舟，“就他们这种货色你也把钱交出去？”

“你说什么？”这话是叶轻舟和混混们异口同声说的。

乔洛耸了下肩：“难道不是？”

勒索的和被勒索的人瞬间统一了战线，不过这种统一只是一种无声的内心交流：你凭什么看不起我们！

乔洛一向有读心的本事，他哼了一声，勾起嘴角，毫不客气地说：“我凭什么要看得起你们。”用的还是肯定句。

“你！”一个小混混按捺不住，一拳就要挥上来，吓得叶轻舟撒腿就要跑。乔洛啊乔洛，你以为你是超人啊，敢来挑战校园暴力组织，这下吃到苦头了吧。

哪知乔洛伸出左手，一把钳住那家伙的拳头，使劲一扭，小混混立刻吃疼地叫了起来。

“这点本事就来敲诈，你叫我怎么看得起你？”他微微眯起的双眼里透出令人寒战不已的笑意。

一见乔洛占了上风，刚跑了两步的墙头草叶轻舟立刻又跑了回来，狐假虎威：“这是我哥哥，我哥是谁啊？他是学校的学生会主席，他学过空手道啊！他只要认出你们的脸，学校就会把你们开除，全部开除！”

叶轻舟大拍乔洛的马屁，生怕他发现自己刚刚试图潜逃。小混混和乔洛都是初三的学生，虽然不是一个班，但也知道乔洛在学校还是很有影响力的。不过他们敲诈向来是三天打鱼两天晒网，怎么也没想到好不容易遇上的小肥羊竟然是乔洛的妹妹。

“是你妹妹？”小太妹难以置信地说。乔洛在学校里一向做事雷厉风行，怎么看也不会有这样的妹妹。说真话，勒索叶轻舟的这几次都让她觉得像在做梦，世界上怎么会有这么胆小的人呢？

乔洛点了下头，然后伸出右手：“把拿的钱都还回来。”

被乔洛扭住手的小混混求饶：“以前的都花了，怎么还啊！”

叶轻舟也拼命点头，以前的那些都没了，只要以后不被抢就好啦！而且大家都是一个学校的，借点钱也不算什么嘛！

可现实就像那个小太妹的疑惑一样，叶轻舟和乔洛怎么看都不会是兄妹，因为乔洛冷笑了一声：“我不管你们怎么弄，总之我明天要拿到所有的钱，一毛都不许少！”他说着又使了点劲，小混混叫声凄惨，小太妹脸色一变：“怎么弄啊？”

乔洛侧目叶轻舟，神色暗示：“你们说呢？”

小太妹双目瞪圆，然后了然地点头：“我知道了！”

叶轻舟的嘴巴张成了O形，这……这是学生会主席教唆小混混去……去……

乔洛见他们明白了，便松开了手，浅笑了一下，笑容无比善良：“那我就先带我妹妹回去了。”

小混混们毕恭毕敬送走乔洛：“我们明天一定会把钱还给你妹妹的！”

叶轻舟拎着书包屁颠屁颠地跟着乔洛往家里走：“哥哥，你好厉害啊！”叶轻舟狗腿地说，心中窃喜，其实有个哥哥还是不错的。

乔洛哼了一声："除了我，谁也别想使唤你。"

他的一句话，就让叶轻舟发现了，他的行为不是出于正义，也不是出于保护妹妹，而是护食！那一刻，叶轻舟明白了，她只是一个附属品！

算了，认命的叶轻舟决定想一些开心的事。

她舔舔嘴，指了指乔洛手里的钱包："那个……我的钱包，还在你那里……"

乔洛打开手里的钱包，一把把里面的钱全部抽了出来，往自己的口袋里一塞，然后递还给她。

"钱……"叶轻舟不死心，指着钱唯唯诺诺。她肚子好饿啊，因为上供，她都好久没吃过零食了。

乔洛笑道："这是我帮你弄回来的，就是我的。"

叶轻舟看着乔洛无言以对，这难道不是勒索？不！他本来就是勒索，他刚才不还教唆小太妹去搞钱嘛！他才是最坏的人！

"哦，对了。"乔洛继续说，"以后你每个月的钱都要给我。"

"为什么？"叶轻舟抹掉眼泪说。

乔洛回答："如果不是我，你以后的钱也是给他们。"

他说得似乎很有道理，叶轻舟也赞同地点点头，但总是觉得哪里不太对。她想了好一会儿才叫出来："但是，你是我哥哥啊……"

"哥哥？"乔洛扭头看她，"哦对，那这些钱就算是你孝敬哥哥的吧。以后我要你买东西时，就拿这些钱。"

叶轻舟泪流满面，她可是把储蓄罐里的钱都抠出来了啊！不过哭完了，却又低着头偷笑起来。乔洛忍不住扭头看去，他一向能猜到别人的心思，但是却始终猜不透她的思维，因为她的思维毫无逻辑可言："你笑什么？"

"嘿嘿……"叶轻舟抬头，"我要是给他们就什么都没了，帮你买东西，还有零钱可以找回来呢！"

乔洛很无言地扭头继续走。她就是如此，在事情发生前总往最坏的方向想，把自己吓个半死，当事情发生后又总是开始往好的方向想，寻求自我安慰。她的生活就是在自我恐吓和自我安慰中来回交替，没有尽头。

乔洛这种护食的行为一直没有变过，叶轻舟觉得，隔了七年，他那种自己是他的所有物的观念不但没有改变，反而加深了。而且因为隔了太久，强大的占有欲里还带着一点报复的味道，让叶轻舟觉得，住在这里不光会丢工作，可能连命都要丢了。

所以，赶紧康复，赶紧出院，成了叶轻舟眼下最迫切的目标。

自从那晚被吓过以后，叶轻舟开始把人参当萝卜啃，燕窝当白菜煮，大补丸当 M 豆吃，结果还是夜夜失眠。到了第五天下午，终于直接喷鼻血了。

当时乔洛正在帮她检查伤口，欧阳在旁边直接就嚷嚷开了："又不是你哥脱衣服，是他掀你的衣服，你流哪门子鼻血啊？"

叶轻舟接不上话来，乔洛瞥了一眼她床头的各种补品："你这么吃，小心口鼻生疮。"

"我早就说不要吃这么多了，你还不信！"欧阳还毫不留情面地补充，"对了，你昨天好像还便秘了吧，在厕所蹲了半小时！"

叶轻舟羞红了脸，压低声音说："这……这些就不用说啦……"

"怕什么啊！"欧阳大咧咧地说，"你是病人，他是医生，你是妹妹，他是哥哥，你便秘有啥不好意思的？赶紧告诉医生，你该不会吃太多，得痔疮了吧？”

叶轻舟彻底无言了。人生第一喜，有个哥哥，第一悲，是个后哥哥；人生第二喜，有个朋友，第二悲，是个损友。

“吃这么多补药做什么？”乔洛轻描淡写地问，其实他心里很清楚，但就是要让叶轻舟自己说。她果然结巴着哼哼了半天说不出话来。欧阳等不及，就接了话道：“她怕请假太久会丢了工作。”

乔洛微点了下头，这确实是她的性格，但他还是问了一句：“只有这个原因吗？”他的眼镜片闪过一道白光，叶轻舟哆嗦了一下，咽了咽口水：“就是这个原因。”

乔洛也不拆穿她，只是意味深长地看了她一眼：“这样啊……”最后一个“啊”字还拖了个长音，吓得叶轻舟大气也不敢出，两个眼珠滴溜溜地直转，生怕他看出什么。不过这样的效果才是乔洛想要的，她起码会为此担心几个小时，那模样很可爱。

不过事实证明，叶轻舟所担心的都是那些往往不会发生的事，比如那夜之后，乔洛再也没有夜闯过她的房间；关于吃补品，他也没再说些什么。

终于到了出院的那一天。那是一个阳光明媚的好日子，叶轻舟把脸贴在窗户玻璃上，星星眼地看着窗外灿烂的阳光，心里暖洋洋的。

“靠！”欧阳一进门就破口大骂，“什么鬼天气啊，热死人了！有 40 度了吧！”

“可是阳光很好啊……”叶轻舟在玻璃上继续蹭啊蹭，这阳光就预言了她美好而灿烂的生活。

“走吧走吧。”欧阳把最后一点零碎的东西塞进包里，一手拎包一手拖起叶轻舟，“我下午还要上班呢！”

出了医院，上了出租车，也没见到乔洛，叶轻舟心里偷着乐。难道是她上次对着脖子上挂着的玉佛祈祷自己能逃出魔爪，如今真的灵验了？那她该去哪里还愿呢？

刚刚窃喜完，她又开始盘算明天见了新总监要送什么礼。说到这个新总监，叶轻舟还真不知道该送点什么，也不知道该向谁请教。按欧阳的说法，他应该和乔恶魔很像……不知道会喜欢些什么呢？想到这里，她全身打了个激灵，赶紧甩甩头。怎么又想起他了，生活如此美好，她应该想些明媚的东西，比如她舒适的房间，她宽大的床……

“到了到了。”欧阳对司机大叔叫了停车，拎着大包小包，又把叶轻舟拉了下来，然后说了一句让沉浸在美好幻想中的叶轻舟立刻坠入地狱的话：“你哥应该把房间都收拾干净了吧！”

叶轻舟立刻石化，然后机械般地扭头：“你……说什么？”

“你哥啊！”欧阳一手拎着包，一手放在额前挡住阳光，然后大步走进了公寓楼，往楼梯上走，“他知道你要出院了，又知道我还要上班，于是就说来帮你把家里收拾一下。”

“他……在我家？”叶轻舟觉得自己开始粉化了，“钥匙……你给他钥匙了？”

“嗯啊！”欧阳说着已经蹿上了二楼，按下左边那户的门铃，“我把我的给他了，反正你是怕自己钥匙掉了有个备用，给你哥不是更好嘛。”

“好……好……”叶轻舟都要哭了，连话也说不出来。

“我知道好，你就不用重复了。”欧阳拍拍她的肩膀，叶轻舟终于忍不住小爆发了一下：“好个鬼啊！”

咔嗒一声，门开了，乔洛笑眯眯地站在门里：“什么好个鬼？”

叶轻舟差点儿被自己的话噎死：“就是……我出院了，太好了，好得要见鬼了……”

乔洛点了点头，扭头对着欧阳说：“真是麻烦你了。”

“不麻烦不麻烦……”欧阳摆摆手，探头朝屋里一望，真是贼干净啊！她这辈子最怕的就是打扫卫生，竟然有人主动来帮忙，她自然是不会拒绝的，立刻把叶轻舟老窝的地址连带钥匙一起上交。“那你们忙吧。”她说着看了下手表，“我先去上班了，小舟，明天见啊！”

叶轻舟僵硬地抽动着嘴角，挤出几个字：“明天见……”

相比她的僵硬，乔洛显得格外热情：“改天来家里玩啊！”

“一定一定！”欧阳说着已经下了楼。叶轻舟琢磨着这对话咋这么怪呢，好像乔洛是这里的主人一样，他是主人，那自己是谁？她正纳闷着，就被乔洛一把揪进屋子。随着一声沉重的关门声，叶轻舟吓得跳了起来：“你……你……”她一紧张就结巴，尤其是在面对他的时候。

这果然不是叶轻舟的错觉，乔洛确实把自己当成了这里的主人。因为跟随他来的，还有他的行李。

乔洛恪尽“地主之谊”，带着叶轻舟参观她的房子：“这房子是一厅两室一厨一卫对吧？这间主卧室比较大，其实是可以住两个人的，不过我看了下我的东西还是比较多，所以你再挤进来就不好了。那间小卧室呢，正好适合你，面朝南面，阳光充足，十分健康……”

叶轻舟鼓起勇气打断他的话，颤抖着指着那间大卧室捍卫了一下自己的权利：“这……这是我房间。”

“哦，对。”乔洛侧目看她，“这个房间有空调，现在又是夏天，你又开了刀，住那个没空调的小卧室会发炎的……”

“是啊是啊！”叶轻舟拼命点头，她可是最怕死的了，千万不能发炎啊。

乔洛继续摸摸下巴：“而且你才出院，还是需要多调养的。”

“对啊对啊！”叶轻舟一个劲点头，她是多么虚弱啊。

“所以！”乔洛一拍掌，扭头道，“你果然还是想和我一起睡是吧？这样你既可以吹空调，我这个外科医生正好也能照顾你了。”

叶轻舟觉得，现在来一阵风，就可以把她吹走了，如秋风扫落叶一般不留痕迹。

等乔洛把叶轻舟的被子放到了双人床上，叶轻舟趴在门框上，伸出一个小手指在墙上画啊画，小心翼翼地开了口：“那个……我今年已经二十四岁了……”

乔洛把被子放好，扭头看她：“然后呢？”

“那个……”叶轻舟舔舔嘴唇，“其实，我们是没有血缘关系的……”

“所以呢？”乔洛双手环在胸前，走过来，俯视着抠墙的某人。

“所以……”叶轻舟深吸一口气，“我们住在一起，是……是不对的。”

乔洛点了下头，拖长了音说：“哦——我懂了，你的意思是，我们在一起睡属于非法同居，就是生活不检点、乱搞男女关系、影响社会风气、败坏道德伦理、刺激社会犯罪率的上升……”

“呃……”叶轻舟咽了下口水，“其实还好啦，没这么严重……”

乔洛突然眯眼一笑，逼近叶轻舟："难道和我睡在一起，你会有什么非分之想？"

叶轻舟的脸一下子全红了，结巴得更严重了："我……才……才没有，那个，就是，你……你是我哥啊……"这一通语无伦次的解释终结于一声大吼，"我不会对你有非分之想的！"

"那不就好了。"乔洛说，"我对你毫无非分之想，现在可以睡了吧？"

叶轻舟点点头，心里一个微弱的声音在呼喊：其实，我对你还有点非分之想的……

一夜过去了，叶轻舟笔挺地躺在床上，双目睁得浑圆。她一直在紧张，其实上小学的时候乔洛与她睡在一起，她一点歪心思都没有，可是上了初中以后，再到高中，她就开始有花花肠子了。

其实她觉得这事不能怪她，哪个少女不怀春啊，尤其是在十四五岁时，身边躺着这么一个秀色可餐的哥哥，没有歪心思，她就不是个正常的女人了！

虽然乔洛是恶魔，但也是一个很诱惑的恶魔，当初叶轻舟离开是因为两个人，一个是她爸爸，一个是乔洛。前者的情况太复杂，后者就简单多了：如果她再和乔洛在一起，她真的会喜欢上他，而这一点是绝对不可以犯的错。

她小心地侧脸看了一眼身边的人。他已经睡熟了，气息平和，光是看侧面就有一股逼人的英气。叶轻舟咽了下口水，把头钻进被子里，开始啃手指，心中叹道：乔恶魔啊，你究竟要怎样才能放过我呢……

终于到了天亮，叶轻舟哧溜一下跳下床，开始准备上班。乔洛迷糊地睁开眼，瞥向床头的闹钟一看，才六点半。

“你不是九点半上班吗？”

“是啊！”叶轻舟回道。

“你公司不是走路过去才十分钟吗？”

“是啊！”

“那你起来这么早做什么？”乔洛猛地坐了起来，一脸的怒气，简直就像是被人惹毛了的狮子一样。

叶轻舟被他一吼，吓得坐在了地上。她竟然忘了，乔洛有严重的起床气，一定要睡到自然醒，如果被别人吵醒，就会像现在一样……

“你说！”他一把揪住叶轻舟，那气势简直就像是要把她生吞了一样，“你起这么早做什么？”

叶轻舟颤抖地说：“那个……早起要做操啊，还有防止突发情况啊，比如早上起来发现停水了，或者是冰箱里的东西全坏了，要不就是找不到钥匙了，堵车什么的……”

她每说一句，乔洛的脸就黑一分：“那今天是什么情况？”

叶轻舟咽了下口水，伸出食指，轻指着他：“比如……你发飙了……”

乔洛猛地一撒手，把叶轻舟往地上一丢：“很好，你今天不把这些事全部遭遇一圈，你就死定了！”然后他撩了下额前的碎发，拿过眼镜戴了起来，走出房间门。

叶轻舟泪流满面。噩梦啊，跟随了她七年的噩梦啊，又回来了！

把叶轻舟从他手里救出来的是一通医院的电话，说来了一个转院的病人，让乔洛快去医院。他一边扣着衬衫的纽扣还不忘一边拿眼睛斜瞪着叶轻舟。根据她对他的了解，这样的状态起码要持续一个上午，她不禁为那个转院来的病人默默祈祷。

乔洛出门以后，叶轻舟也跟着出了门，门才关上就立刻拿钥匙开门看看煤气关上没有，走下了楼梯又觉得好像门没上锁，这样折腾了几次，叶轻舟走出小区的时候已经八点了。

叶轻舟习惯性地走进路边一家蛋糕店，给筱霞买了一个红豆面包，然后才往公司走。进门打卡，门卫大叔原本昏昏欲睡，突然听见这清脆的一声嘀，立刻睁开了眼，激动地打开窗户与叶轻舟搭话：“我说呢，除了你还有谁这么早来上班啊，听说你住院了，这么快就来上班啦？”

叶轻舟与他搭了几句，进了电梯，到了创意部门前，刷卡进门。办公室里空荡荡的，空调也未开，门窗紧闭，十分闷热。叶轻舟把包一放，环视四周，果然无比凌乱，所以说这里少了她是绝对不行的。

先开窗，再开空调，彻底换进新鲜的空气，然后开始给办公室里的花全部浇水——绿色植物是最好的空气净化器。接着她开始整理那些丢在打印机、复印机上的凌乱图纸，然后去茶水间泡麦乳精，最后把麦乳精放进冰柜里冷冻，丽娜最爱喝冰麦乳精了。

忙完了这些，时间已经是九点一刻了。叶轻舟环视着整洁的办公室，一种从心中涌出的自豪感立刻将她包围。

生活是多么美好啊……

“那个……”突然一个声音从门口传出，叶轻舟立刻摆出最完美的笑容去迎接她亲爱的同事们：“我回来啦！”

可是门口的人却不是她的同事，而是一个二十七八岁的男子，猛地一看有些眼熟，再一看，并不是她认识的人。也许是在路上见过，一个城市，说小不小，说大也不大。这人眉目清朗、五官俊秀，穿着一件米色的V领Polo衫，露出锁骨，脸上带着笑。除了不戴眼镜，整个人的感觉就和乔洛装好人时一模一样。叶轻舟一下子定住了，感觉天上劈下一道青天白日雷，正中她的天灵盖，把她劈得外焦内酥："你就是……新来的……总监？"

那男子看了她一眼，又探头朝整洁清爽的办公室里看了一眼："你是这里的清洁工？"

"……"叶轻舟赶紧舔舔干涩的嘴唇，撩了一下耳边的碎发，整了一下裙摆，低头紧张地说，"不，那个……我就是生病的那个叶轻舟……"

"你就是叶轻舟？哦，我是你们新来的总监，我叫温若何。"那男子很是吃惊地看着她，那个叶轻舟不是负责制图的吗……难道他记错了？"你出院了？那怎么不好好休息呢，就做这些……"他伸手到处指了指，确实不知道叶轻舟做的这些杂事该归成哪一类，末了才温柔地说，"你真是太勤快了。"

叶轻舟抬头看去，他双眼含笑，嘴角上扬，语调温和。为什么？为什么？这么温柔的话，在她听来却如同地狱的召唤一样，他简直就是乔洛的翻版啊！翻版！那他接下来会做什么？会说什么？叶轻舟彻底陷入了自己的想象之中，想象着总监对她说；"虽然你干了这么多，但是也不能免去你离职的罪责，你休想讨好我、讨好同事，博取同情！"

想到这里，叶轻舟立刻双腿一软，双眼含泪："总……总监，你不要赶我走啊……"

温若何方才就被她变化多端的表情弄得有点疑惑，如今她又冒出这么一句莫名其妙的话，他彻底晕了：“叶轻舟，你在说什么？”

叶轻舟一抹泪，一扼腕，秀出自己的肱二头肌；“总监大人，我身强体壮，虽然没了阑尾，但是我还有一颗对工作无比诚挚的心！我热爱公司，热爱这个工作，这里就是我人生的港湾，您就是我前行的导航灯……”

温若何咽了下口水，看着眼前一把眼泪一把鼻涕的某人，抹了下额角的汗：“那个……叶小姐，你是不是想错了什么？”他立刻改了对叶轻舟的称呼，撇清关系。调来这里之前，前总监一直向他极力夸赞叶轻舟，等他来了这里以后，时不时就听见下面的职员在那里喃喃自语叶轻舟怎么还不回来。他一度对她充满了好奇，究竟是怎么样的一个人，可以让上司和下属对她都这么喜爱。所以一听说她是叶轻舟，他就不由自主地直呼其名拉近距离，但是如今一看……还是不要这么亲近的好。

“总监……”叶轻舟泪眼望着他，“只要不赶我走，我想的全都是错的！”她认真地点头，天大地大，boss 最大！

温若何彻底迷糊了，开始努力回忆自己究竟说了什么，想了一圈才慢慢地开口：“那个，谁要赶你走？”

叶轻舟一愣，甩甩头再看眼前的人，一直是那副温和的样子，似乎完全没有爆发出什么潜在人格。她咽了下口水，难道这个总监就是传说中的温柔男？而不是伪善的阴险男？她怔怔地愣在那里，然后才木讷地说：“大概……是我想错了。”

温若何长舒了一口气，笑了笑：“没事，人都会有转不过弯的时候，尤其是我们做创意的，时常有些新奇的想法也不是坏事。”

他的口气太温和，叶轻舟简直不敢相信自己的耳朵，她直勾勾地看着总监大人，恨不能挖出他笑容中的丁点奸诈，可惜……失败了："总……总监，你人真好。"好感动啊，叶轻舟感觉自己遇上了人生中最好的第四个人了。

温若何面对叶轻舟的狗腿吹捧有点不好意思，浅笑了一下："倒是你，一直这么勤快吗？"

叶轻舟认真地说："为公司献身，为同事服务！"

"……"温若何愣了一下，然后笑了起来，"哈哈，你真有幽默感。"他说着就要往自己的办公室里走，叶轻舟一把扯住他："那个……总监，你喜欢名烟吗？"总监是个好人，但是不代表她就不用送礼了。所谓拿别人的手短，吃别人的嘴软，叶轻舟的人生目标就是让上司手短，让同事嘴软！

"我不抽烟。"温若何回道，真不知道这个职员的思维怎么这么奇特呢！

"那你喜欢名酒吗？"叶轻舟继续问。

温若何摇摇头："我也不喝酒。"

"那你喜欢什么艺术品吗？"叶轻舟皱起了眉头，不抽烟不喝酒，这样的上司很难搞定啊。

温若何终于忍不住开了口："也不太研究这些。"他说着带着点歉意地一笑，"现在快上班了，我们还是不要闲谈了吧。"说着把办公室的门一关，叶轻舟站在门口，彻底僵化了，难道……总监就是传说中的超豪华白金版的经济适用男？！

叶轻舟的归来得到了办公室所有职员的热烈欢迎，尤其是丽娜她们，简直有种老母盼儿归的味道，这让叶轻舟感到由衷的自豪。而且他们竟然说晚上要为她和总监一起弄一个欢迎会，这就更让她受宠若惊了，原来她在大家心中的地位和总监一样啊！

欧阳虽然觉得挫伤她的自我满足感没什么实在的意义和效果，但是必要的时候还是得提点一下，免得她太得意忘形：“丽娜她们巴不得你回来，多一个万用苦力，再说总监的欢迎会是必不可少的马屁聚餐，加上你，那是做个顺水人情。”

“原来我在公司的作用这么大啊。”叶轻舟一边复印着文件一边说，扭头看看忙碌着的同事们，又开始偷着笑，“这样我就不会被辞退啦！”

“……”欧阳叹息一声，拍了拍她的肩膀，“你的人生真是充满了喜剧性的悲哀啊。”

叶轻舟四下看看没人注意她俩，才小声说：“对了，新总监好像不太好送礼啊……”

“这不是好事吗？”欧阳说，“那扒皮抽筋的女王好不容易走了，来了个面善的唐僧，不用花你的钱，你还不乐意？”

叶轻舟的眉头都要挤到一起去了：“这哪里是好事啊，你说，他不收礼是不是想辞退我呢？这样辞退的时候就没什么把柄在我手上了……”

“咳咳……其实我们谁也没给女王送过礼，女王也没敢把我们辞退啊！”她忍不住提高了声音，离复印机最近的羊羊忍不住侧头看过来，她正偷偷挂了个代理上 QQ 和男友聊天，一点风吹草动都觉得紧张。

叶轻舟赶紧向欧阳使了个眼色，然后把复印好的文件送了过去，把欧阳拉进了茶水间："你声音小点啦……"

欧阳撇撇嘴："我是说真话，小舟，咱俩认识这么久了，我太了解你了，我还会害你不成？你想想你大学那会儿，想起来我就想骂人，要不是我护着你，梅莹莹那女人早把你整死了！你凡事别想得太悲观，但是也别把所有人都当好人。做个顺水人情就想把欠你的人情都还上了，也就是你还能乐得手舞足蹈！"

叶轻舟被她一番训斥，整个人立刻垂头丧气，无比颓丧："其实我也知道啊，可是往好处想，这样大家都开心啊！"

欧阳叹口气，摆摆手："罢了罢了，你这样也好，不过要是能不没事自己吓自己就更好了。"

叶轻舟知道欧阳一直护着自己，看不过自己被别人欺负，可是叶轻舟一直觉得每个人的一生都是均衡的，得不了，失不掉。她时常这样想，就好像每个人一辈子都只有一只猪的肉可以吃，如果一开始就暴饮暴食，吃得过瘾，到了以后得了"三高"，就什么都吃不了了。所以叶轻舟就是那种抱着那头猪睡觉的人，每天摸摸它，舍不得吃，总想着以后就可以慢慢享受了。在她看来，吃亏是福，一心想着别人的好，这样不用生气身体才好。不过她又担心万一自己前半生一直乐呵呵地过日子，到了以后疾病缠身还要受气，那是多么凄惨啊，所以叶轻舟偶尔给自己找点烦恼，找点惊吓，均衡一下她一天乐到晚的心情："我知道你最好啦，不过总监的礼怎么办啊，不抽烟不喝酒无不良嗜好……"

欧阳回道："这可是抢手的经济适用男啊，还有稳定收入，有房有车，脾气温和，人品端正，啧啧，难怪羊羊都垂涎……"

"唉……"叶轻舟又是一声长叹，有礼送不出，这是多大的悲哀啊！

温若何真正理解叶轻舟为什么早上会对自己说出那些奇怪的话是在晚上聚餐的时候。原来世界上不光有女人追求小脸、小腰、小嘴，还有人追求小胆。

事情从一入席就开始了。别人点菜，叶轻舟就拎着个热水壶进来开始一一烫杯子，席间的所有人对此都镇定自若，只有温若何一人匪夷所思。如果他们去的是路边大排档也就算了，这里是 S 市几家高档的酒楼之一，这种卫生问题似乎是不需要担心的。

欧阳正巧坐在他旁边，看出他的吃惊，于是小声道："总监，这是她的喜好。"

温若何僵硬地点了点头，轻声问："她有洁癖？"他记得今天一早的时候就见她把办公室整理得干干净净。

"不。"欧阳果断地说，"她有别的癖好……"

温若何正想细问是什么癖好，就见叶轻舟已经不见了踪影，其他人仍在自顾自地说话，似乎对此习以为常了。"她人呢？"温若何问。

欧阳伸手从茶点盒里拿过一块绿豆糕咬了一口："菜点完了，她应该在厨房了。"

"在厨房？"温若何吃惊地说，"她亲自做菜吗？"

欧阳摇头："去监督厨师炒菜，不许放味精，盐要起锅再放，肉里不许放嫩肉粉，汤里不许加高汤精……"

"……"温若何愣了很久，才艰难地开口，"她经常这样吗？"

欧阳坚定地摇头："不，她一直这样。"

等到菜几乎上完了，叶轻舟才累得哼哧哼哧地爬上桌，开始汇报工作："你们不知道这个厨师，我本来想叮嘱一下就回来了，哪知道他根本是习惯了，一个大勺，一个个舀过去，油盐酱醋带味精一个不少，后来我只能把他的味精罐子抢了去，让他炒好我们的再还给他……呼……累死我了。"

"轻舟，真是麻烦你了。"筱霞说着赶紧给她拉开椅子。虽然酒店里有空调，可是大热天在厨房里哪能不出汗，叶轻舟早就满头大汗了，她才坐下，立刻又起身去洗手间洗手洗脸消毒，等她回来，几乎就是些残羹冷菜了。她就随便吃一点，聚餐就散场了。

下楼的时候，温若何听见欧阳似乎在小声数落她，叶轻舟却笑眯眯地说："晚上少吃点，是健康的饮食习惯。"他不由得多看了她几眼，开始好奇为什么会有这样的一个人。

散场时各人道别，叶轻舟先拦下一辆出租车，拿出一张纸抄车牌号，然后递给欧阳。欧阳一脸生无可恋："你要干吗？"

叶轻舟神秘地说："万一司机大叔是个人口贩子怎么办？记下车牌号比较好。你早上不是还告诉我，世界上可没这么多的好人……"

"现在才晚上九点，你要去的地方就在两公里外，怎么绑架你！"欧阳愤怒咆哮，一边的温若何把这些听了个全，忍不住要笑场，但还是憋住笑走过来："轻舟，你是住金苑小区吧，我正好顺路送你回去吧。"

叶轻舟扭头看，总监要送她？这暗示着什么？找她谈话？准备辞掉她？还是……私下收礼！她眼前一亮："好啊好啊！"说着毫不犹豫地跳上温若何的车子。

欧阳撇嘴嘀咕道："你咋不怀疑总监是个衣冠禽兽呢……"

一路上叶轻舟非常期待总监开口，谈一谈他有什么喜好，可是温若何一路上的话全是关于叶轻舟的，都是女王是如何向他表扬她的。叶轻舟听得全身轻飘飘的，果然送礼是有好处的，就算女王走了也依旧能用余热关照自己，却彻底忽略了她自己在公司向来是拿一个人的工资干三个人的活，就算不送礼，女王本着良心也该这么说她。

叶轻舟很自卑，在她看来自己是没有什么优点的，只有靠后天的努力来弥补，让别人接受她这个不算太大的麻烦，如果还能喜欢自己，那她简直就要感谢上苍了。

夸赞完了，车子正好路过 AM 公司门口，温若何这才发现原来金苑小区离公司这么近。他忍不住半开玩笑地说了一句：“你住这里倒是方便，早上可以多睡一会儿。”

叶轻舟立刻附和：“是啊是啊，住这里我就不用坐公车地铁什么的了，也不会遇上堵车，更别说车祸了。如果走在路上发现什么东西没带，或者觉得门没有关，回家关门也很方便……”

看着她掰着手指认真列举的样子，温若何觉得她的动作有些眼熟。联想起今天从早上遇见到晚上吃饭的事，温若何忍不住问了一句：“你……是不是很胆小？”

叶轻舟一愣，如果胆小也是一种罪，那她恐怕就算不是死刑也是无期了：“那个……总监，其实我胆子挺大的！”看吧，她还敢和总监撒谎呢，胆子多大啊！

温若何一笑：“难道你怕我因为这个炒你鱿鱼？”他不过是根据她一天的表现试探地说了这么一句。没想到这话一说，无疑是把叶轻舟推进了无底洞中。

"总监……"叶轻舟立刻额冒冷汗、脊椎发凉、手脚麻木，狠狠地咽了一下口水，她坚强地回道，"我不怕！"

"哦？"温若何故作吃惊地睁大了眼睛，"胆子不小啊！"

"是啊是啊……"叶轻舟一手掐住自己的虎口，以疼痛来镇定自己，"这点小事，算什么啊……哈哈……哈哈……"

温若何笑着点点头，继续开车道："其实我倒不觉得胆小有什么不好。怕死的人走马路不会闯红灯，怕疼的人绝对不会打架闹事，怕生病的人就不会乱吃东西，怕被开除的人就会认真工作，怕老师的学生一定会认真学习，怕父母的孩子一定会孝顺。所以我倒觉得如果世界上多一些胆小的人，也许是一件好事呢。"

他随意地说着，叶轻舟仿佛像是看见了知音一样，泪眼汪汪："总监，你说得好好哦……"

温若何透过后视镜看着她的双眼，又问了一次："你胆小吗？"

叶轻舟认真地点头："我胆子很小的，欧阳每次都数落我。可是我觉得这样挺好的啊，就算怕煤气没关而回家三四次，我也没觉得什么，总比出了意外才后悔的好。只要可以避免的事我都努力避免，剩下的都是不可避免的事。所以我从不会后悔自己做过的事。"

"从不后悔吗？"温若何重复一遍，扬眉笑了起来，"那你真是一个胆大的人，只有有勇气面对一切的人才不会后悔。"

叶轻舟越发觉得总监大人简直就是菩萨转世的大好人，不仅救苦救难，还救赎了她一直自卑的心："总监，你人真好……"

这是温若何今天第二次听见她这么说了。现在似乎很少有人会用"好"这样的词来诚挚地评价一个人，而叶轻舟的语气和眼神都无比诚恳，如果不相信她，简直就是犯罪啊。他笑着停下车问："就是这栋楼吗？”

叶轻舟这才扭头向外一看：“嗯，就是这里，我家就住……”她伸手一指想指出一个楼号，手指却僵在了半空中，因为楼梯口站着乔洛，黑着脸的乔洛。

在她发愣的这会儿，温若何已经极其绅士地走下车，绕到她这边，帮她拉开车门。叶轻舟突然很想对他说，总监大人，这里不是我家……

但是她不能，因为乔洛已经走了过来，用他伪善的温柔面孔，轻柔地唤了一声：“小舟，你回来啦？”那口气里满是慈爱，听者无不感动啊！

“这是你……”一手搭在车门上的温若何扭头看向走来的陌生男子。某人无奈地下了车，强挤出一个如花般灿烂的笑容，一字一顿僵硬地说：“总监，这是我哥……”然后大概把头扭向对着乔洛的方向，不敢抬头看他，“哥，这是我们公司的总监……”

“原来是叶先生啊，我是温若何。”温若何想也不想就友好地伸出手说道。叶轻舟本以为乔洛一定会立刻辩解他姓乔，却不想乔洛伸手与温若何握了一下，礼貌地说：“我叫叶乔洛。”说着毫不忌讳地一把把叶轻舟拉到他身边，“我妹妹在公司承蒙您照顾了。”

“哪里哪里，轻舟工作很认真的。”温若何客套地说。

叶轻舟被乔洛一把扯过去，早就吓得魂飞魄散了，但是碍于总监在场，还得挺住赔笑：“总监很照顾我的。”

“那你可要多谢谢总监啊！”听了她的话，乔洛伸手拍了拍她的肩膀，扭头笑着说。他眼镜片后那双眼睛里透出的白刃一样的目光，只有叶轻舟能看懂，她立刻双腿发软，可是乔洛一把揽住她的腰，让她连晕都不能晕。

“叶先生客气了。”温若何见他们兄妹似乎感情很好，很自然地说了一句，“你们感情真好，这么一家子住在一起倒也热闹。”

乔洛一笑，手也从叶轻舟的腰顺着后背爬到肩膀处这么一揽：“这里只有我们兄妹住，我也是最近才来的，小舟一个人在这里工作，爸妈不放心，我正好调来这里的医院，索性住过来照顾她。”他说话脸不红、心不跳，连大气都不喘，简直就是真到不能再真了！

“有这样的哥哥真是再好不过了。”温若何发自真心地感慨了一句。

叶轻舟觉得眼下最该干的事就是让总监赶紧离开，言多必失啊！她突兀地伸手挥了挥道：“那个，总监，我们明天见啊。”

温若何想到天色已晚，确实也不适合站着闲谈，便笑着点了下头，向他们作别。乔洛还十分礼貌地挥手目送着他离开，然后才缓缓扭头看着叶轻舟：“总监很照顾你是吧？”

“哥……”见人一走，叶轻舟立刻求饶，“他是新来的上司，今天公司弄了个欢迎会，结束之后他说和我顺路，就送我回来了……”她一股脑地全部交代，就像七年前一样。直到很久以后叶轻舟才开始思索这个问题，明明已经分别了七年，再见到他，那些原本在记忆深处的习惯怎么就自己跑了出来呢？还该死地顺其自然！

“新来的上司这么照顾你啊。”乔洛说着伸手把叶轻舟的下巴一挑，勾起嘴角道，“看来我妹妹真是活泼可爱，讨人喜欢啊！”

叶轻舟的那张略带婴儿肥的娃娃脸，加上她时常水汪汪的眼睛，确实很容易勾起别人的保护欲，看样子那个新来的上司也被她吸引了。乔洛想着眉头就皱了起来，这七年，恐怕有不少男人争着要当这个护花使者吧，不过——他想着又笑了起来。

叶轻舟见他这么说，立刻摇头："没有啊没有啊，如果不送礼的话，上司一定会辞退我的。我制图不如欧阳，创意也没有筱霞好，丽娜的排版我也比不上……"

乔洛很满意她的回答，一挥手道："上楼去。"

回家时已经九点半了。叶轻舟坚持每天十点前一定要睡觉，晚上十点到凌晨四点是新陈代谢的最佳时期，一定要保证这段时间的睡眠，昨天因为紧张一夜都没睡好呢！

她把包一放立刻就冲去拿睡衣准备洗澡，乔洛伸手挡在浴室门前："我先洗。"

"可是……"叶轻舟撇嘴，"你一直在家都没洗吗？"

"刚才去接你，又出了汗。"乔洛掠了一下头发说，"你以为外面很凉快吗？"

叶轻舟不知道他在外面等了多久，其实她更不知道他为什么要等。她初中时要上晚自习，每次到了家门口那条黑黢黢的路，她就开始害怕。不过比起那条没有路灯的路，更可怕的是不知道会从哪里冒出来的乔洛，把她吓得半死，然后他就得意扬扬地走在前面。为了吓她一下，在外面站那么久，叶轻舟觉得他是折磨自己上瘾了。不过现在这里的小区每个月要交五十块的物业费，路灯可亮堂了，乔恶魔，你白等了吧！想到这里，她忍不住扑哧一声笑了起来。

已经关上卫生间的门开始洗澡的乔洛竟然还能听见她的偷笑，立刻就说："小心笑多了长皱纹。"

叶轻舟立刻闭嘴，坐在一边开始给房间里的芦荟、仙人掌喷水，又去厨房的冰箱里检查一圈有没有过期的食物。

等全部检查完，已经九点五十了，叶轻舟等得又急又躁，一时昏了头，以为是欧阳来她家蹭床睡，咚咚咚地就开始敲卫生间的门：“快点啊，我困死了。”

她话一说完，立刻就清醒了过来，赶紧把脸贴在门上改口：“不，不，我不困，你慢慢洗啊，洗干净点，这样不会生螨虫……”她话没说完，卫生间的门就咔嗒一声开了。叶轻舟顺势向前一冲，脸贴上一个湿答答的东西。她胆怯地抬头一看，立刻连退三大步，一个踉跄摔在地上。可是她还没来得及思考自己的屁股摔到地上会沾染多少细菌，也来不及思索自己这样一摔她脆弱的尾骨是否受到了震荡，就直接惊叫一声：“你……你你……”

乔洛赤裸着上身，腰间只围了一块浴巾，似乎是匆忙关上水就开门出来的，全身湿淋淋的，水珠顺着发梢滴下，沿着颈项往下流。他摘了眼镜，似乎连睫毛上也沾着水气，伸手掠了一下头发，眯缝着眼道：“你在催我？”

叶轻舟两手撑地向后挪动自己的屁股，一直挪到墙角，一脸红晕，乔恶魔，不带这样吓人的！

“没啊，我怎么敢催您呢，你快进去继续洗吧……”她垂着脑袋不敢抬头看，似乎多看一眼都是在犯罪。

乔洛见她满脸通红，勾起嘴角，走出了卫生间。他赤着脚，地板立刻沾上了水滴，叶轻舟咽了下口水，一会儿要擦地板，不然不小心走过来会摔倒的……

乔洛走到她面前，蹲下身子，白色的浴巾似乎快要绷开了：“难道这七年都没看过别的男人的身体？”他说着笑了一下，侧头凑近她。

他的身上还带着沐浴露的味道，那是叶轻舟买的婴儿沐浴露，满是牛奶的味道，乔洛白皙的皮肤因为洗完澡透出粉红色的光泽，沾着水珠，氤氲着热气。叶轻舟咽了下口水，觉得他好像一个热腾腾才出锅的豆沙包……好想咬一口！好吧，其实她晚饭没吃饱……

“你在蔑视我的问题？”乔洛提高音调。

叶轻舟立刻一惊：“不，不，怎么会呢……”

乔洛一笑，退了一步，让她得以直起身子：“那你看见你哥哥我也会脸红？”

叶轻舟看着他，都快要哭了：“哥，我绝对不敢垂涎你的，因为……”

“因为什么？”乔洛继续问。

因为你是恶魔啊！叶轻舟心中呐喊，但是她却不能说：“因为……因为我不会垂涎男人的！”

“哦？”乔洛虽然用的是疑问的口气，但是语调里满是得意。

叶轻舟开始回忆自己的悲惨童年。俗话说得好，哪个少女不怀春啊，在叶轻舟十四五岁时，心里就开始有了思春的对象，比如班上的高个子体育委员啊，上次自己跳沙坑摔破了腿还是他扶着自己去医务室的呢！还有学校学生会的文艺部部长，上次夸她长得很可爱呢……

不过叶轻舟的思春，就是真的思一思而已，绝对不敢做什么，老师说了学生要努力学习的！

即便是她这样小思一下，还是被乔洛发现了。从那时候开始，一向喜静的乔洛开始频繁邀请他的同学来自己家做客——都是十五六岁的男生。一般的日程是，放了学，去打球，然后到他家来一起打游戏什么的。

三十八度的高温，一身臭汗，进了他家，脱了鞋子，然后乔洛就召唤叶轻舟进他的房间端茶送水。那真是一种销魂的味道啊，其杀伤力不下于一屋子的榴梿！

叶轻舟思的那点小春立刻被这种销魂的味道冲击得烟消云散，死无全尸。很长一段时间，她都久久不能从这样的挫伤中振作起来，满脑子都是如果体育委员和文艺部部长一起脱了鞋子……呕……

叶轻舟认真地说："因为男人都充满了臭味，还有很多腿毛、鼻毛……"

其实还是有例外的，叶轻舟又嗅了嗅身边的奶香味，但是即便是乔洛也免不了有花花肠子！比如她高中那会儿，女生之间都会神秘地谈论些两性话题，当时唯一可以学习的书籍就是台湾言情小说口袋本了，青嫩的小舟同学也会弄上一本看得脸红心跳，然后又开始重新燃起思春的火苗。可惜火苗尚未烧旺，立刻就被泼了一盆冷水。

某日乔洛很随意地在他周末上补习班时在叶轻舟的房间里遗落了一张光碟，小舟同学鼓起勇气，趁着家里没人，把光碟放进了DVD 里播放。

竟然是……一群猥琐大叔 ××OO 幼龄少女！

叶轻舟盯着电视屏幕，彻底僵化了，男人……好恶心！尤其是会看这些片子的男人！

她慌张地把碟子放回原处，但始终忘不掉那些恶心的场面，晚饭时看着桌上的切片红肠，她就直接捂着嘴跑去卫生间呕吐了，小说和漫画都是骗人的！

叶轻舟继续补充："而且男人满脑子都是黄色思想，行为猥琐且下流！”

七年了，这些沉重的阴影啊，叶轻舟看见任何一个衣冠楚楚的男人就会立刻开始联想到这些。上大学时、开始工作时，追她的人都不少，可是叶轻舟一个也接受不了。男人在她心中的定义已经成了——因为生活需要而必不可少的物品，但是并不急着求购。

除了这些阴影作祟外，叶轻舟也并没有遇上一个能够让她心动的人。准确地说，并未出现一个可以让她消除阴影且满足她长久忧虑的人。

“这样啊……”乔洛满意地点了下头，又凑了过去，“那我也是吗？”

“你……”叶轻舟依旧不敢抬头，心中暗想，虽然你身上没什么味道，但是那个猥琐的光碟就是你看的啊！但是说这些无疑就承认她偷看了那张不良光碟，死都不能说：“你还好，你是我哥啊，我哥就不是凡人……”

乔洛点了点头：“那你说，我比起你那个新总监如何？”

“嗯？”叶轻舟一愣，怎么话题扯到总监身上呢？

“既然男人都这样，那你以后结婚怎么办？”乔洛也不再纠缠那个问题，而是问起了别的。

“结婚……”叶轻舟觉得这个问题好遥远啊。

“要不……”乔洛凑近她，伸手轻摸了下她通红的脸，“我如何？”

叶轻舟后背一僵，抬头对上乔洛那双深邃的眼睛，全身竟然都开始发烫了。她急忙躲闪，下意识地推了他一下：“你靠过来好热……”

乔洛坏笑了一下：“你可别把我的浴巾扯松了……”

这话一说，叶轻舟立刻一惊，猛地站了起来，冲进卫生间关上门，才敢大声说："你是我哥，你开什么玩笑！"然后立刻打开水龙头，让哗哗的水声压过她那怦怦的心跳声。

睡了一夜，叶轻舟思索出了一个严肃的问题：她需要一个男人了。如果她身边有一个男人，那么乔洛就不能再戏弄自己了。打定了主意，叶轻舟就开始行动了。

中午吃饭的时候，欧阳走过来叫她，却发现叶轻舟在专注地看着一个网页。欧阳随意地扫了一眼："这什么啊？"

叶轻舟扭过头来，无比认真地说："我在注册相亲网啊。"

"你注册这个东西做什么？"欧阳立刻被惊吓到了，这东西应该是大龄女才需要的吧。不是她自恋，她和叶轻舟才二十四岁，而且相貌不差，家境中上，有稳定职业，怎么看都不是需要上这种婚恋网的人啊。

"相亲啊！"叶轻舟指着电脑屏幕说，"现在社会上骗婚的很多，万一遇上不靠谱的人，一不小心真的喜欢上了，结果这家伙是个五毒俱全的，吃喝嫖赌、坑蒙拐骗，无恶不作，我不就完了……"

"你会不会觉得你有时担心过度了？"欧阳一脸黑线。

"这是很严肃的社会问题啊。"叶轻舟认真地说，"调查表明，有三成妇女由于结婚前不了解对方的状况，而造成结婚后的悲剧，这种状况包括家庭、工作、收入……"

欧阳终于忍不住叫了起来："你难道不知道结婚前需要恋爱吗？！"

"恋爱？"叶轻舟抓抓脑袋，"那东西只会让女人迷糊，而且等感情好到能谈这个话题时早就分不了了，所以我要在开始接触前就了解对方的全部状态。”她指着电脑说，“而且像男人这种因为无奈而必须要购买的物品，能迟点买就迟点买，最好相了亲就结婚，这样也不用接触太久。”

“……”欧阳彻底石化了，“那你的结论是什么？”

“我要去相亲！”叶轻舟认真地说。

相亲这种事定然是不能让乔恶魔发现的，对此叶轻舟早有觉悟。不仅如此，这事还急不来，得碰运气，所以她目前的战略是，稳定乔洛，巴结总监，伺机相亲。

乔恶魔最近很忙，听说是上次他匆忙赶去医院的那个转院的病人很难伺候，一会儿说肠子疼，一会儿是胃痛，乔洛不知怎的成了主治医生，要全权负责，偶尔几次还上了夜班。这事对叶轻舟来说无疑是天降福音啊，她巴不得他 24 小时都在上班，免得他没事就来耍弄自己，弄得她整日心慌。

今早开会时，总监说了最近新接的一个广告是床上用品，叶轻舟立刻就想到前天晚上乔洛指着自己的睡衣说太老土，说要给她买点新潮的，吓得她一晚上都紧张地攥着被子，生怕乔洛趁她睡着直接把她的睡衣给扔了……想到这里，她一下子就涨红了脸。

温若何见了，问她是不是会议室太热了，弄得她无地自容。散了会，温若何又单独叫她去办公室。叶轻舟慌了神，还没来得及巴结总监，直接就要被训话了，吓得面如土色，胆怯地进了办公室。

温若何手里拿着一本册子，叶轻舟低头等着挨批，也不敢去看那是什么证物，总之先道歉好了：“总监，那个开会的时候……”

“啊……”温若何自顾自地翻着那册子，“一次也没有……”

“什么一次？”叶轻舟愣了一下。

温若何把册子放在桌上，露出温和的笑容：“我在看职员休假的情况，你在公司两年没有休过一次假。”

“嗯？”叶轻舟一愣，难道总监不是来训话的吗？她回过神来，歪头想了一下：“不是，我上个月不是有请一周病假吗？”

“病假是病假。”温若何说，“公司职员每年都有半个月的休假，可以算是额外的福利吧，可你一次也没有休过。”叶轻舟入职至今，除了轮班的大小周末休息，至今也就请了一次一周的病假。

叶轻舟想了一下，自己好像是休过，筱霞倒是经常休几天这种假去自助游什么的，她呢，怕坐车，怕坐飞机，怕出门迷路，怕遇上意外，虽然家在外地却也没有回去的必要，还真是一次都没休过。

见她不说话，温若何笑了一下，故意逗她道：“难道你是想攒在一起，休个超级长假？”

“总监，我不会这样的。”叶轻舟立刻回道，“公司最近这么忙，我怎么敢休长假啊。”难道总监是看自己不爽了，所以在找碴？

“哈哈……”温若何大笑，“不就是开个玩笑，瞧你吓成什么样了。”不知怎的，他越发觉得逗叶轻舟是一件很有趣的事，尤其是看见她吓得快要哭的样子。

“总监……这不好笑……”叶轻舟撇嘴，为什么，总监明明是大好人的，为什么也要耍自己，难道她是猫吗？拿一根草逗来逗去，很好玩吗？

温若何收了笑声，却藏不住笑意：“轻舟，你也太胆小了吧，就算我辞了你，也未必就是坏事啊。俗话说得好，塞翁失马，焉知非福嘛。”

“可是，”叶轻舟小声说，“我不想失马，也不想得到别的，我就想抱着自己那匹马就好了……”

温若何一愣，看着低头撇嘴的叶轻舟，突然很好奇，她这样的性格究竟是如何养成的。叶轻舟突然抬起头：“总监，难道你喜欢马？什么马？天啊，我对马一点也不了解，一匹马要多少钱啊？总监，我先送你个小木马成吗？”

温若何立刻哭笑不得，再一次向她严正声明：“我不收礼。”

“你不收礼，那我的工资要怎么花啊……”叶轻舟号道。

温若何正要接话，突然手机响了起来，他拿过来接通。叶轻舟立刻停下了声音，总监接电话，自己应该回避的，于是她蹑手蹑脚就要往外走，可是这么直接走人又不礼貌，应该请示总监的，她一扭头，温若何已经走到了窗边背对着她。叶轻舟一愣，吸了口气，竖起两个手指，插进了双耳。

过了几分钟，温若何挂了电话，转身一看，就扑哧一声笑了起来。叶轻舟用手指堵着耳朵，面对着墙角，在那里用脚在地上画圈圈。“轻舟？”他喊了一声，她毫无反应，看样子堵得很严实。

他无奈地走过去拍了她一下，叶轻舟这才转过手，松开手：“总监，我绝对没有偷听你的私人电话。”

“偷听一下又何妨？”温若何笑道。

“知道得越多，就越危险。”叶轻舟神秘地说。

经过一周的相处，温若何对她的胆小早有见识了，也不再与她争论了，随意地说：“只是我妈告诉我，我表妹住院了，在市第一医院，说今天下班让我和她一起去看望一下。”

“总监……”叶轻舟泪眼看他，“你为什么要告诉我啊……”亏她还觉得他是好人，她一点也不想知道！

温若何眯眼笑了一下：“看看你知道会如何啊……”

叶轻舟耷拉着脑袋，把他之前的话又想了一遍：“市第一医院？”那不是乔恶魔的地盘吗？

“对哦。”经她的提点，温若何也想了起来，“我记得你哥就是在那里的吧。”

“是啊……”叶轻舟点头，那里就是自己走上不归路的起点啊！

温若何没有注意到她变幻莫测的表情，还在那里自顾自地说：“也许一会儿我去看莹莹时还能遇见他呢。”

“莹莹……”一听这两个字，叶轻舟就像被人从十八层高楼凌空一脚踹下，坠落到九层时再被伸出来的晾衣架坚硬地一挡，最后赶上一楼的人家晒床垫让自己大难不死，留下一口气，垂死问了一句：“总……总监，你表妹，叫莹莹？”

“嗯。”温若何笑道，“她姓梅，叫梅莹莹。”

叶轻舟立刻觉得自己滚下了床垫，一直滚到马路上，这时一辆载重一吨的渣土车以 20 码的龟速朝她前行，可惜她重伤在身，动弹不得，只能眼睁睁看着车从自己身上碾过，血肉模糊，惨不忍睹！“她……是不是 S 大学，建筑系的？”

“嗯？”温若何一愣，“你认识她？”

叶轻舟觉得现在应该有人拨打了 110，警察叔叔赶到现场，给她下了死亡通知书：“她是我的大学同学……”总监，她说得一点都没错，知道得多了，真的很危险啊！

温若何是梅莹莹的表哥，这样的消息不光对叶轻舟是一个冲击，连欧阳也不例外。两个人一起坐在茶水间里搅拌着布丁奶茶，直到里面的布丁彻底被搅成了糨糊，欧阳才叹息了一声：“基因啊，这是基因突变啊……”

叶轻舟吸着奶茶：“要说梅莹莹是我哥的妹妹，那还可信点。”

“啥？”欧阳抬眼问她。

“没什么……”叶轻舟垂着头道，“原来总监就是梅莹莹整日炫耀的五好表哥啊，相貌好、人品好、脾气好、家世好、工作好。”

欧阳眼神空洞地摇摇头：“我当年说她是空口放屁不用交税，如今看来，梅莹莹这女人，放的屁还真是交过税的……”

说起梅莹莹，就得说到乔洛。如果说叶轻舟这辈子最怕的人，乔洛说第二，没人敢说第一，那么同样的，梅莹莹说第四，没人敢说第三。

叶轻舟觉得，自己这辈子是没有什么将来了，总是要有人骑在她头上。逃离了乔洛就碰上了梅莹莹，好不容易连梅莹莹也摆脱了，这两人却一起来聚头了。

梅莹莹是女版乔洛，乔洛是男版的梅莹莹。

被梅莹莹重出江湖的消息严重刺激到了，晚上睡觉又做了噩梦。梦里依旧是把闪着白光的刀刃，然后是她哭喊的声音:“爸……爸……你要再这样，我就死给你看！”然后就是喷涌而出的鲜血，她仿佛掉进了一个深渊，两手到处乱抓着，似乎想抓住什么，却始终扑空。就在她彻底失望之时，却一把抓住了什么，两手环绕一抱，原来她抱到一根柱子，圆圆的、暖暖的，叶轻舟满意地把脸在上面蹭一蹭……

蹭一蹭?

蹭一蹭!

她立刻醒了，一睁眼，她果然趴在了乔恶魔的身上，两手抱住他，脸在他胸口蹭啊蹭，似乎还流了口水，湿湿的……

叶轻舟泪眼望天，还有比这更恐怖的事吗?

老天：有!

乔洛是醒着的，正勾起嘴角玩味地看着叶轻舟："原来我妹妹倒也不像外表看起来这么清纯，也是会欲求不满的啊……"

叶轻舟立刻像被一桶冰水从头浇下，手忙脚乱地就要爬起来，可是乔洛却伸手一把钳住她的腰，让她挣扎不开。叶轻舟的脸又红又烫，如果此时有个冷屁股，她估计都能贴热了！"我错了，饶了我吧……"她正求饶着，突然觉得腰间被什么硬的东西顶了一下，她立刻瞪大双眼，"这是怎么了？"

乔洛眯眼一笑："小舟，你和我睡了这么久，会不知道吗？"

叶轻舟抽动了一下嘴角，她不会这么倒霉吧……

记得那还是上小学六年级的时候，乔洛与她睡在一起也有一年了。除了床有点挤以外，也没什么特别的情况，直到那一天早晨。

纯真的小舟同学起床啦，她每天都要先起来，换好衣服，再叫醒乔洛。小舟同学穿戴整齐，开始叫哥哥，突然眼睛一瞥，看见乔洛盖在腰间的薄薄被子中，竖起了什么。叶轻舟摸了摸下巴，扯了一下被子的一角，以为是被子没盖好，可是"小帐篷"依旧立在那里，难道是——她睁大了眼睛看向乔洛的睡脸——哥哥和她一样，要在被子里偷偷放一个小玩偶，一边睡觉一边玩?

哥哥也真是的，她每次玩完了就会丢在枕头边的，他怎么直接塞进被子里了呢？这样会压坏东西的，于是小舟同学把手伸进被子里，摸啊摸，要把东西掏出来……

难道是个棍子？还是一个手枪？

小舟同学左拉右扯，乔洛终于醒了，一睁眼就看见这么惊悚的画面："你在干吗？"

叶轻舟眨巴着圆溜溜的眼睛："哥哥，你被子里藏了什么东西啊？我怎么拿不出来……"

叶轻舟甩甩脑袋，这种丢人的事情为什么他还记得呢！乔洛瞧见她的样子，笑了起来："如何？知道了吧。"

叶轻舟尴尬地又抽了一下嘴角，神啊，还是让她沉浸在回忆里不能自拔吧，因为现实太残酷了！"那……怎么办啊？"

乔洛把勒住她腰的手又紧了一分，嘴贴近她的耳边，热气呵在她的耳后，嘴唇似乎碰到了她的耳垂："是我自己解决，还是你帮我解决？"

"咕嘟……"叶轻舟咽了下口水，流着泪扼腕道，"哥，那个……就让它自由地……"

乔洛时常逗她，但是又总是适时收手。他翻身打了个哈欠，看上去是要继续睡觉了，叶轻舟搓了一下被角，小声地问："那个……你们医院有没有一个叫梅莹莹的病人啊……"医院那么大，这样贸然问一个病人确实很奇怪，但是她却还是忍不住问了，其实也不期待乔洛会有什么答案。

哪知他转过身子，啊地叹了一声，然后说："就是最近转来的那个很麻烦的病人。"

“什么？”叶轻舟立刻大惊，原来世界这么小！小到让两个手黑心黑腹黑无处不黑的人聚在一起。想到乔洛这几日忙碌的样子，她忍不住扑哧一声笑了起来。天下还有比看两“黑”自相残杀更爽的事吗？

看着她偷笑的样子，乔洛毫不客气地说：“你和她认识？”他的眼神像刀一样割在叶轻舟身上，仿佛在怀疑这一切是叶轻舟的什么诡计。

叶轻舟赶紧收了笑，认真地说：“没什么，她是我们总监的表妹……”说着把头钻进被子里，继续啃手指痴痴地笑。

可是一切就像叶轻舟想的那样，人的一辈子都是均衡的，她昨天偷笑两“黑”互杀，今日就必然要遭遇两“黑”同压。

事情是这样的，中午吃完饭休息时，温若何突然走过来拍了她的肩膀一下：“轻舟，我昨天见了表妹，她还说起了你呢。”他是很随意地说了一句，然后就走进了自己的办公室，原本正想打个盹的叶轻舟立刻被吓得困意全无。

梅恶魔和总监说起了自己？！

她说了什么？她会说什么？她可能说了什么？

叶轻舟觉得她的心脏似乎不能负荷这样的冲击了，前景一片黑暗。她光顾着偷乐，却忘记了梅莹莹是温若何的表妹，人家是兄妹一家亲啊！要是她在温若何耳边说点什么……再想想刚才总监的表情似乎也很诡异，难道她真的说了什么？

欧阳从厕所回来，看她整个人简直就像是灵魂出窍了，吓得赶紧扶住她的肩膀前后摇：“小舟，你没事吧？”

“欧阳……”叶轻舟泪眼望她，“你下班以后陪我去医院好吗？”

欧阳实在看不下去某人眼泪鼻涕横流的状态：“行行行……”

去医院时，叶轻舟和欧阳每人两手都不得空，拎的全是东西。欧阳咂咂嘴：“给那女人吃这么好，也不怕把她撑死！”

“她可是总监的表妹啊！你说总监那天接了电话，为什么非要告诉我呢？那就是在暗示我啊。”叶轻舟累得直喘气，“他总不能明着收礼吧，总监真是聪明！我竟然没有反应过来，还非得他今天又来提醒我一次。再说了，梅莹莹是谁啊？她现在知道我们在她表哥手下，要是哼唧几声，我俩不就完了吗？”

“嘁……”欧阳撇嘴，“总监要是因为她的几句屁话就开了我们，这样的上司老娘我还不乐意替他干活呢！”

叶轻舟不和她争辩，按着护士告诉的房号，已经走到病房外，深吸一口气对欧阳道：“记得啊，要微笑，35 度嘴角的微笑……”她扬起嘴角，腾出一只手敲了一下门。门里传来梅莹莹一向傲慢的声音：“谁啊？进来吧。”

叶轻舟赶紧挽着欧阳推门进去：“是我们。”

靠在病床上的梅莹莹素面朝天，因为生病，脸上的气色并不太好，但是高挑的眉梢、微吊的丹凤眼、瘦削的瓜子脸，依旧能突显她带着傲慢的美丽：“怎么会是你们？”

欧阳把东西一撂，把头扭向一边，连看都不想看她，叶轻舟却谄媚地上前：“那个，你表哥不是我们的总监嘛……”

“哦，”梅莹莹点了下头，“我说呢，难道你是想讨好我来巴结我表哥？”

被她一语点破目的，叶轻舟脸上微露出窘态，但她还是继续保持着狗腿的笑容；“不是啊，我们以前可是同学啊，室友啊……”

“哟，”梅莹莹好不刻薄地说，“你要不说，我还真忘了有你这么个室友呢。您是谁啊，昌茂地产的千金啊，我哪能麻烦您亲自来看我呢。”

她这话一说，叶轻舟的脸上一阵红一阵白，紧咬着嘴唇，一时说不出话来。欧阳可没她那么好的忍耐力，立刻就奓毛了：“两年没见，你这张破嘴里还是冒不出一句好词！”

“欧阳！”梅莹莹哪会让自己被人骂，立刻就坐直了身子反驳，“你以为我想见你们俩啊！你俩现在还在一起，真是狗尾巴缠着猪尾巴！你不就是想巴结叶轻舟给你点赏赐吗？”

欧阳被她说得脸涨得通红，冲过去似乎就要打人了，突然病房的门一开，乔洛走了进来。乔洛就是乔洛，不仅无视这里剑拔弩张的气氛，还语气随意地问：“怎么了？”

欧阳一见来个帮手，立刻就要冲过去拉亲友团，却不想乔洛先开了口，不过话是对着梅莹莹说的，当叶轻舟和欧阳是透明人：“今天情况如何？”

梅莹莹不知道乔洛与她们的关系，人前还是要留面子的，于是暂时压住了怒气，说道：“就那样吧……”

乔洛点了下头：“还是没有排便？”

梅莹莹在医院里一直折腾人，动了手术以后也胡乱说自己的症状，如今叶轻舟和欧阳在场，乔洛却偏偏要问这个问题，她狠狠地剜了他一眼，他却似乎根本没在看自己。她撇嘴：“是啊，你们这是什么医院啊，会不会治病啊……”

乔洛无视她的抱怨，走上前按了一下护士铃，说道：“带4号房的病人去做肛肠检查。”

叶轻舟和欧阳感觉到了这两人之间隐而不发的敌对，选择了保持沉默。叶轻舟在心里猜测，看样子梅恶魔似乎更胜一筹啊！直到护士匆匆赶来，把梅莹莹扶上轮椅推出了房间，欧阳才开口：“这女人就是生了病还这么嚣张！”

乔洛浅笑了一下，似乎毫不在意。这样的情况在欧阳看来，觉得他着实是个和气的好人，可是在叶轻舟看来却不是这么回事，乔恶魔怎么会这么老实就甘拜下风呢！

于是她问了一句：“肛肠检查是什么？”

“通俗地说……”乔洛伸出修长的手指轻推了一下眼镜，平静地说，“就是爆菊。”

第三章

CHAPTER THREE

宏桥揽影罩轻舟

宏桥揽影
罩轻舟

梅莹莹是叶轻舟大学的室友，不过大三开始她们才住在一起。大一、大二的新生一直在郊区分校上课，到了大三才能回本校，重新编排了宿舍，她们这才碰到一起。

本校一个宿舍住六个人，其中两个是叶轻舟的同班同学，其中一个就是欧阳；另外两人见都没见过，剩下的一个梅莹莹早有耳闻，听说是建筑系的一枝花。大三开学两周以后，梅莹莹才搬来宿舍，说是受不了本校的环境，申请回家住，学校不批准，又回来了。

分校虽然在郊区，但是宿舍全部是新建的，都是双人间还有独立卫生间。可本校在市区，有百年建校历史，宿舍楼自然很陈旧，加上六人一间，本就不大的房间就显得格外拥挤。除了床，就没什么私人活动空间了。

梅莹莹拒绝住宿舍也是情理之中的，但是真正像她那样敢这么做的，却还真没几个人。就连欧阳的怒骂也只能留在公共厕所里："蹲坑那么大，老娘我要是掉下去，卡都卡不住！"

随遇而安的人只有叶轻舟，一边哼歌一边整理床铺，还一脸期待地说："在市区真好，以后买东西好方便啊。"

"可是这宿舍也太旧了。"与她同班的丽珊忍不住也撇了撇嘴。

“旧的好啊！”叶轻舟认真地说，“新宿舍都是才装修的，屋里的甲醛还没散光呢！你们知道我们每天要吸收多少甲醛吗？那是多么大的伤害啊……”

这些过往的故事都是欧阳告诉乔洛的。叶轻舟来了医院，死活要再做一次检查，以确定自己已经彻底痊愈，欧阳在外等她，乔洛问起了她们和梅莹莹的关系，这才说了起来。

“那有什么问题呢？”乔洛问道。

“你还不了解叶轻舟吗？”欧阳反问道，“她要是有一个苹果，一定不敢自己吃，要把苹果全部给别人吃，自己啃核还觉得开心呢。梅莹莹正好相反，她是建筑系的系花，家境好，在学校也算是个风云人物……”

乔洛毫不客气地打断：“难道小舟能抢了她的风头？”

“她还没那胆！”欧阳撇嘴，“只是梅莹莹没了炫耀的机会罢了。听说她在原来的宿舍，都要自带家具，用的都是最新潮的东西，什么牌子出新款她买什么……”

“结果呢？”乔洛挑了下眉梢。

“结果就是……”欧阳掰着手指头一一盘点，“她领着搬运工搬东西来时就傻了眼。叶轻舟早就把宿舍里的铁柜子换成了两个雕花红木大衣橱，连铁床都换成了双层木床，宿舍里所有人都换了丝绸床单配九孔蚕丝被。梅莹莹原来一向在宿舍里做异类，这会儿其实也是异类，不过异得比较让她不爽……”

乔洛没说话，这事还真是她的作风，不过别人对于这样的馈赠向来是来者不拒的，偏巧碰上梅莹莹这样的人，也算是她的不幸了。

“我记得那年正流行太阳能感光娃娃，梅莹莹才买回来一个，一进宿舍就发现所有人都拿着一个，轻舟还乐呵呵地拿着给梅莹莹买的去讨好她。”欧阳说着摸摸下巴，似乎在努力回忆，“嗯，还有Q版的USB、各种时装杂志、水晶手链……总之我们宿舍成了学校里最风骚的一间，什么流行的东西我们宿舍都是人手一件……呃，除了梅莹莹，她用自己的。”

乔洛是医生，梅莹莹是病人，她住院时间不长，和他接触也不多，但是就是这不长的时间，也足够让乔洛对她有些了解。一个自以为是的娇惯女，傲慢无礼，因为太空虚了，就拿小舟来发泄吗？他摸了摸下巴，难道他也是空虚了？不过话说回来，无聊的时候，玩她还是蛮有意思的一件事，可以舒缓心情，畅通呼吸……但是，这权利仅限他享有。

“梅莹莹家境不错，但也比不过轻舟啊……”虽然有叶轻舟的叮嘱，但乔洛是她哥哥，恐怕了解得更多，欧阳也就知无不言了，“毕竟昌茂地产曾经在S市也是很出名的，虽然她爸出事以后她就把公司转手了。其实对她来说，钱放在银行里最安全，要是公司有点风吹草动，她那点小胆还不早给吓破了！”

乔洛赞同地一笑，梅莹莹确实是一个不小的问题，这一点倒不是针对叶轻舟，而是他。不过目前看来，她看自己很不顺眼，乔洛倒也不在意，反正自己看她也不怎么爽，只是这日后的事，谁又能料得定呢……

“梅莹莹那时唯一能炫耀的估计就是她那个表哥了。”欧阳咂咂嘴，一脸的不爽，没想到她还真有这么一个五好表哥，想想就替总监惋惜啊，“不过轻舟也真是的，要是早说有你这么个哥哥，老娘我还不立刻把那女人的气焰打压下去，叫她彻底滚回老家！”她说着一脸的愤怒，双拳紧握，好像就要燃烧小宇宙了一样。

乔洛笑道："小舟能有你这样的朋友，真是太好了。"欧阳被他瞧着，红了脸，嘟囔了一句："她怎么还不出来啊？"心里嘀咕着，这么好的哥哥，叶轻舟怎么会和他关系不好呢？

正说着叶轻舟还未检查完，梅莹莹却先一步回来了。只见她本是一脸狰狞的表情，远远看见坐在走廊椅子上的欧阳和乔洛，立刻艰难地挤出一个傲慢的笑容，努力保持着她女王般的风度。

欧阳早就看见她在装模作样，故意大声吊着嗓子远远就挥手："梅莹莹，肛肠检查做得如何啊？现在可通畅了？"

梅莹莹气得满脸通红，把头扭向一边不看欧阳。等梅莹莹的轮椅推近，正巧叶轻舟检查完了身体，蹦跳着出了检查室的门，看见了表情诡异的梅莹莹，立刻关切地走过去，蹲下身子，怀着一颗友爱之心，亲切地凑上前问："梅莹莹，你还好吧？那里还疼吗？要不我给你去买点薄荷膏吧，听说用起来会很清凉的……"

这话在梅莹莹听来无疑是严重的羞辱，她气不打一处来，挥手一巴掌就要扇到叶轻舟的脸上，但手才抬起就被人一把扣住了手腕，高高举了起来。她抬眼一看，正是乔洛。他勾起嘴角："如果难受的话，记得是下面，别摸错了地方。"

欧阳在后面的椅子上乐得捂着肚子笑，叶轻舟不明情况："真的很难受吗？是痒吗，还是疼？"

梅莹莹使劲一挣，甩开乔洛的手，狠狠地看着他："乔洛，你可别忘了我是谁。"

乔洛听了她的话，丝毫没有惊慌，依旧用他方才的口气继续说："梅小姐，你是我的病人。"他语调平和，目光波澜不惊，整个人镇定得让梅莹莹也哑口无言了。

自从乔洛间接地爆了梅某人的菊，欧阳就开始对他无比崇敬了。特别是事后，乔洛一番慷慨的解释，更是让她膜拜得五体投地。他是这么说的:“作为医生，我需要时刻关心病人的身体，术后排便不畅，就要进行治疗。一般来说可以开药，不过梅小姐是住在特别看护病房的，我就更要对她特别照顾。做一下肛肠检查，是对病人负责，也是我作为一名医者的职责。”

这话说得简直太漂亮了，欧阳忍不住赞叹：“轻舟，你哥真是太帅了……”

叶轻舟撇嘴，他这根本就是打击报复啊。而且说好了是来讨好梅莹莹的，这下好了，不但旧仇未消，新仇又起。乔洛虽然是替她们也是替他自己出了气，但是这也无法改变他的恶魔本质。说到底，他不过是为了捍卫他乔大爷的恶魔地位罢了，梅莹莹落到他手里，也算是一物降一物。两魔相争，叶轻舟和欧阳落了个看戏的乐子，但叶轻舟不忍心看着自己的好友被假象蒙蔽啊！

“欧阳。”叶轻舟鼓起勇气说，“其实我哥没有你想的那么好。”

“嗯？”欧阳扭头看她，“怎么说？”

“就是……”叶轻舟深吸一口气，思索了一下，其实要揭露乔洛的本质还是很容易的，“我哥上小学的时候，每次他们班的卫生都是全校第一，可是，他自己从来不打扫卫生，都是指使别人干活，他自己在那里吹毛求疵，结果老师还表扬他！”

“哇！”欧阳激动地说，“你哥好有领导才华啊！”

“……”叶轻舟抹汗，“那个，初中的时候，他还没收别人给我传的小纸条，交给我妈，我妈还打了我，其实我只是留着偷偷看看，我才不会早恋呢。”她说着眼底含泪啊，多少次，纯洁的少女心，就这样被乔恶魔蹂躏了。

“确实不该让你有什么歪心思，这是关心你啊。”欧阳星星眼状，“在医院时，你哥不就很关心你嘛，真是温柔啊……”

看欧阳依旧执迷不悟，叶轻舟急了，看样子要下点猛药才能唤醒欧阳：“其实我哥是腹黑啊！邪恶的腹黑啊！他表面很好，其实很黑啊！表面很和善，其实本质阴险，睚眦必报！高中的时候，学校有个小混混，有一次撞到了他没说对不起，结果当天晚上路过一条小巷子，就被人打得遍体鳞伤，还掉了两颗门牙……小混混去报告老师，可是全校的师生都不相信啊，说我哥品学兼优，为人谦和，怎么会做这样的事呢？事后我还做了人证，证明我哥当时和我一起在校外上辅导课。事实上我知道那就他干的！”她说着攥起了拳头，仿佛这样一件违背良心的事已经压抑她很久了，“而且你看梅莹莹，就抱怨了一句，就要遭受爆菊之痛，爆菊痛，痛于上刀山啊！”

叶轻舟说得声泪俱下，可惜欧阳不但没被洗脑，反而眼里都闪出金光了：“轻舟，你哥好萌啊！为什么这么萌啊！外表斯文的腹黑男啊！大萌啊！”

“这样的人有什么好的！”叶轻舟终于忍耐不住拍案而起，吼了起来。

欧阳抬眼看着激动的她，眯缝着眼道：“你这么激动干吗，难道你有恋兄情结？”

“啊？”叶轻舟一愣，扭头看看，其他办公的职员都抬头在看她，赶紧赔笑然后坐了下去，压低了声音赶紧解释：“没啊……”神啊，借她一百个胆，她也不敢窥伺乔恶魔啊！再说了，他们又不是真的兄妹。原来嘛，还算是法律上的，后来她来了S市跟着她爸，户口一迁，彻底就算是路人了！

想到这里，叶轻舟醍醐灌顶，弱小的身躯里突然爆发出无穷的力量。

她和乔洛是没有关系的两个人啊！

她扭头想把这个激动的消息告诉欧阳，却见她把头扭向一边在看什么。

“怎么了？”

正说着就见丽娜垂着头从总监办公室里走出来，样子无比颓丧。

欧阳扭过头咂咂嘴：“瞧见没，就是温总监这样好脾气的人，也是会发火的。你哥够好的了，你知足吧！”说着起身去倒水。

叶轻舟想解释却越描越黑，她应该为有乔洛这样的哥哥而知足吗？这难道还是她的福气不成？

她甩甩头，看着坐在位子上眼神涣散的丽娜。看来温总监倒也不像她想的那样，好脾气的人也是分种类的，比如温若何，他虽然待人和气，可是也并不代表就可以任人欺压，况且要坐上总监的位子，还是有点威严的。温和是他的脾气，不是他的性格。

她，估计就是那种连性格也是软柿子的人。

欧阳立刻表示抗议：“你有性格吗？我咋没看出来？”

叶轻舟扼腕，其实她也是有性格的，只是被乔恶魔打压了太久，一点点磨没了。现在她和乔洛根本是没关系的人，自己为什么还要被他欺负，为什么还要让他和自己住，她……她现在是自由的！

可是她此时想得心潮澎湃，内心激昂，也终究只是空想，回家见到乔洛时，立刻就和霜打的茄子一样——蔫了。

吃晚饭的时候，两人面对面坐着，叶轻舟拿着筷子拨弄着碗里的米，往嘴里塞了一小口，努力咀嚼了 24 下，才咽下去，这是健康的饮食习惯。

一片沉默。

不在沉默中爆发，就在郁闷中变态，叶轻舟很怕变态，于是哼唧了一句："梅莹莹现在如何了？"

乔洛伸手夹菜，入口，咀嚼，咽下，然后说："你很关心她？"

"……"叶轻舟无言，关心梅女王？她不想活了吗？

"听说你们原来是同学。"乔洛随意地说，"她人怎么样？"

"呃……"叶轻舟咽了下口水，"其实还好啦，就是她不太喜欢我，可能是我做错了什么。"

她正说着，乔洛把筷子往桌上一放，哼了一声："叶轻舟，你真的是没救了！"

叶轻舟僵住了，她怎么了？

乔洛站了起来："她要打你、骂你时，你怎么不还手？"

没想到他说起了这件事，自从那天医院回来，乔洛就没和她说过话，难道是一直在生气？她得罪了乔大爷！叶轻舟吓得赶紧解释："她不是没打嘛。而且，骂的时候我也很生气啊，就是……就是……"

"就是不敢骂回去吗？"乔洛两手环在胸前，乜了她一眼。

叶轻舟点了下头："为什么要骂回去啊？"

"你有点自尊没有啊！"乔洛张口就说。他微昂着头，叶轻舟抬头看去，一直以来乔洛就是这样高高在上的，而她就是个唯唯诺诺的胆小鬼，他呵斥她、使唤她，似乎都是这么理所当然，可是他凭什么说她没有自尊？明明一直欺压她的人就是他啊！如果她有自尊，他凭什么使唤自己呢！而且他们……他们根本就是没关系的人嘛！

“你懂什么啊！”叶轻舟脑子一热，吼了回去，“自尊这种东西我从来就没有，因为从来就没有一个人让我有去反抗的勇气！我……我要是反抗失败了，谁……谁会在我的背后呢！”她说完，做了一件很有勇气的事，把筷子一丢，跑进房间里关上门。

今天，她不洗碗了！

叶轻舟一直都知道，在她的背后是没有这样一个人的。也许有过，但是她始终没有办法去相信，这样一个人，她真的可以去依靠。

她并不是没有朋友，比如欧阳，不止一次帮过她，也让她去回击，可是叶轻舟总在想，这原本是自己的灾祸，何必转嫁给欧阳呢？如果真的转移到了她身上，她就能解决吗？如果解决不了怎么办？那不就成了两个人的麻烦了吗？

如果有这样一个人，站在她身后，自己遇上了麻烦就可以往他身后躲，然后他还可以漂亮地解决……她有太多的事想躲，如果可以，她真想一直躲着。

在她被人嘲笑没有爸爸的时候，在她被同学欺负的时候，在她惴惴不安进入乔家的时候，在她被乔洛欺负的时候，在她面对父亲找的小三的时候，在她努力想救回父亲的时候，在她自杀的时候，在她面对父亲离世的消息的时候……

如果有一个人，站在她的身后，也许她就可以喘一口气，然后放松紧张的神经，放松身体向后靠去也不怕摔在地上，因为她知道，那里有一个人，可以依靠，可以帮她处理好一切……

想着这些，她把头钻进了被子里，躲在被子里真舒服啊……

其实这些事如果落在一个原本性格就坚强的人身上，那么她可能就会成为一代青春励志女强人，感染着一代又一代人。可惜这些事落在了她这个软柿子身上，扑哧一下，柿子就被压烂了。

空调的风凉凉的，蚕丝被软软的，她原本只是头钻进去，渐渐地身子也钻了进去，最后抱着被子一滚，睡了过去。

叶轻舟不知道睡到半夜什么时候，觉得肚子胀了，于是迷糊地翻身一摸，靠！乔洛依旧睡进来了！她明明生气地把门反锁了啊！况且她睡觉一向警觉，怎么这次都毫无察觉呢？看来她前些日子睡眠严重不足，这样也能睡死，真是太危险了。

她把被乔洛压了一角的被子扯了过来，起身去卫生间上厕所。出了房间门，叶轻舟立刻吓得瘫软在地，简直不愿意相信自己的眼睛！

看！窗户竟然没有锁！这里是二楼啊，距离地面只有三米多啊，虽然窗户外有防盗栏杆，可是不法犯罪分子可以往屋里丢毒气弹啊！

看！防盗门只是关上了没有上锁！虽然她的防盗门是中国驰名商标，可是也不能只是关上而已啊！

看！厨房的煤气总气阀没有关！虽然她的灶具不会漏气，但是这还是很危险的，万一煤气管在冬天僵化了，现在天气一热，猛烈膨胀，断了怎么办！

看！晚饭的碗也没洗，现在是夏天啊！要产生多少细菌啊！如果细菌再蔓延到空气里，那就会感染呼吸道疾病啊！

叶轻舟原本蒙眬的困意立刻烟消云散，连膀胱也不胀了，一个猛子冲过去，开始关窗锁门又洗碗。

第二天上班，叶轻舟第一次屁滚尿流赶去公司，原因是她一早起来，发现时钟已经指向了八点二十分，当时脑子就嗡的一响，觉得天旋地转。

赶到公司进了电梯，偏巧遇上温若何也进了电梯，他打趣地说："你今天怎么会这个时候来呢？"

其实叶轻舟并未迟到，但是这话在她听来却像是训话，联想到昨日丽娜被训，她原本已经放松了对总监的警惕，如今神经又紧绷了起来："总监，这是一个意外，那个……我以后绝对不会这么迟来上班的！我一定准时上班！"

温若何眨巴一下眼睛，抬手看看手腕上的手表："现在才九点二十啊。"

"九点二十？！"叶轻舟立刻惊叫了起来，"总监，这样的错误我以后不会再犯了！"如果是以前，她倒也不会吓成这样，但现在梅莹莹夹在中间，叶轻舟摸不准总监对自己的态度究竟是如何的。

温若何有点几分无奈地看着她，伸手轻拍了她的脑袋一下："你呀，太紧张了！每个人都有迟到的时候，只要不是故意的，有什么关系。"

叶轻舟愣一下："总监，你脾气这么好，昨天为什么要训丽娜啊？"她话一说完，赶紧捂上嘴巴，她竟然敢询问总监大人的心理，她最近是不是脑子进水了！"总监，我多嘴了。"

温若何歪头想了一下："好像是啊，我来这里都没这么训斥过谁。不过，脾气好是我的选择，但是该说的话我还是要说，这是我的工作原则。"

叶轻舟似懂非懂地点了下头，喃喃道：“我要是能和你一样就好了。”

电梯的门正好开了，温若何匆匆地说：“光想是没有用的，不如试一试。”他说着轻拍了她的肩膀一下。

叶轻舟被他这么轻轻一拍，觉得一阵温暖，竟然有点恍惚。温若何突然开口：“轻舟，我是不是在哪里见过你？”

“啊？”叶轻舟一愣，眨巴了一下眼睛，看着总监，摇了摇头，“没有啊。”

“哦。”温若何微点了下头，扬起嘴角，“那就是一见如故吧。”

有了总监的鼓励，还有他轻拍自己脑袋和肩膀赐予的力量，叶轻舟决定了，她要反抗！尤其昨天晚上没人洗碗的惨痛失败，更加鼓舞了她，要从失败中走出一条金光灿烂的美好明天，找个男人，摆脱乔洛！

之前叶轻舟虽然也注册了婚恋网，但一直打不定主意，如今有了对乔洛的怨恨和总监的鼓励，她毅然开始主动出击，主动打电话找婚恋网的“红娘”，积极交纳会费，不但成为 VIP 会员，还成了白金 VIP。

按欧阳的话说，如果开一个婚恋网一年能遇上十个叶轻舟这样的傻子，那这生意就可以放心大胆地做了，包赚不赔。

和乔洛冷战了一周，叶轻舟都不和他说话，不过乔洛却一副无所谓的样子，立刻把她自以为已经很傲慢的态度比到了谷底，完全不是一个层次的。

这周叶轻舟休的是大周末，周五那天晚上她就比较悠闲了，在脸上贴了个面膜，坐下来看电视，这样可以防辐射。

乔洛在旁边的书房里看书，突然手机响了，只听他接了起来。叶轻舟本不想偷听电话，可惜电视里刚刚还在吵架的主角突然拥抱了起来，不但没了说话声，连背景音乐也成了悠扬的乐曲，乔洛的声音就显得格外清晰了。

叶轻舟不知道对方在说什么，只能听见乔洛的话。

“嗯，我有可能碰不上她吗？”

她？见过她……难道是说自己吗？

“她？你们恐怕要失望了，她可讨厌我了。”

讨厌？难道乔恶魔发现了自己的反抗，他……他会不会要就地镇压啊！

“那件事？哼……你的错，要多少人来为你弥补？”

那件事？什么事？叶轻舟抹汗，难道是自己离家的事不成？

乔洛继续说：“对了，我来的第三天就遇上了小舟，我说过，我一定会找到她的。”

他接下去说了什么，叶轻舟没听清，因为电视上的主角又开始号叫了。之前偷听的几句，也让她毫无头绪。既然最后说到了她，那么一开始说的就不是她，那会是谁呢？听他的口气好像是在和乔爸爸说话，乔爸爸……

叶轻舟正靠着门框发愣，突然手机欢快地唱起了歌，房间里的乔洛立刻扭头看过来。她吓得强挤出一个笑，猫着步子跑去阳台接电话。

电话是婚恋网的“红娘”打来的，推荐了一个极品人选！叶轻舟迅速上网查看邮件，瞄了一眼，表示赞同，立刻约定明天晚上就见面。

完成了这些，叶轻舟立刻就打电话呼叫欧阳陪她一起去。

“啥？美好的周末陪你去相亲？”欧阳立刻叫了起来。

“陪我吧……万一我和人吃饭时被人下了药，把我拐骗去遥远的不知名村落，以几千块的价格被买走……”叶轻舟一边可怜巴巴地说，一边还要谨防电话被偷听，相亲这事可是得瞒着乔恶魔的。

欧阳嘟囔了一句：“算我倒霉！不过你还真去相亲啊？”

“这将是我努力迈出一大步，走向自由独立的重要时刻！”叶轻舟道，总监的力量在鼓舞着她。

“得了吧。”欧阳回道，“你充其量也就是一只狂奔的蜗牛！”

“什么？蜗牛会狂奔吗？”

“所以说咯！”

“……”

周末的计划很美好，乔恶魔这种为人民服务的职业，周末是不休息的，所以她要在他回家前就出门。反正他俩在冷战，一切都是有可能的。

叶轻舟拿出衣柜里的一件白色雪纺裙，化了一点淡妆，对着镜子看了一下，确定没什么大问题，才穿鞋出门。就在她弯下腰穿鞋的时候，咔嗒一声门开了，她抬头看去，竟然是乔洛。

“哎？”她脱口叫了起来，现在才五点半啊，难道他早退？！

站直的乔洛看见她并没说什么，只是突然把头一歪，然后勾起嘴角笑了一下：“米色的。”

叶轻舟两眼立刻睁大，赶紧捂胸站直，无奈高跟鞋还未扣好，脚下一崴，差点儿摔倒：“你……你看什么啊！”

乔洛把头摆正，上下扫了她一眼：“找男人去啊？”

叶轻舟一愣，咽了下口水。其实她一直觉得相比外科医生，他更适合去做心理医生。不过现在不是想这些的时候，而是考验她勇气的时候！她吸了口气，在心里给自己鼓气：我应该说，我就是去找男人，你管得着吗！她想好了，抬眼看着乔洛，可是话到嘴边突然转个弯，变成了另外一句：“你才去找男人呢……”

乔洛一边脱下鞋子往屋里走，一边随意地说：“可惜我既不想爆别人的菊花，也不想被别人爆菊花，所以我不会去找男人的。”

叶轻舟鄙视自己，再次鼓足了勇气：“我就是出门而已，你……你管得着吗！”虽然前半句不怎么样，但是后半句还是很有气势的。

果然原本已经要坐到沙发上的乔洛突然停住了，转身走了过来，冲着她坏笑了一下：“我是你哥呀。”说着伸手在她脸上摸了一把。

叶轻舟心中一根小火柴在热烈地燃烧，就是这样，每次都拿自己是她哥来压她，哼！她猛地避开乔洛的手，把高跟鞋一甩，光着脚就往房间里跑。就听见里面一阵翻箱倒柜，叮叮咚咚，然后叶轻舟挥着一个紫红色的小册子冲出来，得意扬扬地冲乔洛一笑，册子上三个烫金的大字——户口簿！

叶轻舟唰唰地翻册子，把户口簿递到乔洛眼前：“你看！我的户口早就迁出了，我和你，早就不是兄妹关系了！”她说着就忍不住痴痴地笑了起来，历史将见证这一刻！她终于要和乔恶魔撇清关系了！看，窗外的夕阳多么美好！

“所以呢？”相对于她的得意，乔洛显得很镇定。

叶轻舟哼哼一笑，你就装吧，看你能撑到几时！她昂起头道：“所以，你不能和我住在一起，我的事你也管不了。”

“因为？”乔洛依旧不急不慢地说。

“因为我们是没关系的人啊！”叶轻舟撇嘴，他难道是被自己这个万年软柿子翻身吓到，所以脑子卡住了？

她的话一说完，乔洛突然大步上前，猛地就把叶轻舟逼到墙角。她还未叫出来，乔洛突然弯下身子，把头凑到她颈项间，突然——

叶轻舟突然觉得在她头顶上空一尺见方的地方，劈下一道霹雳大雷，轰的一声，把她炸得外焦内酥。

乔恶魔竟然在……在亲她！

她只觉得脖子那里一阵火烫，然后他抬起头，眯缝着眼睛看着自己的成果，轻拍了已经石化的叶轻舟的肩膀一下：“既然不是兄妹了，那就搞点别的关系吧。”说着潇洒地出门，“我出去吃饭了。”

石化的叶轻舟一点点粉化，顺着墙向下滑，直到屁股落地：“哎哟，我的尾椎骨！”

刚才发生了什么？

她试图挑战乔恶魔的统治地位，结果呢？

她猛地跳起来，冲进卫生间，朝镜子里一看，立刻涨红了脸。脖子左边清晰地印着一个红印，简直就像是被热带雨林的巨型蚊子咬了一口。

“啊！我还要相亲呢！”叶轻舟大号一声，立刻冲向房间又开始翻箱倒柜来补救这个“挑战恶魔”的失败战果。

索非亚酒店门口。

“喂！”欧阳站在门口冲着迟迟赶来的叶轻舟远远地就嚷嚷了，

“是我陪你啊，你还迟到。”

“不好意思。”叶轻舟跑得直喘气，歉意地说。

欧阳突然闻到了什么，四下嗅了嗅，伸手指着叶轻舟脖子上的膏药道：“你脖子扭到了？”

“呃……这么容易就被发现啦。”叶轻舟抽动了一下嘴角，伸手摸了摸膏药。她实在找不出别的办法了，创可贴太小，膏药虽然大了点，但是却可以盖得不露痕迹。想到膏药下遮盖的是什么，她的脸忍不住又红了起来。

欧阳撇嘴：“人家相亲全身弄得香喷喷，你倒好，一身膏药味。”

她的话立刻把叶轻舟吓坏了：“那怎么办啊？我的相亲完了！怎么办怎么办……”

欧阳突然很后悔自己说了这句话，现在还得来安慰她：“没事没事，也许你相亲的那人就喜欢闻膏药味呢。”说着把她推进了酒店。按照计划，叶轻舟和相亲对象见面，欧阳坐在旁边一桌，这样可以正视相亲者的一举一动，以防叶轻舟遭遇不测，被拐卖去偏远小山村。

叶轻舟入座十分钟后，相亲对象终于赶来了。她一眼就认了出来，因为此人的相貌和红娘给她看的照片是一模一样，这人多么淳朴老实啊！叶轻舟立刻就被感动了。

男方也认出了叶轻舟，眼神里透着一丝惊诧，有点紧张地坐了下来。

叶轻舟正要开口自我介绍，突然手机响了一声，是来了信息。她尴尬地冲来者一笑，拿出手机一看，竟然是坐在后面的欧阳发来的。她点了下“查看”，一条信息就跳了出来——我靠！你找的什么人啊！

你看他的年龄有四十多了吧！那头都秃了！那五官是重装过的吧！

叶轻舟抬眼看看对面坐着的人，其实……还好啊！于是她就这么回了过去。

“我叫叶轻舟，二十四岁……”叶轻舟笑眯眯地开始自我介绍。相亲嘛，结婚嘛，就是要找踏实的人啊！

她话说完，那男方才要开口，叶轻舟的手机又响了起来。她只得赔笑，打开手机，依旧是欧阳的信息：你老实告诉我！你在相亲网上开出的条件是什么？

叶轻舟回忆了一下，回了过去：“年龄四十五以下，身高一米六以上，收入两千以上，学历大专以上，无残疾，无毁容，无犯罪前科，不抽烟，不嗜酒，无暴力倾向。”

她回完消息，抬头示意对方可以介绍自己了。男方的条件完全符合叶轻舟在婚恋网上开出的条件，果然成了 VIP 会员就是不一样啊！叶轻舟对此很满意。

不过她的满意，或者是男方的满意，并不能代表所有人都满意，比如欧阳就坐在后面不断朝这边发射怨念光波。

等到快吃完的时候，她还打来一个电话，催促叶轻舟快走。叶轻舟与对方留下了联系方式并且对下次的见面进行了美好的展望，两人依依惜别，终于在出了餐厅相望三眼以后被忍无可忍的欧阳以拖死狗的姿态拖进了电梯。

“你说！”一下楼欧阳就开始劈头盖脸地训斥叶轻舟，“你是不是脑子进水啦！别说你还交了几千块的 VIP 会费，这样的人你叶轻舟站在大马路上吼一嗓子，保证一抓一大把！”

“可是……”叶轻舟嗫嚅，“会不抽烟吗，我讨厌抽烟的人……”

“十个里总有三个不抽烟吧！”欧阳想了一下说。

“会不喝酒吗？”叶轻舟继续问。

“三个里总有一个不喝酒吧！”现在有讨论这个比例的必要吗？

“会不打人，无暴力倾向吗？”

“……”欧阳一脸的黑线，“问题不是这个好不好啊！你不觉得找这样的人是糟蹋了自己吗？”

“不会啊。”叶轻舟说，“现在社会婚姻问题太严重了，尤其是第三者啊……”说到这里她眼神里闪过一丝隐忍，然后继续说，“总之找这样的比较靠谱！”难道她要找那种长得好，可是却要每日提心吊胆担心他劈腿的男人吗？再者，难道要找那种手黑心黑无处不黑，把她吃得死死的男人吗？“你不觉得刚才那人长得很爱国，年龄很安全，性格很慈祥吗？”她知道自己是什么花，就该配什么样的瓶，她总不能灵感突发去挑战乔洛吧！

“我还觉得你像烂泥一样扶不上墙呢！”欧阳回道，胡乱伸手一指，“你看，这酒店里进进出出的，哪个不比刚才那个好多了！”

叶轻舟顺着她指的方向一看：“总监？！”

“什么？”欧阳一愣，扭头看去。真的是温若何，他从酒店里走了出来，感觉到了两道射向他的光线，扭头一看：“是你们？”

温若何刚结束一个饭局正要回家，遇上她俩，自然要发挥他温柔体贴的性格，主动当起了免费的司机。

一上车，叶轻舟就开始歌功颂德，马屁拍得比天雷还响。

欧阳原本很无奈地看着这一切，渐渐地她的眼神里透出点兴奋，最后小兴奋扩大为了大兴奋，一下叫了起来：“总监，我能不能问你几个问题啊？”

“嗯？”温若何一愣，继而一笑，“好啊。”

“年龄？哦不，肯定四十五以下……身高也不用问了，学历收入不用说了……”温若何本在等她问问题，却见欧阳在那里自个儿嘟囔了起来，“相貌很好，没什么残疾，啊！对了，总监你抽烟喝酒吗？”

“不抽烟，但是偶尔会喝点酒。”温若何老实地回答。

欧阳眼中的兴奋更明显了，想也不想就继续按着叶轻舟征婚的要求继续问：“那你有犯罪前科吗？”

“暂时还没有。”温若何被她的问题一吓，猛踩了一下刹车，坐在后排的两人立刻向前一冲。他赶紧道歉：“啊，不好意思。”

欧阳并未在意，一把扯过叶轻舟，往后一靠，扳过她的脑袋耳语：“你看，总监不就是个大好人选吗！超豪华白金版经济适用男啊！比你那爱国者好多了！”

“可是总监……”叶轻舟正想说自己这枝狗尾巴草怎么敢插进总监这样的汝窑青瓷瓶里呢！欧阳却先一步开了口：“我到了！”

温若何把车停在路边，欧阳跳下车，冲叶轻舟比了个口型：经济适用男啊！说着撒腿就跑了。

叶轻舟咽了下口水，扭回头，正瞧见后视镜里自己窘迫的表情，赶紧挤出一丝讪笑，准备继续拍马屁，却又一次被人抢了先：“你们怎么来这里吃饭了？”他这话很有深意，似乎在琢磨，大好的周末，两个女生来索非亚这样应酬型的酒店吃饭，怎么看都觉得有些别扭。

“不是的。”叶轻舟在心里把总监归为好人那一类，对于好人，她向来是不会撒谎的，“我是来相亲的。”

“嗯？”温若何又是猛地一踩刹车，叶轻舟的鼻子一下就被撞了，

“呜……”

“你没事吧？”温若何急忙道歉，他今天有点不淡定了。

“总监……”叶轻舟可怜巴巴地看着他，“我相亲，就这么奇怪吗？”

温若何自知反应过激了，愧疚地说：“我就是有点吃惊……”他说的也是实话，不说别的，单说她的相貌和职业，应该不乏追求者，相亲？难道是他太落后了，这已经成为时代的潮流了吗？

“可是相亲比较靠谱啊。”叶轻舟又把她说给欧阳听的那套理论搬了出来，听得温若何又连踩了几次刹车。叶轻舟终于捂着鼻子道：“总监，你觉得我是不是太废柴了？”

温若何咽了下口水，叹息道：“其实吧，应该这么说，以你的条件应该有更好的选择，比如……”

“比如？”叶轻舟抹了眼泪开始听他继续说。这话说起来容易，要抓出一个例子倒还真难。温若何又不能自吹自擂，说出来的人又要有说服力，思来想去，坚定地说：“就像你哥那样的。”

叶轻舟原本还在憧憬着总监为她描摹出的美好天堂，突然一下就被丢进地狱——注意，还是十八层再往下。那一瞬间她的心情就像一夜醒来发现自己满仓都是中石油一样：“那……那个……总监，为……为什么是我哥啊……”

被他这么提醒，叶轻舟突然想起上次说到结婚话题时乔恶魔似乎说过一句：“我如何？”如今一想，心惊肉跳，不过也正是如此才更加坚定了她相亲的决心。乔恶魔把她耍着玩，可是她却会心动，会心惊，会心慌，这样的危险游戏，她玩不来，也玩不起。

那天晚上，叶轻舟一直在床上翻来覆去，思索欧阳的话。总监确实是好人，可惜太好了，好得太耀眼了，和他一比自己简直不堪入目。而且这样事业有成的男人多危险啊，长得不错，以后再飞黄腾达，那时候自己却成了人老珠黄的黄脸婆，注定要被凄惨地抛弃……

真是人间悲剧啊！

所以叶轻舟觉得，找男人就和买家用电器一样，好看的不如用得久的，高科技的不如实在的，如果哪天不慎报废了，一来念着自己已经反复使用多次，二来念着成本低廉投资小，倒也不会那么伤心了。

很久以来，叶轻舟一直觉得结婚就是因为生活需要，当两个人不再需要时就分开，这是带有概率性的一道算术题，而天长地久不过是其中一种概率较小的答案，很多人拼命去追逐，却忘了这不过就是一道算术题而已。

这样的例子很多，倒不像列举好男人那么难，随手就可以拈来，比如她爸。房地产生意做得如火如荼时，当离婚再找成了那些一夜暴富者圈中的风气时，就注定了一段感情走到了尽头。不是不爱了，也不是还爱着，只是不再彼此需要了。

当他觉得揽着一个妖冶的年轻小三更能满足他的面子时，她妈就带着她离开了。两个人对于生活的追求已经不一样了，信念也不一样了，继续坚持下去，就成了别人口中拼死也要拿一份钱的弃妇。叶妈妈走得很潇洒，她对着叶爸爸说："没什么，人的一生总要后悔一次。"然后潇洒地带着女儿去了别的城市，在一次采访中认识了乔爸爸。

事实证明，她妈是多么厉害的一个人啊，因为十年之后，她爸就后悔了。他开始后悔自己的糊涂，后悔抛弃了妻子、舍弃了女儿。

叶轻舟虽然觉得他这样的行为并不值得同情，也不希望她妈妈回头，但是无论如何，他终究是自己的父亲，所以叶轻舟就离开了乔家，来到了这里。她一心以为摆脱了乔恶魔，却不知道世界上比乔洛可怕的人还有很多，比被乔洛欺压更可怕的事也有很多。只是那时的她，却满心欢喜，欢喜得就像跟着她妈一起进乔家时一样。

想到这里，她歪头看了一眼身边的人，为什么她还要和他住在一起！

为什么？为什么？！

她两手攥着被子，怎么也想不明白这个道理。她不是已经和他没关系了吗？想到这里，她伸手摸向脖子，又想起乔洛坏笑着说："既然不是兄妹了，那就搞点别的关系吧。"

搞……搞点别的关系……什么关系啊？

叶轻舟的五官挤成囧字，为什么乔洛每次说的话、干的事都能这么扰人心神呢，她的小心脏跳得扑通扑通的。如果自己也有这样强大的气场，是不是就是另一番境地了呢？

可惜她始终没有这样的气场，一路走来，越是被欺压就越是懦弱。不过人的一生，倒霉的事也是会有尽头的，每个人都从她身上占一点便宜，每次一点点，满足他们也很容易啊，这样一点点地积累着，也许有一天，她的幸福就会像一只浑圆的肉猪一样，骨碌碌地滚到她面前来。

吃亏是福嘛！而且自己也没吃亏啊，早睡早起，多劳动、多运动、多干活，连日子也很充实。

旁边的乔洛睁开眼，瞥着沉浸在自己幻想中傻笑的人，干咳了一声。叶轻舟立刻全身一僵，机械地扭头："你……没睡啊？"

乔洛把胳膊伸到头下面，扭头看着她："你傻笑的声音太大了。"

"呃……"

"不过我觉得……"乔洛开了口，"你那头猪要是遭遇了不测，你这一辈子的猪肉不都没了吗？"

"啊？！"叶轻舟吓得一滚，从半米高的床上一下子摔到地上，不顾身上的疼痛，满眼的惊恐，颤抖地伸手指他，"你……你怎么会知道我在想什么？！"

乔洛扭头看向天花板："其实念医科大时我一直觉得我应该念心理科的，可惜老师觉得我这样的人去了，会让同学和老师都很难做的，况且又没什么挑战性，所以我才选了外科。"

"……"叶轻舟咽了下口水。一眼就能看透别人的心思，乔恶魔实在是太危险了！总监怎么会拿他来举例呢！这样的男人就不是男人，是测谎机！

乔洛单手一撑，侧身支起上身，勾起嘴角，笑了一下："而且我的读心术是有针对性的。"他说着伸出修长的手臂要去拉滚在地上的叶轻舟。

针对她吗？叶轻舟全身一个激灵，自己怎么多年和一个这样的大变态住在一起，竟然还能活着，真是奇迹啊！她颤抖地伸出右手，乔洛一拉，手心有汗没拉住，滑下去一把扯掉她手腕上的两串手珠。叶轻舟一惊，急忙收手，可是乔洛已经快她一步扼住她的手腕，一把把她拉到床上，把手腕拉到他眼前。上面一道淡粉色的疤痕虽然不明显，但是对于他来说，再熟悉不过了。他眉头一皱，盯着叶轻舟看，看得她全身发毛。

叶轻舟哆哆嗦嗦地说："那个……我想睡觉了。"

乔洛却丝毫没有松手的意思。他的手很热，握着她的手腕，立刻就冒出津津的汗。他的声音却很冷："是水果刀割的？"

"啊！对！"叶轻舟立刻接话，"就是有天削苹果，那个，手一滑，就切到这里了，嘿嘿……"

乔洛眯着眼看着她，举高手臂把她的手腕拎高，然后浅笑了一下："这是右手，原来我妹妹还会左手削苹果啊，来，削一个给哥看看。"

"……"叶轻舟立刻傻了，她是白痴啊！竟然会犯这样的错误！不对，她泪眼看着乔洛，是他太黑了，谁会注意到这些细节啊！

"怎么？"乔洛的习惯是，先猜中别人的心思，把别人吓个半死，猜中以后再装傻，把别人逼得哑口无言，"不想削吗？"

"我不会……"叶轻舟泪眼汪汪。

"既然不会……"乔洛把她的手又举高了几分，叶轻舟被拉得吃疼，叫了一声。他勾起嘴角，没有眼镜遮挡的双眼深邃得可怕："那就来告诉我吧。"

叶轻舟咬咬下嘴唇，眼珠直转，猛地使劲一挣，甩开乔洛的手，眼神坚决地说："不要！"

事实证明，叶轻舟说不要，不但没有拒绝的效果，反而激起了猥琐男的兴奋。呃……乔恶魔不猥琐，但是很变态。

而且，叶轻舟立刻联想到他白天的话——搞点别的关系吧。她怎么会对着他这样的人说"不要"这样诱惑无比的话呢？

果然乔洛不负众望，勾起嘴角重复了一遍她的话。叶轻舟的"不要"二字中气十足，她本人更是一脸正气，透着三分严肃七分坚决。乔洛挑起眉梢说："不要？"他的话软绵绵的，最后一个音拖得老长，充满了暧昧。

叶轻舟咽了下口水，昏暗下的乔洛全身散发出诱惑的气息，她头皮一阵发麻。很多年以前就是这般，弄得她心乱神慌，而他却镇定自若。明明弄乱自己的人是他，可是为什么他却可以一脸平静地甩手潇洒走人，留下她在那里纠结呢？

乔洛欺身靠近，伸手轻触她脖子上的红印，戏谑地一笑："不要这个，那你要什么呢？"

他的指尖微凉，叶轻舟的心猛地一咯噔，心一横，一把打开他的手。现在的她比七年前更加脆弱，禁不起他的耍弄："你别碰我！"

乔洛一愣，停在那里，打量了她一眼，似乎在琢磨她今天怎么胆子这么大了。

叶轻舟心里也是一惊，不知道自己哪里来的勇气。也许是相比那些事，乔洛也不可怕了。这一刻，她悲哀地发现，如果想胜过乔洛她就要不断去挑战她的心理极限，寻求更大的刺激，以此来对抗乔恶魔，那么……她的前途简直就是一片灰暗啊！她立刻开始后悔自己的反抗，其实她只要顺从一点，这个世界就和平啦！

于是叶轻舟立刻把自己不和谐的反抗化为了和谐的懦弱："那个……我……我有点怕痒……"

乔洛双眼一眯："是吗？"

叶轻舟认真点头，呼出一口气。忍一下就好了，从小到大，她不都忍过来了吗？俗话说得好，百忍可成钢！

可是有时候事情并不像她想的那般美好：她忍让了，别人满意了，这事就结了。或者应该说，乔洛是不属于正常人的范畴的。从小开始，叶轻舟让一步，他只会更进两步。

他语调流畅又冰冷地说："那你不说，不如我来说好了。七年前昌茂地产的董事长叶昌茂涉嫌吸毒被拘留，被送往强制戒毒所，成功戒毒三年后再次沾染毒品，被送往劳教戒毒所。两年前第三次沾染毒品后，在家中打开煤气自杀。多年的吸毒花费以及奢侈的开销，加上公司这些年的投资规划不当，公司信誉度直线下降，由其家属经营半年后将股份全部转让，昌茂地产易主为……"

"别说了……"叶轻舟脸色惨白，这些过去的事她一直想忘记，忘记乔洛，忘记他爸，可是乔洛追来了，还毫不掩饰地揭开了她的伤疤。

"既然你不说，那我就帮你说。"乔洛看着她。

叶轻舟避开他的目光，手足无措。这一次，她要如何忍过去呢？她慌乱地爬下床："那个……有点饿了，我去弄夜宵好了，吃……吃点东西比较好睡觉……"

可是乔洛并不是一个善良的人，从他利索地背下新闻报道的那一刻起，他就不会让她有逃脱的机会。他开口："又要躲吗？被同学欺负你躲，被梅莹莹骂你也躲，你要这样躲一辈子吗？"

叶轻舟僵住了，这句话，谁都可以说，就是他不能说。这不就是黄世仁指着杨白劳问他为啥不给闺女买花戴！"把我变成这样的人，不是你吗？"

乔洛愣住了，叶轻舟继续说："而且，出了事，躲在你身后，不也是你想要的吗？"

记得上小学的时候，她的绰号叫"忍者神龟"，不但能忍还神经质。这绰号是别人开玩笑起的，她听的时候还乐了一会儿："千年王八万年龟，真是长寿啊……"

叶轻舟不觉得怕事就是乌龟，其实她已经在努力去解决一些问题。害怕被开除她可以努力工作讨好上司，害怕被同事排挤她可以做很多杂事，她没有办法改变自己的性格，只能用自己的方式去解决问题和生活。只要努力地生活，就够了。

一开始乔洛是带着排斥的心理折腾叶轻舟，但是渐渐地，他从折腾她的过程中得到了正常人无法想象的诡异快乐，于是叶轻舟就开始沦为他的附属品，其直接方式就是——除了他，别人都别想欺负她。

她被谁欺负，他都会帮她摆平。比如她被勒索，他就帮她要钱。只是要来的钱却成了他的，所谓的哥哥保护妹妹就演变成了恶魔在圈养他的奴隶。

有时候，叶轻舟已经习惯了这些，与其被别人折腾，不如被乔洛蹂躏。时间长了，乔洛帮她出头似乎成了常事，她也习惯了在被他保护以后再被折腾，天下没有白吃的午餐嘛！

要说是谁造就了今天的叶轻舟，这一点很难说，但是乔洛无疑是其中很重要的一个原因。在她就要走出父母离异的阴影时，却走进了他的世界。他有强烈的占有欲，在他那里，没人可以欺负她，只有他可以。叶轻舟寻求到了一个可以躲避的地方，尽管这里似乎并不是一个好的栖身之所。

只是他终究是乔洛，她名义上的哥哥，他不是她可以依靠的人。她妈妈对她说："小舟，你和乔洛这么亲，难道你喜欢他？"

那一刻，她傻了。她和乔洛之间一个是恶魔一个是奴隶，这一点不管别人是否知道，表面上看来，到了十七岁的年纪，她就不该和她这个没血缘的哥哥如此亲近，即使是表面上。

她妈的问题，她不承认，却也不能否认。

站在她背后的人，不会是乔洛，她也不能一直躲在他背后，她得自己走出去。其实她并不在乎是否可以活得多么风光，也不想被人众星捧月。像现在这样的日子，她过得就很满足。拿着固定的工资，有房有存款，有家庭，有朋友。

可是乔洛似乎并不是这么想的，所以过了这么久，即便她妈不告诉他自己去了哪里，他也能找来，在这样大的一个城市里，让她这个从不生病的人遇上他。

难道……叶轻舟泪流满面，他就这么爱折腾自己吗？

乔洛先是一愣，很快就扑哧一声笑了起来："你就这么清楚我想要什么？"

叶轻舟咽了下口水："不清楚，不清楚……"她想什么乔恶魔都知道，可是乔恶魔想什么，她永远都不知道。

"那么我告诉你……"乔洛一把伸手拉过她，"叶轻舟，我要你。"

屋内一片昏暗，半拉开的窗帘外透进朦胧的月光，映衬着乔洛白皙的面孔、凌乱的短发，以及他嘴角的那抹坏笑，整个人散发着危险的气息。

他说："我要你。"

叶轻舟咽了下口水，眨巴一下眼睛，似乎有几分期待。

见她不说话，乔洛扬起眉梢，在等她回话。

可是叶轻舟又眨巴一下眼睛，似乎在等他说话。

乔洛又挑了一下眉梢，继续等她回话。

叶轻舟继续眨眼，乔洛继续挑眉。

终于乔某人忍不住干咳了一声："你没话说吗？"

听了这话，叶轻舟露出一脸的惊诧："不是你还没说完吗？"

"我没说完？"乔洛愣住了。

"是啊！"叶轻舟认真地说，伸出手掰起了手指，"我要你的零花钱，我要你早上六点起床，我要你去给我买东西……"她细细地列举，末了抬头认真地看着他，"你今天要哪一个？"

乔洛一愣，动了动嘴角，只是这次的笑有些尴尬。

他要她，他要她干吗？

对于他的使唤，叶轻舟早就习以为常了，可是他今天分明是没有说完嘛。她又没有他的读心术，哪里知道他想要什么啊。

"叶轻舟，你……"乔洛开口，脸上带着几分怒气，却又似乎无处发泄。他张了张嘴，最终什么也没说，翻身睡下，把叶轻舟当透明。

叶轻舟木讷地抓了下脑袋，他究竟要什么啊？

在叶轻舟的世界里，只有别人要占她的便宜，他们会要很多，要她送礼，要她请客，要她干活，要她代班，可是却从没有人要过她。

她有被要的价值吗？

似乎没有啊！

从她进乔家开始，乔洛就这么对她说过，他说："你以为除了我爸这样的好人，谁会喜欢你这样的拖油瓶？"

她原来是没有爸爸的孩子，后来成了拖油瓶，似乎无论怎么看，都不是讨人喜欢的存在。因为知道自己的地位，所以她从不去妄想别人会喜欢她。谁向她走近一步，她就会立刻迎上去三步，却不知道她越是卑微，就越被人看不起。她就是在这样的世界里，一点点迷失了自己。

乔洛的出现，使她的人生发生了转变，在胆小这条路上成功地前进了一大步，开始走向懦弱的方向。

她怕生病也怕死，因为觉得死亡是一件可怕的事，那种恐惧只有濒临死亡的绝境才能体会到。

她怕丢了工作，因为如果没有了工作，她就不知道自己该去做什么了，如果这样，她就彻底成了一个没用的人。

她还怕梅莹莹，因为梅莹莹在学校的公开场合下大声说出她爸是吸毒犯的事。在遭遇那一瞬间的眼神后，叶轻舟几乎要精神崩溃。

准确地说，她是怕孤单。孤单是什么？不是一个人漂泊在无人的小岛，而是坐在电影院里看一场电影，看得一片茫然，四下看看，周围的人却都津津有味，那一刻才是孤单。

叶轻舟的怕，没有人会理解，所以她一直很孤单。

第二天上班的时候，欧阳立刻来问她昨晚和总监说了什么。叶轻舟道："我把自己的择偶标准和理由说给总监听了。"

"嗯嗯，然后呢？"欧阳追问道。

叶轻舟一字不差地把总监的话转达了出来，欧阳抽动了一下嘴角："……你哥？他怎么不说他自己呢？"

"也许……"叶轻舟小心看看周围没人，才小声说，"总监知道他日后飞黄腾达了就会去找小三，所以他很诚实的。"

"嘁……"欧阳撇嘴，"要我说，既然男人都不是好东西，与其找没钱的，不如找有钱的，与其找歪瓜裂枣还自恋的，不如找长得漂亮又风骚的。反正就是过把瘾，好歹老娘我还玩过高档货。"

她的话立刻给了叶轻舟当头一棒，打得她是眼冒金星，闪着星星眼崇拜地看着欧阳：“欧阳，你好帅啊！可是高档货怎么会要我呢？”

欧阳伸手推开她蹭过来的脸：“得了吧，这年头骗一个是一个，骗一年算一年……”

“什么意思？”叶轻舟抬头说。

“你不是说好男人看不上你吗？”欧阳坐在她对面的椅子上说，“那你就忽悠咯，反正忽悠不用交税，忽悠一个是一个。”

见叶轻舟还是一脸的茫然，欧阳拍了她的脑袋一下：“就是忽悠出你的高身价，这样不就配得上了。人嘛，要风骚一点，人不风骚枉少年啊！”她说着开始举例，“比如你可以说你为人纯洁，从没恋爱过，多么无瑕的一只小白兔啊……”

“可是，我确实没谈过恋爱……”叶轻舟小声地说。

“呃……”欧阳一愣，好像这个傻瓜确实没谈过，反倒是经常把追求自己的人拱手让出，“那你就说你有房有巨额陪嫁！”

叶轻舟四下看看，一把拉过欧阳，在她耳边说：“欧阳，我真的有啊！”

“……”欧阳看看她，满眼的认真，这个她也确实有，“那你就说你为人温柔……靠！你就是太温柔了。嗯，换一个，就说你人生的目标就是在家相夫教子，十个男人九个爱啊！”

“那个……”叶轻舟低头小声说，“我本来就打算结婚以后在家做主妇……”

“……”欧阳一脸黑线，一跃而起，在她脑袋上猛地一敲，“你说你一相貌好、工作好、家世好、脾气好的 A 女，你脑子里养鱼啦，要去找D男！”

“那个，其实我也不算太A……”叶轻舟嘟囔道，“我的条件是A，可是人是D啊。”

欧阳再也忍耐不住了，暴怒着说：“我真想敲开你的脑袋看看，里面究竟装了什么！”

“装了我的梦想……”叶轻舟抬眼，望向窗外，那里阳光灿烂，一片光明，她的眼里也冒出神圣的金光。

“你的……梦想？”欧阳抽动了一下嘴角，“是什么？”

叶轻舟认真地说：“能吃、能睡、有钱、没病！”

正说着话，突然温若何拉开办公室的门，冲她唤了一声。叶轻舟以为上班聊天被发现了，吓得一屁股摔下椅子。欧阳赶紧把她拉起来，推进了办公室。

叶轻舟其实对这样单独一间的办公室有些紧张，不过温若何的这一间被他布置得很符合他创意部总监的身份，哪怕是书桌上笔筒里的几支笔，都插得很有格调。叶轻舟每次进来都要感叹总监惊人的设计天分，而稍稍忽略了原本对办公室的恐惧。

“总监，你找我有事？”

温若何笑了一下，递给她一个文件夹。叶轻舟双眼圆睁，难道这是传说中的辞退通知？她颤抖地伸手接了过来，却不敢打开。

温若何颔首道：“怎么不看？”

“那个……”叶轻舟舔了下嘴唇，“总监，我刚才和欧阳上班说话……”

“嗯？”温若何眉梢一挑。

这个疑惑的声音在叶轻舟听来似乎是让她继续老实交代：“总监，

其实我们也没说多少，就是她问我昨天的事……”

温若何终于忍不住了：“为什么要和我说这些？”

叶轻舟一愣，赶紧低头去翻手里的文件夹，打开一看，上面写着“非雅地产”四个字，下面是一张规划图。

“今天新来的case，是非雅地产在城南紫阳山东面新开发的一片豪华小区，想请我们设计宣传，楼盘很快就要开了。”温若何看她正在看，就为她介绍了起来，“我记得上次看过你做的图，效果很好，所以这次的图全部由你来做好了。”

叶轻舟双手轻颤，咬了下嘴唇：“总监……”

非雅地产，赵非雅的地产公司。多么可笑，她害了自己的父亲，还夺去了公司，昌茂地产成了非雅地产，叶轻舟恨自己的懦弱无能，无法保护父亲留下的公司，难道时至今日，她还要为对方的地产公司做广告设计？

叶轻舟低头小声说：“为什么会接这个活呢……”

“公司工作而已，哪有什么理由呢。”温若何随意地说，可是看着她的样子，他又忍不住补充了一句，“对了，我表妹就在非雅地产工作，也挺巧的。”

叶轻舟抽动了一下嘴角，这也太巧了，他们学校建筑系本科要读五年，梅莹莹晚她一年毕业，那时她们早就没了联系，而昌茂地产也改成了非雅地产，梅莹莹在那里工作，她确实想不到。

见她不说话，温若何不知道她在想什么，所以静静地等她。

过了好一会儿，叶轻舟舔了下有点干裂的嘴唇，虽然她是一个好脾气的人，但是好脾气的人心里也有一条底线，这条底线即使很卑微，却也不可以逾越：“总监，这个活，我没办法接。”

温若何一愣，似乎不相信自己听见的话。他和叶轻舟虽然不是很熟，但是单凭在工作上的了解，她并不是一个会拒绝工作的人，所以一定是有什么原因的：“为什么？”

叶轻舟抬头：“因为我没有办法做，就是没有办法。”

温若何虽然吃惊，但是心里却以为是她自卑的毛病又犯了，继续说：“你别担心，你一定能做好的。”

可是叶轻舟摇摇头，认真地说：“总监，只有这个，我没有办法做。”

温若何一愣，他从未在她眼里看过这样坚决的眼神，坚决里透着一丝企求。她紧咬着下唇，攥着拳头，似乎真的是逼不得已才开口拒绝。“既然这样……”他也不是一个会为难别人的人，“那就让欧阳来做吧。”

“别！”叶轻舟立刻说，“千万别让欧阳做！”她自己不做，那是因为无法去为赵非雅的公司做广告，不让欧阳做那是因为以欧阳的脾气一定会惹出事来的，那时候不但她被牵连，公司也会被殃及，那就不好了。

“这又是为什么？”温若何彻底迷糊了，她自己不做，又不让欧阳做。

“这个……”叶轻舟绞着手指，看样子在纠结要不要说实话。

温若何一直以来对她都是一肚子的疑惑，不知道她为什么这么勤劳，不知道她为什么这么胆小，不知道她为什么会有那些奇怪的想法，而如今又会这么奇怪地拒绝：“其实，你应该知道，我并不是一个不通情理的人，你要是有什么难处，不想说也就算了。”

叶轻舟抬眼看着他。他一直都是这样面带微笑，偶尔对不负责的职员呵斥一番，却始终是一个和善的人，尤其是在她看来，总监确实是一个好人，她的那些想法，没有人会理解，可是总监虽然不能理解，却可以接受。仅仅是接受，就让她很满足了。他随意的那些话，就让她觉得很温暖。她犹豫了一下，开了口："总监，非雅地产，原来……是我家的。"

虽然她愿意告诉温若何她不愿意接活的理由，但是对于有些事她还是避开不谈："非雅地产原来叫昌茂地产，是我父亲一手打下的基业，赵非雅是他的秘书。十七年前，因为她，我父母离婚了，我跟着我妈一起生活，后来，我父亲离世后，昌茂地产就成了非雅地产……"

温若何一听这话，立刻就愣住了。他的脑海里闪出一个片段，一个二十来岁的女孩，弯着腰，柔顺的直发垂下，遮住她半张脸，只露住她闪着泪光的圆圆的眼睛。她的声音带着微微的哽咽："温伯伯，求求你……"

在她对面的是一个五十多岁的男人，是昌茂地产的四大股东之一，也是温若何的父亲。那时他还在国外念传媒，放假回国，和许久不见的朋友吃晚饭，自然免不了喝酒助兴，带着点醉意回了家，就看见在客厅里的这个女孩。

他的父亲说："公司在你手里，只有死路一条，我是不会和你合作的。"

他头有些晕，但是还是看到一滴泪从她的眼里落下，折出一道微弱的闪光。她的头垂得更低了，应了一声："那我告辞了。"她耷拉着脑袋往外走，与立在那里的温若何撞了一下肩膀。她抬起头，一脸泪光，惊慌地跑开。

父亲说，这就是昌茂地产的新主人，一个什么都不懂的毛孩子，怎么可能经营得了公司呢。反倒是那个破坏她家庭的小三，极有手腕地在公司里收购股份，现在一跃成了大股东。这个女孩眼见守不住父亲的公司了，所以希望他来和她联合。

温若何迷迷糊糊，听得并不是很清楚。

后来听说昌茂地产果然换了主人。他父亲身体不好，将股份转让，回家休养身体了，此后的事，与他家就再没什么关系了。

这事对温若何来说不过是在迷糊中的一个短小片段，只是没想到，今日却被重新提起。他看着叶轻舟垂着的脑袋，这时才明白为什么自己觉得她有些眼熟，原来是这样。

在这个发现的过程里，温若何明白了一些自己之前不明白的疑惑，同时又增加了一些新的疑问。他开始明白她的胆小，同时又疑惑，她当年转手了股份，应该有一笔丰厚的家产，既然她这么胆小，找个工作怕被开除，倒不如在家里好好享受，也免去了这些担心不是吗？

他并没有把这些说出来，在这样的场合下旧事重提，没什么意义，况且还有很多的事，他想自己找到答案。于是他说："原来是这样……"

叶轻舟本以为自己这样含糊的解释未必能说清楚，起码这样含糊的答案就绝对过不了乔洛那关，可是温若何却露出一副理解的表情，倒让她松了口气："总监，真……真的很抱歉……"

温若何站起来，伸手从她手里拿过文件夹往桌上一搁，笑道："你道歉什么？是我没弄清楚就自作主张了。你不做，欧阳也不做，就让丽娜做好了。"

"总监……"叶轻舟立刻就星星眼了，"你人真好。"

温若何已经不记得是第几次听见她这么夸奖自己了，扬了下嘴角，笑得有些尴尬，有一种自己是故意在她面前装好人骗感动的感觉：“没什么。”其实他自己也觉得，他似乎很难对叶轻舟这样的人发火或是指责。因为在自己发火前，她就已经开始忏悔了，于是不知不觉也就对她格外通融了。

尽管他很快就把这事处理了，可叶轻舟心里却依旧惴惴不安，小声试探地问：“梅莹莹已经出院了吗？”自从上次的事以后，她就没再去过医院了，而乔恶魔和梅女王气场不合，加上因为这个她和乔洛冷战许久，对于梅莹莹的情况就毫无了解了。如今说起了她，叶轻舟也就好奇起来。

“这个……”温若何皱了下眉头，有点歉意地说，“我还真不清楚，应该是没有吧。”他其实和表妹家也不是很亲，只是知道她住院去看望了一次而已。

“不清楚好啊！”叶轻舟喜形于色，立刻就脱口而出。不清楚就证明他们没有接触，没接触那就说不了什么话了。

温若何一惊：“好？”

叶轻舟立刻脸色一变，赶紧解释：“我是说，不清楚……好遗憾啊！”

温若何似乎也觉得自己很久没去看望表妹有点不近人情，于是立刻决定弥补这个遗憾，顺便也把叶轻舟的关切连带在内：“那下班以后我们一起去看她吧。”

“……”叶轻舟立刻就泪流满面了，总监，其实我一点也不遗憾的。

刚刚到下班的时间，温若何出了办公室就冲低头在那里装忙碌的叶轻舟唤了一声："轻舟，我先去开车，你一会儿就下来吧。"他说着潇洒地走出门，留下她一个人面对全办公室里的视线光波。"叶轻舟，总监叫你做什么？"第一个冲过来的是羊羊，两只眼睛都在闪光。

丽娜立刻摸下巴道："今天白天总监就叫你去了办公室，是不是就在谈晚上的约会啊？"

叶轻舟红着脸解释："不是不是……"

"那是什么？"众人齐声喝道。

欧阳立刻站出来，一把拉过叶轻舟，白了其他人一眼："就算是，关你们鸟事啊！"

众人立刻撇撇嘴，说不出话来，没趣地散去了。叶轻舟赶紧对欧阳道："欧阳，真的不是啊，是总监要我和他去……"

欧阳双手搭在她的肩膀上："这个美好的时刻我终于等到了，我看好你哟！"说着留给她一个意味深长的眼神，拎着包出了办公室。

和总监约会？叶轻舟抽动了一下嘴角。她的小胆啊，能承受得了这么大的冲击吗？

到医院的时候，才六点多。下车时，温若何说："我们看完表妹一起吃个晚饭吧。"他话才说话完，就赶紧改口，"哦，对了，你没别的事吧？"

"别的事？"叶轻舟一愣。

温若何调侃："你之前不是在相亲吗，最近应该很忙吧？"

"都没有再联系了。"叶轻舟小声说。自从那天相完亲，欧阳就夺过她的手机把相亲对象的电话号码给删了，对方打来电话也是欧阳抢过去接，结果可想而知，相亲宣告失败。

“这样啊……”温若何点了下头，然后扬眉一笑，“那晚上就一起吃饭吧。”

“嗯。”叶轻舟垂着脑袋直点头，还和总监一起吃饭啊，她的胃还能消化吗？

走到病房门口，温若何正要敲门进去，突然就听见病房里说话的声音，声音尖细清脆，正是梅莹莹。

只听她说：“你觉得我俩可能吗？”

门外的温若何和叶轻舟都是一愣，但他还是敲了一下门，扭开把手推开门，病房里只有两个人。

梅莹莹和乔洛。

湖泛风波舟自摆

CHAPTER FOUR 第四章

湖泛风波舟自摆

这个时候推门进去，无疑是很尴尬的，但是总监却推得如此果断，这让叶轻舟不由得露出崇拜的眼神，总监果然气势非凡啊！

她的眼神温若何并未注意，梅莹莹更是不会看，只有乔洛眯眼一瞄，尽收眼底。

看见突然进来的两人，病房里正说话的两人无疑都是一惊。尤其是梅莹莹，看见自己一直喜欢的表哥和一直讨厌的叶轻舟一起出现，那一瞬间的情感毫无疑问是很纠结的，也不知脸上是该怒还是该喜。

乔洛目光一扫，就看见了与叶轻舟一起来的温若何。这是他第二次看见温若何了，不过他倒不吃惊，因为欧阳上次在医院时就告诉他，梅莹莹是他们上司的表妹，所以叶轻舟才会狗腿地拿热脸去贴别人的冷屁股。

温若何看见乔洛却有些吃惊："叶医生？"

叶轻舟一惊，完了，谎言要被揭穿了。总监发现自己隐瞒了他，一定会大发雷霆，认为她是一个不诚实的人，于是不再信任她，继而觉得她留在公司会败坏公司的名声，成为公司的耻辱，于是她被一脚踹出公司，档案里还记录着她欺诈上司的罪行，以至于她再也找不到任何工作，于是只能去吃家里的老本。可是天有不测风云，人有旦夕祸福，屋漏偏逢连夜雨，在金融危机的冲击下，她的老本很快就见了底，于是穷途末路，而更悲惨的就是……她还没能把自己嫁出去，连后盾都没了。

她只能独自穷困潦倒，身边没有伴侣，膝下没有儿女，成了五保户。倘若身子还算硬朗，还能去找点谋生的活计，但也只是杯水车薪，填饱肚子而已，终于到了油尽灯枯的时候，躺在风雨飘摇的小棚子里，撒手人寰也没人知道，没有存款，没有房产，没有遗嘱，连公墓都买不起……

想着想着，她立刻就泪流满面了，一失足成千古恨啊！

不过其他三人根本没有在意自怨自艾的叶轻舟，而是在继续他们惊讶的对话。

首先是乔洛无比镇定地回应了温若何的话。对于无法回答的问题，既不要承认也不要否定，把问题丢回去就好了：“你怎么会来这里？”

温若何的思维立刻就被转移了。他上次来看表妹时并未遇上乔洛，只知道他也在这里工作，却不知这么巧，正是梅莹莹的医生：“是啊，这是我表妹。”

“表哥，你们认识？”梅莹莹面对这样的情形也是大吃一惊。

温若何想也不想就说：“他是叶轻舟的哥哥啊！”

叶轻舟立刻从凄惨离世的悲怆幻想中醒来，跌进了另一个深渊。总监啊，你的气势太强大了，你怎么可以这么直接地开门，还这么直接就把自己和乔洛的关系说了出来呢！

梅莹莹细长的凤眼立刻瞪圆了：“她哥哥？”

温若何立刻充当起了介绍人，指着目光呆滞、灵魂出壳的某人说：“这是叶轻舟，我公司的职员，你也认识的啊。”然后指着乔洛说，“这是她哥哥，没想到会是你的主治医生。而我嘛……”他笑了一下，“是你表哥。”

梅莹莹一听这话，立刻扭头看着乔洛，眼神冷厉，似乎在质问他为什么没有告诉自己。而乔洛却始终保持微笑，似乎对于这样的场面，既不吃惊也不慌张。他平和地说：“真是巧啊。”好像他对这样的巧合感到欣喜似的。

叶轻舟赶紧接话：“真巧，巧啊……”

梅莹莹白了她一眼，心里又想到她之前与乔洛的对话，也不知表哥听见了没有，于是也不想继续纠缠了，趁机转移了话题：“表哥，你怎么会来啊？”

“不是想起好久没来看你了，也不知道你出院了没，打了电话给姨妈，说你还在医院呢，就来看看了。”温若何说着把带来的东西放在一边的桌台上。

“还带人来看我啊……”梅莹莹话中有话，瞥了叶轻舟一眼，看得她浑身不自在。真不知道欧阳怎么会认为她和总监有发展的可能，有梅莹莹的存在，借她一百个胆子也绝对不敢窥伺总监。

温若何不知是听不出她话里的音，还是故意装傻，总之就按字面意思这么理解了：“这不，还是轻舟提醒我，问问你的情况呢。”

“她？”梅莹莹挑起眉梢，再瞥了一眼立在一边的乔洛，“那就问问我们的乔大医生吧，我的病怎么还没好啊？”

“乔……医生？”温若何微皱了下眉头，这时他才想起上午叶轻舟的话。她说她父母离异时，确实没提到这个哥哥，难道是……

叶轻舟的心已经彻底跌到了谷地，一切都结束了……

乔洛却丝毫不慌张，一把拉过叶轻舟，亲昵地一挽，吓得某人脸色惨白，他却随意地说："妹妹虽然是不亲的，但是我们自小一起长大，都是父母离异再婚，我们感情一直很好，我也一直把她当作自己的亲妹妹。"

叶轻舟得承认，乔洛装好人还是装得很像的，而且就理论上来看，除了面对她的时候，他几乎都在装好人，而且装得很成功。

不出所料，温若何立刻露出了理解的表情。与他不同的是梅莹莹，她眯着眼打量着这对"亲昵"的兄妹，似乎想从中看出什么猫腻来。叶轻舟得承认，天下恶魔一家亲，也只有梅女王这样的人才会怀疑乔洛的话。还是她和总监比较单纯，都是被乔洛表象所蒙蔽的老实人。

想到这里，叶轻舟就开始星星眼地仰望总监，心底冒出一种莫名的亲切感。

接着乔洛就走出病房简单地向家属介绍病人的病情，这让叶轻舟觉得，语言真是一门高深的学问啊。"……医者父母心，关注病人的情况这是我们医生必须要做的，即使病人像孩子一样时常不配合，我们也要理解他们因为生病而情绪不稳定。毕竟身体是一辈子的事，我们要负责，病人也要对自己负责。当然，我们的责任更大。我觉得医治病人不光是身体上的，同时也包括心理上的。对治疗的不配合也是心理疾病的一种，这一类病人可能潜意识害怕被别人接近，直接地说，就是有抑郁症的前兆。有时候生活条件的优越并不能代表心灵的满足，而且会有反效果。比如病人会出现焦躁的症状，具体表现为看谁都不顺眼、发脾气，还有就是胡思乱想。治疗是一个漫长的过程，其实我认为住院并不单单是为了治好已知的疾病，更重要的是通过观察发现未知的疾病，这才是我们做医生的职责……”说这些话的时候，梅莹莹不在场，若是在场就不知道要如何闹腾了，不过一席话说得温若何颇为赞同，急忙打电话告诉姨妈，表妹需要做一些心理辅导。

和总监一起吃晚饭的时候，叶轻舟一直心不在焉，脑子里总想着乔洛的话。他把自己当亲妹妹？这话虽然她知道可信度为零，但是听起来却还是让她觉得很不舒服。不知道为什么，竟有点落寞。接着又想到进门前梅莹莹的那句话，他们在说什么？

他们之间可能吗？

难道是乔洛在追求梅女王而惨遭拒绝？！

她一直觉得乔洛是喜欢虐待别人的，比如虐待她，却不知道他原来也有被虐的倾向……想着想着，心里有点不是滋味，一顿饭也吃得迷迷糊糊。

饭后总监把她送回家，叶轻舟一进门就愣住了。乔洛正在把他的被子抱出大卧室，走进了那个他一开始不肯住的小卧室。

见叶轻舟回来了，他随意地说:“今天有些感冒，不能吹空调了。”

其实听见他这么说，叶轻舟本应该欢欢喜喜地庆祝自己的解脱，可是她却没有想象中的得意，反倒有些郁结。她低下头道：“你是不是在瞒着我什么……”

不知为何，直到这话说出口，她才明白，她的纠结就是因为乔洛在隐瞒她一些事情。不管以前乔洛如何折腾她，可是他的本质她是很清楚的。他有什么邪恶的想法也不惮去告诉她，即便有时会被吓得半死，或者紧张很久，但是她所知道的乔洛，是真实的。

他会指使她做这做那，他会追来S市，他会和她挤一张床，他会说:

"叶轻舟，我要你。"

可是他从来没有隐瞒过什么事情，而且这事看上去并不是小事。

乔洛停下脚步，看着她，也开了口："你瞒着我的事，就少了吗？"

叶轻舟抬眼，愣住了，这时的乔洛脸上没有他一贯的坏笑，似乎很认真。他微眯着眼睛，隔着眼镜片看不清他眼里的神色，只觉得他的目光如凉风一般，透过眼镜片，吹在她身上，在这个燥热的夏天夜晚让她忍不住哆嗦了一下。她低喃："我……我瞒你什么了？"

乔洛没说话，转身继续走进房间，关上房门。叶轻舟被关门声一惊，末了觉得心里一阵发酸，走回自己的房间爬上床。

叶轻舟并不是第一次一个人睡这么大一张床，事实上这张巨大的双人床她睡了很久了。根据调查显示，世界上每年都有上百例从床下摔下致死的意外，所以叶轻舟的床向来是特别定制的，不但是双人床还是给 XXXL 这种 size 的人睡的双人床。

自从乔洛挤进了这张床，叶轻舟每晚都睡得小心翼翼，生怕被挤下去。如今乔恶魔主动搬走，她就可以睡到这张大床的最中间了，随意翻身、随意打滚。

她双手笔直舒展开，左边是空的，右边也是空的，她突然觉得这张十分安全的床有点空荡，就像她七年前来到 S 市一样。

在紫阳山下的那栋别墅里，她看见了她阔别十年的父亲，以及赵非雅。那也是一个暑假，天气就像现在这般炎热，那是她第一次骗乔洛说自己去参加夏令营，实际却是揣着几百块钱跑来了 S 市。一周前她爸打电话找她。十年来，他从未过问过她一句，这个电话让叶轻舟很吃惊，心里多多少少还是有点激动的。他没有提一句以前的旧事，只是让叶轻舟来这里玩玩。

真正让叶轻舟下定决心去S市避难是因为乔洛。那年暑假他正好高考完，属于闲得发慌的状态。这世界上有各种各样的人，大多数人都是忙里偷闲，不过乔洛正好相反，他是闲中找忙，折腾叶轻舟。

那年叶轻舟高一升高二，暑假也是没什么事可干，于是乔洛这个哥哥就开始为妹妹空虚的假期生活做出了合理的安排：早上环湖长跑，下午去游泳，晚上还要打羽毛球。

叶轻舟运动无能，她的无能具体表现在手脚不协调。长跑嘛，同手同脚也是可以跑的，加上从小的跑腿经验，唯一能拿得出手的就是跑步了。可是这游泳可就不行了，这是一项高危险的运动，每年因为溺水致死的意外太多了，所以对于这项运动叶轻舟是死抠着门槛不愿意出门的。

乔爸爸安慰她道：“小舟，你哥哥游泳很好的，和他一起，你还怕什么。”

“可不是。”她妈也是这么说的，“他还能把你往水底下按不成吗？”

叶轻舟泪眼望天，被乔洛拖出了门，扯下她死死攥住的游泳圈，然后被他一脚踹下游泳池。

“完了，完了，我要淹死了……”入水的一刹那，叶轻舟觉得眼前一黑，身子一轻，有种灵魂出壳的感觉。在这个与世诀别的时刻，她很想感谢她的妈妈，把她养大，也感谢善良的乔爸爸，还有那些默默关心她的人……

“姐姐！”身边传来一个清脆的声音。叶轻舟颤抖地睁开眼，天使的召唤啊，她被恶魔奴役了那么久，还可以进天堂吗？

她睁开眼，就看见一池子的人都在看她，而且都是七八岁的小孩。

其中一个腰间围着卡通游泳圈的小男孩眨巴着天真的眼睛看着她："姐姐，你不可以蹲在这里啊，那里一会儿有水冲过来的！"

叶轻舟抽动了一下嘴角，原来这里是儿童游乐区，她抱着膝盖蹲在池子里，水浅浅的，只到她的小腿。她顺着那孩子手指的方向看去，就见池子的一边正突突地冒出白色的浪花，哗啦哗啦地冲了过来。围在她身边的小孩全都手舞足蹈地蹦跳了起来，溅了她一脸的水花。

叶轻舟抬头，就看见水池边挑着眉头笑的乔洛。他笑着对她说："你就慢慢学吧。"

大半个月过去了，叶轻舟终于从游乐区游进了一米儿童区，高高地站在池子里泡凉水澡。终于有一天，她的大姨妈来了，原本这是一件烦恼的事，可是叶轻舟却兴奋得手舞足蹈，简直就像那句广告词说的那样：做女人，挺好！

于是叶轻舟窃喜着去告诉乔洛，她将有一周不能去游泳了。

"哦？那真是可惜了……"乔洛叹息道。

可惜？叶轻舟在心里偷偷撇嘴。对于乔恶魔来说，看不到她狗爬式在浅水区里丢人的样子，确实很可惜，不过她才不会觉得可惜呢。不过这话她只能放在心里，嘴上还是不能说的："真是可惜啊，但也是没办法的事啊！"

"你也觉得可惜？"乔洛挑起眉梢，突然把目光往她胸前一瞥，"发现自己的残缺了？"

"残缺？"叶轻舟一愣。

乔洛坏笑着又看了她胸前一眼。叶轻舟低头一看，立刻双手掩胸向后跳了三步："你……你在看什么？"

乔洛笑道：“看看这大半个月的效果，平原不是成了丘陵了吗？”

叶轻舟涨红了脸，但是确实得承认双手抱的地方确实比以前丰盈了一点。什么时候乔恶魔开始关心她的发育问题了？“我这里……那个，大不大，关……关你什么事……”

乔洛眯着眼，勾起嘴角，摸了摸下巴：“农民要关心田里的西瓜大不大，我自然也要关心一下以后的……”

他的话才说一半，叶轻舟的手机就响了。她红着脸跑去了阳台，就接到了她爸的第一个电话。

于是她以要去夏令营为由，一周以后跑去了S市。

她本以为自己很聪明地躲过了乔洛，却不想其实这世界上，有太多的事，比乔洛更黑暗、更可怕。只是她一直活在乔洛的阴影下，不知道外面的世界是什么样的，从某种意义上来说，那阴影也成了她的荫庇。

那天，气场不同的三人吃完晚饭后，她爸终于开了口，提出一件事。十年前，他和叶妈妈离婚的时候，叶妈妈一分钱都不要，唯独提出一个要求，就是必须给女儿开一个账户，账上有三百万的存款。

叶爸爸提起这件事的时候，叶轻舟一愣。这件事她知道，这笔钱也一直都在她的账户里，几乎没有动过。

叶爸爸说他的房地产公司最近资金周转不灵，可最近楼市高涨，房地产生意更是节节高升，叶轻舟若是把这笔钱拿出来，可以算作是入了昌茂地产的股份，每年都会有分红。

这些企业内复杂的事，叶轻舟不懂。在她看来，就是她的父亲要问她借钱而已，而且这笔钱原本就是他给她的。

他觉得亏欠女儿，所以给了她钱。

可是叶轻舟不觉得他欠她什么。作为丈夫，他背叛了妻子；作为父亲，他没有对不起她什么。他给了抚养费，他依旧记得有这么一个女儿，就够了。

所以叶轻舟想都没想就同意拿出这笔钱。叶父听见这话笑得很是开心，一直在感叹还是女儿贴心。叶轻舟细细地打量着他，十年未见，他虽然穿得比以前更加气派了，可是整个人却很憔悴，眼窝深陷，完全没有十年前的意气风发，这让她心头有点不安。

赵非雅也附和着夸赞。叶轻舟与她不熟，十年前她也只见过赵非雅几面，那时的她不懂事，只知道这是抢走她爸爸的女人，在父母离婚的那天，一向胆子很小的叶轻舟挣脱了她妈妈，跑过去一把拉住赵非雅的手，死死地咬着不放，直到舌尖传来淡淡的血腥味。她听不见周围的吵闹，感觉不到别人的拉扯，她紧闭着双眼，只是死死咬着不放，直到被人一巴掌扇了过来，扇得她两眼冒金星，她才松开口。

那个时候，她才发现，自己虽然一直很懦弱，但是到了一个极点时，也会爆发。在那一刻，任何理智都会消失。

为了防止自己爆发，她一直在努力锻炼自己的抗压能力，直到如今的百忍可成钢。

赵非雅就坐在她身边，夸奖着她，叶轻舟突然觉得有点晕眩，胃里一阵翻腾，有点想吐。

一周以后，叶轻舟回了家，把这事告诉了她妈。叶妈妈一直是一个洒脱的人，当初离婚就未想过要什么财产，这笔钱本就是女儿的，叶轻舟如何决定，她是不会干涉的。

于是叶轻舟打电话给她爸，决定再过一段时间她就带着存款去S市。这一次她爸突然开口，说希望叶轻舟能去S市陪陪他。当时叶轻舟很想说，十年前你不就选择让赵非雅陪你了吗？可是这些话，她始终不会说的，而且又想起上次见面时他憔悴的样子，叶轻舟终究不是一个坚决的人。

直到很久以后，她才发现，自己没有拒绝他是多么正确的一件事。

从那时候起，叶轻舟觉得，人是很脆弱的。有时候，一句请求，只是一个很简单的事，可是却可能牵扯出许多你意想不到的事。帮别人一把，对别人也许是莫大的帮助，自己也可以不后悔。

当时叶轻舟说让她考虑一下，毕竟去陪自己的父亲，就意味着她要搬去S市。那时的她虽然已经十七岁了，但是对于这样的事，还是难下决定。去一个陌生的地方，一切都重新开始，她活了这么久，似乎一直未曾独立过。记得很小的时候，她妈就让她一个人睡一个单独的房间，想锻炼她的胆子和独立能力，可是不知道怎么会锻炼出如今的效果。

十七岁的叶轻舟，怕被老师批评，怕被同学欺负，怕成绩不好，怕天黑出门，更怕一个人生活。

离开乔家，那本就不属于她的地方，走向一个她未知的地方。

小时候她就是一个胆小的人，上幼儿园的时候，有天她爸接她放学后将她带去了公司，公司的职员全都围了过来。见到那么多陌生的人，她哇的一声就哭了。而在她哭闹的时候，递给她一支棒棒糖的人，是赵非雅。后来想想，她真是一个聪明的女人，她永远知道每个人在什么时候需要什么。

比如她爸，在他的生意做得红红火火的时候，就不再需要一个精明能干又独立的女人，他更需要一个看上去很傻很天真，依偎在他身边，夸奖他、奉承他的人，这样才能满足他的自尊。而这一点，叶妈妈永远也做不到。她是一个洒脱的人，也许太洒脱了，她不会在意被抛弃，不会在意以后的生活，甚至不会在意叶轻舟的想法。在她想来，女儿是该和自己一样洒脱的。

街坊邻居的议论，她就当作没听见，叶轻舟被别人嘲笑蹲在墙角哭的时候，她只会让她别哭，让她坚强点，可结果却是叶轻舟开始学会在独自一人的房间里哭。那个只有她一个人睡的房间，黑漆漆的一片，而她窝在被子里，压抑着自己的声音。

别人说，她的爸爸不要她了，如果她不听话，她妈妈也会不要她的。

进了乔家以后，叶轻舟告诉自己，现在的一切都是因为她妈妈和乔爸爸再婚了。乔家的人，可以接受她妈妈，却没有义务接受自己，尤其是乔爸爸，他的和善让她惊慌，开始心惊胆战，生怕惹他们不高兴。她努力地迎合每一个人，包括乔洛。

一开始，他对她恶言相向，叶轻舟一句也不回。她知道，这种排外的情绪，即便是她这样懦弱胆小的人也是有的。就像她去咬赵非雅一样，乔洛折磨她，也是一种发泄。

只是他们的性格不同，所以方式也就不同，但是目的却是一样的——用自己的方式表达自己的拒绝。

日子一晃过了七年，乔洛的欺压渐渐变质，让叶轻舟从一开始的默默承受，开始变成了默默接受，到最后的默默享受。与其成为公共奴隶，不如做他的专属奴隶。

只是在这个过程里，叶轻舟开始发现一个不好的苗头，她竟然真的乐在其中了。

她从S市回来以后，乔洛就接到了大学军训的通知，很快就要离开。叶轻舟心里未有料想中的快乐，其实一个人睡的床，虽然安全，却太寂寥。

临走前那天，乔洛轻佻地打量着帮他清理房间的叶轻舟，然后说："不知道我回来时，能有C了吗？"

"C？"叶轻舟扭头，一脸白痴相。

乔洛挑了一下眉梢，一脸的坏笑，叶轻舟立刻瞪大了眼。过了这么久，他还牵挂着自己的……真是太色情了！

乔洛耸了下肩膀，突然收起了笑说："喂，学校有人追你吗？"

叶轻舟摇头："没有。"

"真的吗？"乔洛略抬了点音调。

叶轻舟咽了下口水："有……"

乔洛眯眼一笑，走近了她。叶轻舟退到墙角，乔洛欺身压下："怎么？你同意了？"

"没没……"叶轻舟赶紧摇头，"早……早恋是不对的，这是会影响学习的……"

"哦？"乔洛轻说了一声，继而笑道，"但是在冲动的年纪不冲动，你不怕憋出病啊？"

"冲……冲动？"叶轻舟仰头，眨巴着圆圆的眼睛，"冲动什么？"她微圆的脸仰起，看着乔洛。乔洛突然双眼一眯，猛地低下头。叶轻舟只觉得嘴唇被什么一压，接着一股火烫的感觉就从嘴上传了过来。

这……这是在干什么？！

她两只眼睛睁得老大，几乎有点酸胀，然后她微眯了一下眼睛，乔洛一把伸手扣住她的腰一推，让她贴上了他的身体。他没有丝毫要放松的意思，反倒伸出舌头，轻扫过叶轻舟的嘴唇。酥麻的湿热感让叶轻舟后背一僵，手脚都麻木地直伸着，倒像是一个被摆成大字形的木偶。乔洛的舌头往里一探，撬开她的牙齿，伸了进去，叶轻舟觉得脑子里像是在放烟花一样，噼里啪啦，炸得她头晕眼花。

不知过了多久，揽在她腰上的手才松开。她眨巴一下眼睛回过神，看着勾起嘴角的乔洛。他轻笑了一下，突然又凑了过来。叶轻舟立刻下意识地扭开头，他却一下贴上她的耳后，舌尖扫了一下她的耳垂。她全身的细胞都颤抖了，乔恶魔想干吗啊……

他的声音伴随着呼吸呵在她耳边："记住，可别想跑。"

叶轻舟猛地一惊，他松开手，她赶紧撒腿跑出他的房间。不知道自己的脸有多红，只能感觉到皮肤火烫，她正想冲去洗手间，却偏巧撞上了她妈妈，吓得她赶紧捂上脸。

"小舟，你怎么了？"叶妈妈问道。

"我……"叶轻舟结巴了一下，"那个……帮哥哥收拾东西，有点热了。"她的声音轻颤着，指尖也有点发麻。

叶妈妈说："这样啊……"

叶轻舟直点头："哥哥明天就走了！"

叶妈妈伸手摸了下她的脑袋："小舟，在乔家过得如何？"

"很好啊……"叶轻舟不知道她为什么会这么问，但还是认真地回答了。

叶妈妈突然说："乔洛大学去外地，倒也好了。你们两个孩子，以后相处的时间就少了。"

叶轻舟愣一下，小声问道："难道妈妈你不喜欢哥哥？"

“不是，倒是你……”叶妈妈看着她说，“小舟，你和乔洛这么亲，难道你喜欢他？”

叶轻舟一下子僵住了，刚才心中那种莫名的火热突然在此时被浇上了一盆冰凉的水。她突然从一直以来的梦中醒来。乔洛不是她可以依靠的人，站在她背后的人，也绝对不能是他。

因为他们是兄妹，他的爸爸和她的妈妈，是夫妻。

她摇头，使劲地摇头：“不……不……我怎么会喜欢他，他……他是我哥哥啊……”

“那就好。”叶妈妈笑道，“不过乔洛这孩子这么优秀，确实也讨人喜欢。”

叶轻舟垂着头，她很想说，其实乔洛并不是妈妈所见的那样。他是一个恶魔，整日欺压她。可是她说不出口，因为，她真的喜欢上乔洛了。

七年了，朝夕相处，为他的话而脸红，为他的亲近而心跳，为他的离开而失落，究竟这样的一份微妙的情感，会如何继续发展呢？她不敢想。

温若何像是保健品，是高档的消费，吃下去让人舒畅健康，精神上也会有一个寄托；乔洛也是高档消费，可是他是毒品，明明知道很危险，一直小心提防，可是一个不注意碰上了，就彻底沦陷了。

叶轻舟对毒品深恶痛绝，所以她的口号是：珍惜生命，远离毒品！

乔洛走后没多久，叶轻舟去了S市，迁走了户口，转了学，带着她的那笔钱，开始了与父亲的新生活。在陌生的城市，忘记过去，重新开始。

第二天一早，叶轻舟顶着黑眼圈拉开房门。她一夜未眠，脸色暗沉，神经虚弱，如幽魂一样飘出房间，飘进卫生间，刷牙洗脸，再飘去厨房做饭。

习惯性地煮好了杂粮粥，盛了两碗，端到了客厅的桌子上，却突然想起另一碗还不知道有没有人吃呢！如果是她的话……大概是不会吃的吧！她想想端起其中一碗转身往厨房走。偏巧乔洛正打开房门，她一惊，手里的碗差点儿摔落。

他头发凌乱，没戴眼镜，眯着眼睛，整个人都散发着无形的黑色怨气……

叶轻舟倒吸了一口凉气。看样子乔洛昨晚没睡好，所以今天的起床气显得格外重。昨天自己没睡好，他也没睡好吗？

他微睁开眼睛，看着端着碗的叶轻舟，动了动嘴唇："什么？"

"什么？"叶轻舟一愣。

他伸手一指她手里的碗，看上去不愿意多说一个字。叶轻舟对他的起床气并不陌生，而且她也没胆子去挑战乔恶魔，于是回道："粥。"

乔洛伸手摸了一下脖子，叶轻舟这才看见他满身的汗水。S 市向来很炎热，现在虽然接近夏天的尾声了，可是温度依旧高居不下，他昨天睡在没有空调的房间，无疑就是躺在蒸笼上。他应了一声，转身往卫生间走，看样子是要冲澡了。关门的时候，他突然探出惺忪的睡脸："等会儿我要吃。"

叶轻舟一怔，然后忍不住浅笑了一下。起床气这种东西，即便是乔洛也会变得有点像个孩子。

吃饭的时候，乔洛看上去因为洗完澡而有点清醒了，但是也没开口说话，只低头吃着杂粮粥，舀着蒸蛋，看样子很饿，八成是昨天流了一夜的汗消耗太大。

叶轻舟倒没什么胃口，拨弄着碗里的粥，只吃了一半。

乔洛吃完自己的，抬眼看了看叶轻舟的碗，一小盏的蒸蛋动都没动。叶轻舟抬眼看看他，立刻习惯性地把自己那碗蒸蛋小心地推了过去。

乔洛挑了下眉梢："你不吃？"

叶轻舟立刻点头："对对，我不想吃……"

"你不想吃的给我吃？"

"……"叶轻舟伸手把小碗拉了回来，"我吃。"

乔洛突然伸手，把碗端了过去："我要吃。"

"……"叶轻舟泪眼看他，乔大爷，莫非你今天心情很不好？这个问题很严重啊，乔洛心情好的时候自己尚且前途灰暗，如果他心情不好，那自己岂不是没有活路了？

于是叶轻舟决定，三十六计，走为上计。她把吃完的碗一摞就要往厨房跑，乔洛坐在桌前，一边舀着蒸蛋一边不急不慢地说："你就不想知道我和梅莹莹是什么关系吗？"

他这话一丢，叶轻舟立刻僵住了。他和梅莹莹当真是有关系的？他们之间什么关系？为什么梅莹莹要说那样的话，她全部都好想知道啊！

她含着泪扭头看乔洛："我……可以知道吗？"

乔洛优雅地舀着蒸蛋，扬起嘴角，温柔地浅笑了一下："当然可以。"

叶轻舟立刻把手里的碗往厨房一丢，撒腿就跑过来，激动地坐在他对面，眨巴着星星眼看着他。其实乔恶魔心情不好也未尝不是他说实话的大好机会呢！

乔洛水色的嘴唇张开，柔声道：“先来告诉哥，那天去索非亚见的是什么人？”

“……”叶轻舟石化了。

“年龄？”乔洛毫不拖沓地问，因为没戴眼镜，他犀利的眼神比平时更加恐怖了。

“三十多……”叶轻舟小声道。

乔洛轻哼了一声，叶轻舟紧张地咽了下口水：“四十二……”

“身高？”乔洛继续问，吐字清晰，掷地有声。

“一米六……”

“优点是？”

“有收入，有住房，无残疾，无毁容，无犯罪前科，不抽烟，不嗜酒，无暴力倾向。”

“结果？”乔洛脸上的表情越来越难看，背后的黑色怨气简直像是来自地狱的召唤。

叶轻舟心里那个悔啊，她怎敢妄图去干涉乔恶魔的隐私？直接的结果就是，他的事自己没问着，反倒被他审了个一清二楚：“结果，就是……没有下文了。”

乔洛很了解叶轻舟，这事若没有外力因素，是绝对不会没下文的，于是继续问：“原因？”

“欧阳说那人不好……”叶轻舟可怜地说，补充了一句，“我什么都说了。”

乔洛放下碗，似乎表示满意地点了下头，起身要走。叶轻舟急忙提醒："梅……梅……"这个问题可是纠缠了她一个晚上啊。

"梅莹莹？"乔洛扭头接了话。

"嗯嗯！"叶轻舟直点头，一脸的期待。

"她是我的病人。"乔洛笑道。

"你！"叶轻舟猛地站了起来，颤抖地竖着食指，"骗！我！"

乔洛耸肩："叶轻舟，有些事既然我们彼此都不愿意说，比如你手上的伤，比如我和梅莹莹的事，知道了又能如何？"

叶轻舟一愣，左手一把握住右手的手腕，脸色有点发白，一句话也说不出来。乔洛却突然朗声笑了起来："而且不是你说，我们什么关系也没有了。不过如果你愿意和我搞点别的关系，那倒是可以考虑……"

叶轻舟脸一红，但是却低头轻声说了一句："我们……能有别的关系吗？"

乔洛收起了笑，眯眼看着她。这房子的客厅并不大，不过十来平方米，叶轻舟站在桌子后面，他站在桌前，距离不过两米，可是叶轻舟却觉得他们隔得很远。

似乎是那七年的光阴，逝去了，就再也回不来。

她离开乔家来到这里，七年的岁月里，她没有告诉他自己去了哪里，虽然不说，但是心里并不是毫无期待。她去了哪里，只有她妈知道。乔洛七年未来，一切再清楚不过了。即便是她的户口已经迁来了她父亲这里，即便他们已经是没有关系的人，可是叶妈妈和乔爸爸却始终没让乔洛知道她在哪里。

乔洛不像她一样懦弱没用，如果他想知道，如果她妈愿意说，或者就不会是这样漫长的七年。也许在更早的时候，在她最需要他的时候，他就会出现。

他是否真的想来找她？

他们是否真的能有关系？

她经历了什么，他不会懂，而他在做什么，她也不会明白。

人的一生有多少个七年，可以去错失，又有多少个七年，是可以弥补的？

乔洛回了神，从衬衣口袋里拿出他的眼镜，仔细地架在鼻梁上，撩拨了一下额前的头发。他扬起嘴角，走了过来，跨过那道叶轻舟觉得虽然窄却无法逾越的距离，他伸出手，托起她的下巴，然后压下他的脸。唇上立刻传来一阵温热，他的身上散发出刚刚洗完澡的清香味。叶轻舟突然鼻子一酸，眼泪就流了出来。

这一吻，时隔七年。

他抬头，用一种只有他才能说出来的傲气道："只要我想，就能。"

相比乔洛的自信，叶轻舟还是像一根蔫了的茄子，不过比原来好点，是半蔫的。

她伸手抹了一下眼泪，吸了下鼻涕，问出她一直想问的话："那个……你怎么会来S市呢？"

听见她的话，乔洛却想起另一句话——"就算你去了S市，也找不到小舟的。"他突然就扬起了嘴角，笑里透着一丝不屑，看着站在他面前低头搓着衣角的人。从一开始他就有这样的自信，只要他想，就能。

他前脚来S市做医生，她后脚就会生病踏进医院，这就是他和她之间的缘分。

他如此坚信。

“我说过，你别想跑。”乔洛眯眼道，“就算你跑了，我也会抓住你的。”

叶轻舟觉得自己的心怦怦直跳，她张了张嘴想说什么，手机突然响了起来。她赶紧回过神，转身去拿桌子上的手机，号码显示是她妈。

叶轻舟微愣了一下，接了起来：“妈……”

叶妈妈先问一声她最近怎么样，叶轻舟回“很好，没什么事”。她妈一个半月前才来看过自己，时间隔得并不算长，她住院的事她也没有告诉她妈。叶轻舟时常自己吓自己，但是她从不拿自己的事去吓别人。

乔洛见她接电话，习惯性地回避，走进房间去换衣服。

他这样避嫌让叶轻舟觉得自己上次偷听他的电话有点无耻，于是脸红了一下。不过他上次的电话是给乔爸爸打的，说起他遇上了自己，那么……她心里忍不住惊了一下。

电话那头，她妈果然开口了：“小舟，你是不是和乔洛在一起？”

叶轻舟不是个善于说谎的人，大多数时候，她的谎言太蹩脚，倒不如说真话，于是她应了一声：“嗯，遇上他了。”

那头的叶妈妈叹息了一声。隔着电话，叶轻舟听不出她这一声叹息中的诸多情感。七年来，她妈来看过她很多次，却很少提起乔洛。一直以来，这都是一件心照不宣的事，她不问，她妈也不说。

过了这么久，叶轻舟也觉得，在她心中，乔洛应该已经被渐渐遗忘了。只是她没有想到，那些过去的、曾经的，并不等于忘记的。在他出现的那一刹那，就把一切都唤起了。

他方才的一吻，一如他临走前的那一天，霸道却让她心慌。

可是一切如七年前的那一幕重新上演，她注定是那个心动却又心慌的人。她妈说："小舟，你为什么就不能不和乔洛有接触呢？"

叶轻舟整个人一僵，她突然想开口说，说她和乔洛已经不是兄妹了。她可以鼓起勇气拿出户口簿向乔洛展示，却没办法在此时开口。她突然不知道为什么自己又心慌了，其实她一直都很清楚，乔洛太自信，他傲慢、霸道，他甚至脸黑手黑心黑无处不黑；而自己胆小、自卑、怯懦，怕天怕地怕死什么都怕。

他们恐怕是这世界上反差最大的两个人。她轻易地被乔洛俘获，她心动，她慌乱，可乔洛却依旧那么洒脱，他镇定，他冷静。

她的声音艰难地从嗓子里发出来："就是碰上了……"

"小舟，"叶妈妈继续说，"不要和乔洛在一起。"

叶轻舟觉得嗓子很堵，什么话也说不出来，只能傻傻地直点头，却忘了手机还没有转达点头摇头的功能。于是叶妈妈继续说："听妈妈的话……"

"嗯。"叶轻舟应道，她一直是一个听话的人，从小到大。

乔洛听见外面没有了说话声，开门出来，却发现叶轻舟已经走了，早饭的四个碗、两双筷子却还丢在桌上。他抬头看看时钟，八点二十，想起她上次半夜都要爬起来洗碗，他看着这四只碗，蹙起了眉头。

叶轻舟早上一上班，立刻就成了众人的围攻对象，非要她说昨天和总监的甜蜜约会。

"只是简单地吃了饭而已。"叶轻舟轻描淡写地说。她说的确实是实话，吃饭的时候，她一直在想乔洛和梅莹莹的话，没把饭吃到鼻孔里已经是很幸运的了。

欧阳揶揄道："可是总监今天看上去心情不错。"

"他……他每天心情都很好啊……"叶轻舟撇嘴道。

"不一样！"羊羊激动地说，"总监今天的眼神里都在闪光啊，笑得春风荡漾啊……"

"你当总监是你啊。"丽娜啐道，"一见异性就发光！"

"我那是比喻啊！"羊羊辩解道。

欧阳把叶轻舟拉到一边，小声道："来来，她们没正经，你来告诉我吧。"

叶轻舟哭笑不得："真的没什么啊……"

欧阳知道叶轻舟没有撒谎的本事，也没有那个胆子，于是一脸惊诧地说："真的什么也没有？"

叶轻舟认真地点头。

欧阳伸手指着她的黑眼圈："那你怎么弄出两个黑眼圈的？我还以为你和总监做了什么，激动得一夜未眠呢！"

"……"叶轻舟咽了下口水，其实总监虽然很强大，但是气场较乔洛还是差了一截，这种一句话就让她一夜睡不好的本事，是乔恶魔独家专利。

正说着，八卦中心人物温若何打开办公室的门，把丽娜叫了进去。叶轻舟想到他找丽娜进去大概是说非雅地产广告的事情，这让她心中不免有几分愧疚，脸上一红。却不知道她这饱含歉意的一红，在温若何以及其他人看来，却带着其他的意味。

欧阳直接摇头撇嘴："你丫最近胆子大了，说谎竟然不脸红了！"

一天过去，到了下班的时候，叶轻舟开始叹息了。早上她撒腿就跑出了家门，可是现在下班了，总不能不回家吧。

该如何去面对乔洛，这是一个很大的问题。

他说，只要他想他们有别的关系，就能有别的关系。

可是她妈说，小舟，听话，不要和乔洛在一起。

可惜七年之后还不如七年前，这次她连跑的地方都没了。

叶轻舟突然开始怀念紫阳山下的那栋房子，她似乎有半年未曾去过了。

她犹豫了一下，拿出手机，给乔洛发了个信息，说自己晚上不回家吃饭。手机刚刚显示信息已发送，她就立刻关机，生怕他回过来。

其实关了机，并不等于他就不会回信息，只是她暂时看不见，就够了。

紫阳山在S市的南面，是著名的风景区，那里的别墅区是全S市最贵的。早年叶轻舟的父亲看准了商机，买下了当时还未曾被开发的这片荒地。几年过去，旅游业兴旺，交通开发，这里的楼市立刻成了天价。而在这片别墅里，他自然选择最好的一处留给自己。

这里是他走向辉煌的地方，也是他走向灭亡的地方。

叶轻舟一直觉得自己是幸福的。从小到大，她似乎从未吃过苦。即便是在她父母才离婚的那三年，她过得也很好。学会知足，是叶轻舟可以忍耐许多事的一个根基。

相比那些生病的、濒死的、穷困的，她的那些伤痛就显得无病呻吟了。

只有经历过死亡的人才会明白，与死相比，一切伤痛，一切仇恨，一切的一切，都显得那样渺小与微不足道。

叶轻舟按下门上的密码，开门走了进去。一股霉味传来，她赶紧开窗通风。看样子这房子要是太久没有人住，确实就荒凉了。

屋外炎热，而屋里却很阴凉，好像是沉寂太久，这栋房子已经感受不到房外四季的分别了。

客厅里的茶具上落了厚厚的灰尘，茶几下面一包开了口的中华烟一直放在那里，似乎还有谁会伸手去拿一样。

烟酒是叶轻舟看来最伤身的。但是到了如今，她宁愿父亲嗜酒嗜烟，也比去触碰那些白色的粉末强。那东西不是伤身，而是夺命。房间里的东西大多没什么变化，叶轻舟检查了一遍煤气和水电，于是走出大门，准备回家。她才打开门，就听见远远传来说话声，扭头看去，别墅边的林荫小道走过来几个人。

这里的别墅区在后面有车道，面对正门的是一条人行绿化道，原来叶轻舟经常沿着这条小路晨跑，一直跑到山脚下，再爬爬山。

估计是这周围的住户，叶轻舟并未在意，把门上锁，又检查了几遍，走过房前的荒芜的小院，拉开外面的一道铁栅栏。那几个人正巧走到她面前，人群里一个穿着鲜红色 V 领连衣裙的女人，一见到叶轻舟，就停下了脚步。

叶轻舟锁好门，推了几下，确定无误才转过身，却一下愣住了。

穿红裙子的女人五官立体深邃，妆容得体，一头波浪卷发高高绾起，更衬出她高挑的身材，竟然是赵非雅。

叶轻舟怎么也没想到会在这里遇上她。她远望了一下，此时天色已黑，但是还是能望见小路尽头立着的一面巨大的广告牌，耀眼的白炽灯投在广告牌上，隐约可见“非雅地产”四个大字。看样子前面那片就是非雅地产投资的楼盘了。

不偏不倚，正对着她父亲投资的这片别墅区。与其说她有投资眼光，倒不如说她似乎想针对什么。

隔了两年未见，她似乎没太大的变化。或者说，从十七年前抢走她父亲到如今，她那副自负的样子就未变过。不过岁月流淌，即便她的傲慢不变，却无力改变其他。这里是豪华别墅区，每家门前一到天黑就亮起了路灯，耀眼的白炽灯，照在赵非雅妆容细致的脸上，清晰地照出她眼角和脖子上的细纹。其实对女人来说，最大的杀手不是岁月的沧桑，而是一盏将她的沧桑暴露无遗的白炽灯。

曾经靠着她的青春破坏别人家庭的人，也终究会有苍老的一天。叶轻舟心里有点莫名的触动，她想起小时候，在离婚的那一天，她突然冲过去，咬住赵非雅的手。事后她告诉妈妈，她恨赵非雅，因为赵非雅抢走了自己的爸爸，抢走了她很多很多的东西。

她妈说，如果那些注定是她的，谁也抢不走；能抢走的，那都是不属于自己的，或者是没有价值的。

她把自己前一段失败的婚姻、背叛她的丈夫，看作没有价值的东西，所以她很洒脱地离开了。

叶轻舟把自己曾经很幸福的家、关爱她的父亲，看作不属于自己的，所以她很自卑地离开了。

赵非雅也没想到会在此时遇上叶轻舟，她眼波流转，轻哼了一声："你还住这里？"

叶轻舟没有回她的话，只是看了一下她身后的人。一共有三个人，左边是一个微秃穿西装的中年男子，身后跟着一个年轻的女秘书。叶轻舟认识这个人，原本是公司财务部的负责人，在她最后处理公司的时候，有过一些不多的接触。看见他也跟来，她猜测赵非雅是来视察楼盘的。她目光一转，看着站在赵非雅右边的人，是一个二十六七的年轻男子。她一愣，竟然是他！

此人个子高挑，生得一张勾魂的脸，尤其是那对桃花眼，一副风流相。他穿着一件亚麻质地的衬衫，纽扣从第三颗才扣起，也只扣了两颗。他见了叶轻舟，眯眼一笑，笑容里也满是轻佻。不过他没开口叫她，叶轻舟不知他是不认识自己了，还是故意不叫她。

她收回目光，把头扭向赵非雅，回道："这里是我家，我当然可以住。"

"那倒也是。"赵非雅挑起眉梢，把目光转向那栋房子，"其实我也挺喜欢这里的，不过现在住不了，那就自己盖新的。"她的口气里透着炫耀，言下之意就是说你叶轻舟虽然守住了房子，却是个旧货，倒不如她，想盖就自己盖。

叶轻舟咬了下嘴唇。赵非雅不是第一次这样与她说话，只是她一直都在忍耐，所以这样的话，就一直没有尽头。除了沉默，她不知道该说什么。

"我以为你早就离开了 S 市了呢。"赵非雅继续说。

叶轻舟心里期盼她赶紧走，不要再和自己说话了，可是赵非雅却似乎没有这个打算。她每待一秒，都让叶轻舟全身难受，似乎在逼着她想起那些她想忘记的事。

她的父亲变成一种她从未见过的模样，目光涣散、眼窝深陷。叶轻舟记得很多年前，自己对他最后的印象是他挥手打了自己一个耳光。那时的他，薄情凶狠。可是后来，他却让叶轻舟觉得可悲。她简直无法想象，一个人，会卑微乞怜到如此地步。

他流着鼻涕，打着哈欠，眼神如乞讨者一般。不，甚至更卑微，因为他甚至无力去控制自己的思维，只能舍弃他的自尊：“小舟，再给爸爸吸一口……就一口……”

在她发现他染毒的一开始，他还尚有理智，企求叶轻舟不要送他去戒毒所。他是昌茂地产的老总，是有头有脸的人物，他还要脸，还要在社会上立足。他说，他不是一个没毅力的人，他既然能白手起家，自然也可以摆脱毒品。

叶轻舟相信了，任何人都很难不去相信自己的父亲。只是她忘记了，吸毒的人，早就不是人了，不再有人的理智、人的情感、人的毅力。

到了后来，叶轻舟把他那些东西全部从家里丢了出去。她不想看见任何白色的粉末，她狠下心，把父亲捆在房间里。她实在是没有任何办法了，他不愿意丢人现眼，那就只能如此。一次次地发作，他在房间里咆哮、嘶吼，叶轻舟靠在门外面一直哭，等他闹得没劲了，她才进去，给他擦去额角的汗。

熬过了很多次，叶轻舟也乏了，回到房间休憩了一下。待她醒来，却看见父亲满足地坐在沙发上，身边是低声啜泣的赵非雅。赵非雅含着泪，无辜地说：“怎么办啊，他这样……简直是求生不能求死不得啊……”直到很久以后，叶轻舟才发现，她是如此心狠手辣的一个女人。

一边的叶父附和道：“就算是戒毒所也要给犯人逐步减量啊……”

那时的叶轻舟很想离开，可是她一回头，却不知道自己的退路在哪里。她有父亲，有母亲，却没有可以去的地方。

叶轻舟攥紧了拳头：“我以为你也不会再来这里呢。”

赵非雅没想到她会这样回自己的话，挑了下眉梢，身后的三人立刻识眉眼地退散，打着哈哈说先走一步。那年轻男子从叶轻舟身边走过时，在她耳边轻呵了一句：“别告诉她。”

叶轻舟一愣，再回头，他已经迈着轻快的步子走远。她回过头来，赵非雅道：“为什么不能来？难道我怕什么吗？”

叶轻舟直视着她：“你就不心虚吗？”

赵非雅脸色一变，辩解的声音微颤，但还是不改她一贯的口气：“我心虚什么？难道你父亲吸毒，还要我负责吗？还是说，你这个早就和他撇清关系的女儿，小投资得了大回报，还不够吗？”

叶轻舟说不出话来。她父母离婚的时候，她被判给了母亲，拿到了那三百万，似乎就和他父亲再无瓜葛了。那年她拿钱给父亲做周转，却没想到这笔钱加上他原本的周转资金，却在投资后打了水漂。叶轻舟不在乎那些钱的流失，只是她未想到，父亲拿这么多钱去赌这么一大把，为的却是去赚吸白粉的钱。

那些年，他挥霍了太多的金钱，徜徉在各种声色场所里，那支掺了毒品的香烟是谁递给他的，他早已不记得了。他不是一个节俭的人，赵非雅也不是一个持家的妻子，原本就很奢侈的生活又多了毒品这么一个开销，在赵非雅的建议下，叶昌茂决定去搞投资，却不想竹篮打水一场空，借钱的小公司宣布破产，钱款无力追回。

从那时候起，叶轻舟开始相信，人的一生真的是公平的。他早年太过辉煌，就注定在最高点坠落。他钱赚得快，就注定流失得也快。人的一辈子，注定了只有那么多，多了，就一定要偿还。

他被送进戒毒所以后，公司就彻底交给了赵非雅。那时的叶轻舟在为学习忙碌，她还只是一个十七八岁的孩子，她还相信，赵非雅是她的继母，是她父亲的妻子。

直到她父亲去世以后，她开始接手公司，才发现昌茂公司一半的股份已经到了赵非雅的名下，她才恍然大悟。

欧阳骂道："戏子无情，婊子无义。"

再后来，她还是没能守住公司。按公司的股值，她卖出了她名下的全部股份，得到了欧阳垂涎的八位数存款以及这套房子。

相比她当时带来的三百万，她似乎真的是小投资大回报。

这样的回报，她宁可不要。

面对赵非雅的嘲讽，她咬了下嘴唇，不知道说什么。突然就看见赵非雅似乎看见了什么，目光闪烁了一下，叶轻舟一回头，也睁大了眼睛，竟然是乔洛。

他十分自然地走过来，对着叶轻舟淡淡一笑："小舟，你怎么还在这里？"

他说得太自然，让叶轻舟一时都没回过神来，不知道他怎么会找来这里，也不知道他为何会找来。他很自然地揽过叶轻舟，对着赵非雅说："这是谁？"

乔洛这个问题问得叶轻舟哑口无言。介绍赵非雅的身份是一件很尴尬的事，她虽然破坏了叶轻舟的家庭，可是和自己的父亲却一直没有所谓的名分。这也是赵非雅对于叶轻舟拿到那么多财产而愤愤不平的原因。

她陪在那个男人身边，消耗了她的青春年华，以为自己可以得到他的一切，可是他却始终不肯与她登记结婚。一开始她还幻想，这个男人抛妻弃女，和她之间必定有什么惊天动地的感情。

后来她才发现，他的每一步，都是算计好的。他与她在一起，不过是为了满足他虚荣的面子罢了。他们之间，不过就是一个付钱，一个演戏而已。

他不给赵非雅这样的女人任何分他财产的机会。她陪在他身边一日，就可以挥霍一日，可是她若是离开，就一无所有。

赵非雅没有想到自己会是这样的结果。从一开始，她就瞄准了目标，一步一步走到如今，她怎可放弃自己所计划好的一切呢？既然自己无法以妻子的身份得到她想要的，那就只有用别的方式去完成了。

冰毒，通用名称甲基苯丙胺，吸一次就可以上瘾，吸食后大量消耗人的体力并降低免疫功能，严重损害心脏、大脑组织，造成精神障碍，表现出妄想、好斗等异常，直至死亡。

吸毒者一日消耗的毒品量起码是 0.5 克，这样每月的费用最低也要 2 万元。而事实上，一旦成为毒品的奴隶，花销远远不止这些。像叶昌茂这样有头有脸的人物，自然不可能像去菜场买菜一样，去和下三烂的毒贩子讨价还价，而且他的这个嗜好还要绝对保密；再者就是吸毒后会产生一系列身体变化，他要买大量补品维系身体；他还会因为吸毒后产生的兴奋而流连在声色场所寻求刺激，这些连环的开销都是不可忽视的。

年轻的小三迷惑不了他，毒品总可以让他彻底失去理智。在这个过程里，赵非雅一点点凭借自己的身份，占有昌茂地产的股份。

之后，她提议叶昌茂去搞投资赚钱，却没想到叶昌茂竟然招回了叶轻舟。也许在那时，他还是清醒的，虽然他抑制不住自己的毒瘾，但他知道，他的一切，得留给叶轻舟——他唯一的女儿。

“她……”叶轻舟实在不知道如何说，准确地说，她压根就不想告诉乔洛这些。可是事实上，这世界上很难有乔洛不知道的事，比如连自己来这里，他都能追来。

乔洛牵起嘴角，勾出一丝笑：“看阿姨的年龄，小舟，这就是你一直说的大姨妈吧！”

大姨妈？叶轻舟一愣，她什么时候有过大姨妈？她两眼睁大，一脸茫然地看着乔洛。乔洛温柔地一笑，伸手在她头顶轻敲了一下，动作无比宠溺：“就是你妈的那个姐姐啊……”

叶轻舟抽动了一下嘴角，机械般地扭头看黑着脸的赵非雅。她比自己的母亲年轻十岁，当年就是靠着青春的本钱做了小三，如今乔洛一句“看阿姨的年龄”就是那个比她妈“还大”的“大姨妈”，简直把赵非雅刺激得不能言语了。

“她不是……”叶轻舟赶紧说。乔洛又赶紧无比诚恳地道歉：“阿姨，不好意思，我猜错了，那您是小舟的什么人啊？”

让赵非雅来介绍自己的身份，这无疑让她很难堪。相比之下，她倒宁愿去做那个“看起来年龄很大的大姨妈”。

“我……”赵非雅有点语塞，脸色也不太好看。她有点后悔自己主动找叶轻舟的碴了，不知道这个突然出现的男子是什么人，看样子该是她的男朋友吧。瞧他斯文的模样，赵非雅也只当他之前的话，是一个莽撞的年轻人一时口快而已。

叶轻舟伸手轻扯了一下乔洛的衬衫下摆，试图让他不要再说了。说这个话题，她也觉得很尴尬：“就是一个认识的人……”

叶轻舟认识乔洛很久，从来不知道他是如此好客的一个人，他突然扭头看着叶家的这栋房子：“小舟，这就是你家吧，怎么都不叫我们进去坐坐啊。”然后热情地邀请赵非雅也一起，“阿姨，您也来坐坐吧。”他说着就一把拿过叶轻舟手里那串钥匙，打开铁门，把这两个气场不合的女人推了进去。

一进这房子，叶轻舟和赵非雅站在一起，突然觉得时光似乎也流逝到了很多年前，只是少了一个人。她俩四目相对，有些尴尬。

乔洛突然开了口：“小舟，你怎么不带我和阿姨参观一下房子啊！”

叶轻舟扭头看他，不知道他在打着什么算盘。让她带赵非雅参观她原来住过的房子，这算什么？她先是一愣，然后突然回过神来——让她做主人，让赵非雅做客人，这不是等于让她宣布自己的地位吗？赵非雅之前嘲讽她只能守着这房子，如今让叶轻舟来介绍，立刻就让她变被动为主动了。她眼神闪了一下，突然觉得心里一阵暖意，索性陪他玩下去，开始一一介绍房间：“这是餐厅，这是会客厅……”

听了几句，赵非雅果然一脸窘迫：“算了吧，我还有事，先走一步了。”说着立刻就要走。

乔洛还热烈地挽留：“阿姨，怎么突然怎么急啊？其实到了你们这个年纪，就该好好休息了。参观房子，也是一种放松啊。我看这里装修得很好，阿姨的孩子要是结婚，也不妨考虑一下这样装修啊。”

赵非雅一直没有孩子，乔洛的话句句刺她的软肋，可是无奈他又是一脸真诚，自己还发作不得，只能愤愤离去。

叶轻舟看着他挥手作别的样子，简直被刺激得精神矍铄。她一生最怕的两个女人，一个是梅莹莹，一个是赵非雅，她都无从下手，可是乔洛总能轻松地解决。

待赵非雅走远，叶轻舟才想起开口问他怎么找来的。乔洛却扭过头，一脸严肃，简直和刚才那个装无辜的人判若两人。他眯着眼，叶轻舟立刻背后发毛，退了一步。他一把拉过她，抵上她的额头："叶轻舟，你还想再跑七年吗？"

"呃……"

"我说过，别想跑。"乔洛的声音不高，但是每个字都掷地有声，"你还没有这种自觉吗？"

"可是……"叶轻舟望着他，开了口，"为什么呢？"

乔洛一愣，他双眼看着叶轻舟，霸道地说："因为你就是得在我身边。"

"……"叶轻舟泪眼，这难道就是乔恶魔的告白吗？她为什么觉得他这是在挑选宠物狗啊。

"你还有什么疑问吗？"乔洛问道。

叶轻舟吸了一口气，双手紧握，指甲掐在手掌上，她一字一顿地说："可是我不想和你在一起。"

乔洛愣住了。

那天晚上，他们一句话都没有再说。叶轻舟似乎松了一口气，吃完晚饭，她想了想，还是拨了电话给欧阳，小声试探地问了一句："欧阳，你很久没见过苏灿了吧。"

电话那头的欧阳一听这两个字，立刻就像被泼了硫酸一样凄厉地惨叫："你提他做什么？"隔着电话，叶轻舟都可以想象出她那要把自己活剥生吞的眼神。

叶轻舟咽了下口水，不再多说。一来是苏灿让自己别说，二来告诉欧阳又能如何呢？她赶紧歉意地说："我就是问问而已……"

"喊！"欧阳豪迈地啐了一口，"他八成还在资本主义的怀抱里吃奶呢！看他能风流到几时，我恨不得那些身强体壮的外国女人搞得他精尽人亡！"

她一句接一句地骂着，叶轻舟不知道说些什么才好，索性什么也不说。欧阳骂累了，也就自己闭上嘴，挂了电话。

有乔洛在，叶轻舟就能感觉到自己背后的依靠，她甚至有勇气去回击赵非雅了。只是这个背后的人，却终究不属于自己。

叶轻舟在床上打了个滚，甩头不去想。其实很多事，她都不去想，因为不能，所以不想。

乔洛和她之间，羁绊大于情感。这大概就是周瑜打黄盖，一个愿打一个愿挨。

有一种人，毒舌地嘲讽你，却让你气恼着发笑，是朋友。

有一种人，严厉地训斥你，却让你满心的温暖，是父母。

有一种人，不断地欺压你，却让你觉得有依靠，是……

叶轻舟抓抓脑袋，认真地扼腕，是哥哥！

从现在开始，乔洛就是她伟大而神圣的哥哥。所谓的哥哥，就是除了父亲以外和她最亲近的男人。她有两个爸爸，还有一个哥哥……

叶轻舟立刻就星星眼了，她实在是太幸福了！

其实只要她把乔洛当作自己的亲哥哥，那么乱七八糟的心情就都会消失，转为纯洁的兄妹之情。叶轻舟觉得应该找一些这类的书籍、电视剧来进一步净化她的思想，于是爬下床打开电脑搜索兄妹之情，然后立刻就尴尬了。

"靖哥哥，蓉儿要和你在一起。"

这不过是一些特殊的称呼罢了……

"兄妹乱情，×× 小说阅读网。"

这不过是一些很小众的虚构小说罢了……

"兄妹情还是男女情？是撒娇还是诱惑？"

诱……诱惑个屁，有什么好诱惑的！

"日本经典老剧——禁忌之恋《血疑》。"

这是亲兄妹吧，和她的情况完全不同，彻底不同！

"如何区分是否是兄妹情。"

这个对了！叶轻舟立刻点开网页，立刻看见一句话：没有心跳，没有思念，没有吃醋。这个……似乎……努力一下……是可以实现的。

第二天上班，欧阳一进办公室就立刻趴在桌上，看上去很是憔悴。叶轻舟赶紧过去发扬人道主义精神："欧阳，你怎么了？"

欧阳缓缓地抬头，露出一对熊猫眼，哀怨地看着她："你还好意思问，就是你昨天好死不死的大晚上打电话来说那个恶心的家伙，害我晚上做噩梦。"

"这……这么严重？"叶轻舟露出歉意。

"当然！"欧阳啐道，"赶明儿我大晚上和你说总监，我看你能睡好不！"

"那应该睡得……很好吧。"叶轻舟抓了下头，有总监这样的温柔男做睡前安神调剂，应该比脑白金效果还好吧！

"那是你'春'困，当然睡得好！"欧阳回道。

她正要辩解，就见丽娜颓丧地从他们面前飘过，眼神哀怨。叶轻舟立刻叫住她："丽娜，要我帮你冲麦乳精吗？"

丽娜目光涣散地摇头："这次麦乳精也救不了我了……"

"怎么了？"欧阳也问道，要知道麦乳精于丽娜来说，就像人身保险于叶轻舟一样。

丽娜从一边拉过一张转椅，坐了过来，叹息道："还不是那个非雅地产的广告，我做了N份企划，又在总监的指点下不断修改，后来的方案几个总监都觉得不错，可是呢，对方一直说不满意。"

"非雅地产？"欧阳摸了摸下巴，叶轻舟赶紧打哈哈，"是哪里不满意呢？"

"广告词啊！"丽娜泪眼，"总说我的广告词没有契合他们公司这块楼盘。"

"这样啊……"叶轻舟点了下头，心里有些歉意。其实这些烦恼原本是属于她的吧，或者说，如果是她来负责，接触了赵非雅，恐怕那就得是N×N次的失败了。

丽娜无力地站了起来，喃喃道："其实我还是跟电子产品气场比较合，神啊……把我调去总公司吧！"

"听说总公司对员工很严格的，竞争压力大，搞不好就被辞退了。"叶轻舟一听她这么说，立刻就提醒她。在这样的年代，找工作已经很难了，跳槽这种事，多危险啊，成功率不到百分之十啊！"我听说前些日子总公司一个小职员给高层送开会资料，走路时脚一崴，把宣传手册弄倒了。总裁大人二话不说，立刻就把她辞退了！"说着她忍不住为这个可怜的人掬一把同情的热泪。社会上又多了个失业人士，社会失业率又要攀高了。

"这么惨？"丽娜叫道，"可是总公司好歹还能遇上总裁、理事这些高层，咱们这儿，就总监一个白金男，还被你给染指了。”

“染指？！”叶轻舟立刻被吓得脸都变色了，“我怎么敢去染指总监啊，总监其实和我什么都没有的……”

她正解释着，突然温若何开门唤了一声：“叶轻舟。”

丽娜立刻眯着眼看她，叶轻舟抽动了一下嘴角，扭头应了一声：“我马上来。”她双眼含泪，咬着下嘴唇，总监大人，你怎么可以这样呢！

温若何找她谈了之前制图的一些问题，公事说完，叶轻舟撒腿就要跑。主要是一看见温若何，她就会想起他是梅莹莹的表哥。由此看来，人还是无知一点的好，不但可以没烦恼，犯了错还能说一句不知者无罪。所以叶轻舟觉得，她以后要再无知一点，把一切都给简单化。

比如赵非雅是谁啊，公司客户呗。温若何是谁啊，公司上司呗。乔洛是谁啊，她哥哥呗。这样一想，连空气都比原来清新了。

可是事实上，世界上并不是每个人都像她一样想。或者说，她压根就是极少数异类。大部分人偏偏喜欢把简单的事复杂化，把没关系搞成有关系，把一个关系，搞出好多关系。

例如乔洛，例如总监。

“你最近还忙吗？”

叶轻舟机械地扭过头来。为什么总监的询问让她有一种不祥的预感？这个问题很有深意，如果她说忙，是不是代表她办事不利索？如果她说不忙，是不是代表她工作偷懒？

等等，她怎么又复杂化了？

叶轻舟泪流满面，像她这样胆小的人，想洒脱真是太难了。她总是忍不住要去考虑那些可能出现，甚至根本不会出现的后果。

“那个，其实我忙……也不忙。”

“哦？”温若何一愣，犹豫了一下，开了口，“要是你没事，晚上一起吃饭吧。”

“吃饭？”叶轻舟眨巴了一下眼睛，为什么她觉得最近她好久都没回家吃过饭了，“有什么事吗？”难道又要去医院？

“没有，就是随便吃个饭。”温若何笑道。

“这个……不好吧。”叶轻舟认真地说。

“有什么不好？”温若何反问道。

“要不……”叶轻舟提议，“叫上丽娜、欧阳、羊羊、筱霞，我们一起吃……”

温若何无奈地笑了一下：“不能和你单独吃吗？”

“单独？”叶轻舟咽了下口水，小声问道，“总监，为什么要单独呢？”

温若何确定了，叶轻舟的反射弧是有点长。所以他看着她，认真地说：“因为我对你有点好感。”其实温若何的心理并不如这话说的那样简单。自从知道了叶轻舟家里的事，他对她就更加好奇了。后来他问了父亲，还知道了她爸当年吸毒自杀的事。他一直觉得，从小经历了父母离异、母亲再婚、父亲自杀这些事情的人，应该是一个坚强得可怕的人，对一切都带着仇恨，觉得生活对她不公平，可能极端，可能避世，又或许彻底地堕落，寻求刺激来遗忘痛苦。可是无论是哪一种，都不符合叶轻舟。对仇人，比如说起赵非雅的时候，她只有怯懦；对社会，她积极地工作与生活，堕落就更别说了。

虽然胆小怕事，却未尝不是在认真地生活，温若何觉得，在她的身上，有种微弱的力量，一直在闪光。

他忍不住去问父亲，为什么当年不肯帮她。他父亲说，收购公司的股份，赵非雅出的价格更好，而叶轻舟什么也给不了他。在她的管理下，他手里的股份甚至有可能一文不值。作为一个商人，他不会做赔本的买卖。

温若何再看叶轻舟时，心里就带着一丝歉疚。她时常可怜巴巴地眼泛泪光，可再没有一次像那时，泪水滴落，然后转身跑开。那时她是带着多大的期望弯下腰，又带着多大的失望滴落眼泪。

直到这时，温若何才真正明白她说过的话，永不后悔。

她已经尽了全部的力量，那些结果却始终不如她的意。可是，她不后悔。

他继续说："所以就想和你有进一步的接触。"

叶轻舟张大了嘴，结巴了："接……接触以后呢？"

"你说呢？"温若何笑道。

叶轻舟立刻觉得高空坠落下一个巨大的馅饼。虽然是个大馅饼，可是从三千米高空坠落，砸下来不死也得脑震荡啊！"不行！绝对不行！总监，其实我对你还没有什么感觉，不，我是说，你人很好，但是我从没有窥伺总监你！所以……"

"所以？"

"所以既然没有感觉，就不要去搞暧昧啊。"叶轻舟认真地说。

虽然被人直接说对自己没感觉，是一种很大的打击，不过听听她的原则，倒真有些道理。他正要开口，却不想被她打断："现在社会上这样的事太多了，很多女性同胞接受一些暧昧，得到了好处，可是又不愿意和别人交往，结果男方很执着，坚持要死缠烂打，结果女方又说了一些绝情的话，最后导致了很多情杀啊！社会调查显示，现代社会工作，成家压力大，很多男性都有一定的心理隐疾啊，在遇上某个高发点时就会爆发，一时冲动，为了区区蝇头小利，最后丢了性命，真是人间惨剧啊……”她说着抬眼一看，就看见温若何满脸的黑线，她赶紧改口，“当然，总监你绝对不是这样的人！”

温若何笑了起来，他是真的太好奇了，她的脑子里究竟装了多少这些稀奇古怪的想法：“放心，我不会死缠烂打的。”

“啊？”

“那么，可以去吃饭了吗？”

CHAPTER FIVE 第五章

野渡无人舟自横

野渡无人舟自横

一路上，叶轻舟都在思索一个问题：为什么总监会对自己有好感？

这个问题似乎是不需要什么理由的，但是叶轻舟从来就不是一个会心安理得地接受别人好意的人。她一没有和总监沾亲带故，二没给总监送礼，总监怎么会对自己有好感呢？

这个问题她想了很久，终于在温若何停车的一刹那，她人向前微微一冲，突然就悟了。

其实总监和她的思维是一样的！

她相亲的时候，就觉得要找个保险的男人，安全实用大于外观功能。如此看来，总监也是这么想的，于是就对虽然看上去毫无优点却很安全的她有了好感。

她相貌平平——绝对不会招蜂引蝶，更别说水性杨花了。

她工作一般——绝对不会在事业上压倒男人，成为他们的心理负担。

她胆小如鼠——绝对不会有任何犯罪潜力，而且绝对是三从四德的十佳主妇。

这就是A男配D女啊！她扭头星星眼看着温若何，总监，原来我们是同类啊！

“轻舟……”温若何下了车，绕到副驾驶这边，绅士地拉开车门，唤了她一声。叶轻舟激动地看着他，那眼神就好像看见了一份高额人身保险一样。

原来她确实可以找到更好的人选。世界这么大，总是有同类的。

叶轻舟不是第一次和总监一起吃饭，却是第一次吃得这么心安理得。仔细想想，总监真是一个百年难遇的好男人啊，虽然配她确实可惜了点，简直就是一棵兰草插在那啥上，不过既然总监坚持要找自己这样安全的人，她也是可以理解的。

仔细想来，其实自己对总监也是有好感的，只是这好感里，更多是对总监的仰望。不过话又说回来，她原本就打算去相亲，所谓的感情，也就不那么重要了。

她一直信奉没有感觉就不要去招惹别人，因为这就是一件不公平的事，别人付出了感情，若是自己压根就没感觉，这不是忽悠人家吗？不过如果总监压根就是和自己同一思维，那么也就是公平的了。

叶轻舟低头吃菜，这是一家高级法式餐厅，基本上没有把味精当盐巴撒的可能，她不但感情上心安，吃得也心安。酒足饭饱后，叶轻舟起身去卫生间上厕所，她双目平视前方，步履轻盈地向前走。走过餐厅右边一排临窗的桌子，每张桌子间都有别致的欧式隔断，她一路走到尽头，突然就看见最角落的桌边有一张熟悉的脸，吓得她立刻有种大小便失禁的冲动。她下意识地退到前面一桌，好在那里没人坐，叶轻舟坐了下去，背对着后面一桌，心里怦怦直跳。

她看见了梅莹莹，微昂着头，手里轻摇着一只细脚杯，杯子里紫红色的液体晃动着，在灯光下，映衬着她傲慢的表情，显得格外妖娆。

她不是还在住院吗？怎么出来吃饭了？叶轻舟背靠着椅子，琢磨了一下，还是换条路走的好。幸好她刚才躲得快，要不撞见了梅女王可就不好了。

她挪了下屁股，伺机潜逃，突然听见一个熟悉的声音，音色清朗，语调微扬。他说：“那件事，你知道多少？”

叶轻舟愣住了，她慢慢地扭头，又怕梅莹莹看见自己，只好摸过桌上的菜单，遮住脸，只露出两只眼睛，小心地透过镂空的隔断看过去。与她背对背而坐的那个人，肩膀宽阔，穿着米色的衬衫，伸出左手拿过桌上的一杯咖啡，指甲修得整整齐齐。

梅莹莹道：“该知道的，我都知道。”

“你们想要什么？”

“其实这事听上去是我爸的事，可是你也知道，他什么都听我的。”梅莹莹勾起嘴角，“看上去，他对你很满意，连我生个病也要转去你在的那家医院。可是乔洛，我对你一点兴趣也没有，我不知道你爸和我爸的想法是什么，可是没有人能替我决定。”

她的话，把叶轻舟心里仅剩的那么一点不相信彻底打碎。真的是乔洛，前一刻还霸道地对她说，她就是得在他身边，可是下一刻，他却突然和梅莹莹又有了纠缠。

叶轻舟这段时间一直极力告诉自己，乔洛是她的哥哥，他的那些话，她都不能当真，所以她说：“我不想和你在一起。”她既然拒绝了他，也接受了总监的邀请，就不该去管他的事。只是真的看见了、听见了，心里的纠结却无法抑制。

过去的七年，她见不着他，他有什么事，她都不知道。因为他走出了她的生活，就应该被淡忘。可是淡忘永远不等于遗忘，他只要一出现，她就抑制不住地想去知道他的事。

只听乔洛从容地说："其实我并不觉得事情已经到了需要我们来解决的地步。梅叔叔怎么想，你怎么想，那都是你们的事，与我无关。"

梅莹莹一向高高在上，说话也咄咄逼人，她蔑视所有人，却在乔洛这里占不到一点上风。她的嚣张只能靠语言和行为来表现，而乔洛的霸气，是从骨子里透出，表现在他每个细微的神色中的。

"那是最好。"梅莹莹回道，"而且，乔家医院的女主人，这点对我来说一点诱惑也没有，这一点，我必须说明。"

"我明白。"乔洛勾起嘴角，"暂时来说，这个位置还是我妈坐着。"

梅莹莹的脸色顿时一变，有些尴尬。他的话似乎在说你想做也未必能做得了。从她得知那件事以后，她就一直以为自己处于一个高高在上的地位，有求于她的乔洛即便不对自己卑躬屈膝，那也该是言听计从。住到医院，她也是到处找碴难为他，可是却一直未占到什么便宜。直到后来，她才发现，乔洛从来就不是一个会让自己屈居下风的人，即便他家医院今后的发展，全凭她父亲一句话，他也不会低头。他身上的傲气，让人觉得害怕。

叶轻舟听得不是很清楚，但是她听着听着，觉得她妈妈那句"不要和乔洛在一起"似乎和这件事也有些关系。她咬了一下嘴唇，听上去挺大的一件事，乔洛却没有告诉她。她心里一揪，却突然觉得其实她和乔洛这样天差地别的人也是有些相似之处的。他们都不喜欢把自己的事告诉别人，乔洛是有自信自己去解决，而她是怕给别人带来麻烦。

“小姐。”

“啊？”叶轻舟回神，扭头一看，就看见服务员笑盈盈的脸。

“您需要点单吗？”小姐指着她盖在下脸上的菜单问道。

“不要不要……”叶轻舟赶紧丢下菜单，站了起来，手足无措地道歉，“我就是路过这里，那个，其实我是要去厕所的……”她赶紧跳出这边的座位，连退了几步，然后就看见乔洛眯着双眼的脸，她石化了。

“叶轻舟？”她背后传来梅莹莹如刀刃一般锋利的声音，吓得她肩膀一耸，机械地扭头，抽动着嘴角：“梅莹……莹莹啊，这……这么巧啊？”

可是梅莹莹却没在看她，她的目光从叶轻舟的左边擦了过去，向后看去，唤了一声：“表哥？”

叶轻舟彻底石化了。

如果上天赐予每个人一次重生的机会，去改变人生中某个转折点，对于叶轻舟来说，选择这个转折点却是一件艰难的事。是阻止父母离异，是改变与乔洛的纠葛，是不去找父亲，还是不该留在S市继续生活？这些事，哪一件可以扭转一生呢？

她不知道，也没有想过。人生一旦开始，就永远也无法回头，既然回不去，也就不要去后悔。叶轻舟只担心未来的事，很少去懊悔以前的事，不过她听过一句话：A person without regrets is a nincompoop.（人生无憾，必是傻瓜。）这话说得很对，她一直就是一个傻瓜。

比如面对此时窘迫的情况，她一句话也说不出来，只能目瞪口呆装傻子。

温若何看样子也是要往洗手间这边走，走到这里，却不想看见了站在走道上的叶轻舟和从座位上站了起来的梅莹莹。

“这么巧？”他看上去吃惊不小，这时原本背对着叶轻舟而坐的乔洛站了起来，转过身，浅笑了一下，接了他的话：“真是巧。”

“你们……”温若何看着他们俩，先是一愣，继而露出了然的笑，看来是日久生情啊。

叶轻舟低着头，小心地向后退，退到温若何旁边，连傻子也不装了，开始装柱子。

“你们怎么会在这里？”梅莹莹挑起眉毛，上次他就是和叶轻舟一起来医院看自己，这次又一次出现在这里，未免太巧合了吧。

温若何倒是不觉得气氛有什么尴尬的，他极其自然地说：“没什么，和轻舟一起来吃饭。”

“是啊是啊。”叶轻舟头也不抬，一直低着脑袋，头都要撞到胸口了。她觉得头皮有点发麻，感觉到乔洛的目光直射在她的天灵盖上，要是抬头，那就完了。

“又吃饭？”梅莹莹立刻提高了语调，“有这么多饭要吃吗？”她从小就很喜欢自己优秀的表哥，虽然与他并不是很亲近，但是她说什么也不能接受他老是和叶轻舟在一起，说话自然也句句带刺。

可是温若何不知道这其中的恩怨，也自然听不出这话里的刺。叶轻舟叹息一声，越发觉得总监和她是同类了。

“没什么啊。”温若何似乎是觉得自己和叶轻舟在一起吃饭不是什么特别的事，又或许是觉得这事没有必要隐瞒自己的表妹和叶轻舟的哥哥，于是爽朗地说，“我俩在约会。”

叶轻舟立刻抬头，睁大眼睛看着总监。她要收回前面的话，她的气场和总监完全不同。

乔洛眯起了双眼：“约会？”他说着把目光转向某个瞠目结舌的人，“小舟，你和温先生在约会？”

叶轻舟咽了下口水，舔了舔干涩的嘴唇，握紧拳头，认真地说：“是的！”

“开玩笑！”梅莹莹立刻叫了起来，“和她？”她的口气再一次肯定了叶轻舟关于兰草插在那啥上的理论。很难得，在这个问题上她俩达成了统一。

“这有什么问题呢？”温若何挑了下眉头。他们的说话声有些大，周围吃饭的客人也看了过来，他伸手做了个请的动作，示意他们全部坐下来。梅莹莹往里面坐了一点，他坐了下来；乔洛向内一退，叶轻舟只能硬着头皮坐在他旁边。

坐定以后，乔洛亲昵地问道：“小舟，这么大的事，怎么都没和哥说啊？”他笑得一脸温柔，叶轻舟立刻背后一僵。在别人看不见的桌下，乔洛用脚轻轻地勾起她的小腿，再加上他这副表情，她有种即将被他微笑着一口吃掉的预警。

“这个……其实……”叶轻舟不敢看她，小心地抬起腿，悬空后平移躲避乔恶魔，然后继续把话说完，“就是在一起吃个饭而已……”

梅莹莹扭头看了自己表哥一眼，没好气地说：“找谁不好，找她？”

“莹莹，你怎么说话的！”温若何这回听出这话里的语调，皱了下眉头道。

梅莹莹并不觉得自己有必要隐瞒她不喜欢叶轻舟的事实，而且她也不觉得有乔洛在有什么了不起，于是直接说：“我的话有什么问题吗？哥，姨妈是不会同意她这样的人的！”

“她怎么了？”她这么说，温若何反倒好奇胜过了生气。

叶轻舟神经一绷，立刻站了起来：“我……我想先回去了。”

“哟！”梅莹莹勾起嘴角，“怎么了？勾搭了我表哥，却还没说清楚你的一切，你当我表哥是傻子啊。”

叶轻舟的手微微颤抖，一直以来，她就在害怕梅莹莹会把这些告诉温若何，她抬起头，似乎要哭了出来，声音也有些沙哑：“梅莹莹，我……我和总监没什么，我……我先走了。”她说着拿起包就要走，可是手却被乔洛一把拉住。他站了起来：“我和你一起走。”

“别走啊！”梅莹莹也站了起来，脸上一副看好戏的表情，“叶轻舟，偏巧今天大家撞上了，就把话说开了不好吗？”

温若何彻底糊涂了：“你们在说什么？”

叶轻舟扭头，嘴唇有些颤抖，有一种略带乞求的口气说：“梅莹莹，我求你……”

“你求我？”她笑了起来，“你可别忘了，大学毕业典礼那天，你让我多难堪，我就要让你多难堪。”

叶轻舟觉得自己的脑子有点嗡嗡作响，耳边回响起一个声音：“你必须控制自己的情绪，在发病时，你是无法控制自己的。目前发病并不频繁，一旦多次发病，你的病情就会日益严重，后果不堪设想……”她的双腿似乎在互相打架，微微地发颤，她努力镇定，艰难地开口：“梅莹莹，那次我不是故意的……”

“那你骗我表哥就是故意的咯。”她看着叶轻舟的样子，反倒笑得更加嚣张。

乔洛虽然从欧阳那里听说过梅莹莹与叶轻舟之间的矛盾，但是听起来似乎只是因为攀比而生的嫉妒，欧阳从没说毕业典礼那天的事，看样子她们之间的事并不简单。他握住叶轻舟的手，她的手冰凉，作为医生，直觉告诉他，这并不是一个好苗头。尽管他也很想知道那些他所不知道的事，但是眼下，他需要带她走。他转身，看向梅莹莹和温若何：“我妹妹身体不好，我想我们还是先走的好。”

“乔洛！”梅莹莹喝道，“你是不想知道，还是说你不想让我表哥知道？”

乔洛转身回道：“我不想知道。”然后扭头问温若何，“温先生，你想知道吗？”

温若何一愣，他看着叶轻舟惨白的脸，下意识地想起，上次她说起非雅地产的时候，也是这般为难。这本就是她的隐私，自己何必要强人所难，于是立刻说：“我也不想知道，轻舟，你要是不舒服，明天就休息吧。”

叶轻舟点了下头，她觉得呼吸稍微平稳了一些，手也没那么抖了。乔洛勾起嘴角，冲梅莹莹一笑。梅莹莹咬了下嘴唇，瞥了一眼温若何关切的眼神和乔洛牵住叶轻舟的手，眉梢一挑：“不想知道？我偏要说！”

乔洛看也不看她，转身拉住叶轻舟就要走，梅莹莹在背后大喊一声：“她爸是吸毒犯！最后自杀了！”

她这么一声，整个餐厅全部一片安静。温若何一愣，突然反应过来，一把拉过梅莹莹，大声喝道：“你乱说什么！”

叶轻舟后背一僵，突然觉得一种不明的液体冲上头脑。乔洛大步走过来，直逼到梅莹莹面前，他的目光如刀锋一般射过来：“你说够了没？说别人家里的隐私就是你的本事吗？”

梅莹莹昂起头：“不听她家的，那就听她的好了！叶轻舟，你好像最近都没发病啊！怎么这回不像狗一样咬人了？”

叶轻舟手指的每个骨节似乎都在颤抖，牙齿上下打架，她想努力伸手去掐自己的人中，她记得医生说过，在她开始发颤的时候就要去掐自己的人中，可是她却没有伸手的力气，她无力去控制自己的手伸向自己的鼻下。

“小舟！”乔洛发现她的异常，这种症状似乎是癫痫发作的征兆，他赶紧转身走过去，揽住她的肩膀，伸手去掐她的人中，可是叶轻舟却猛地一把挣开他。她的目光涣散，似乎已经不受控制了，她猛地转身冲过来，梅莹莹一见，立刻躲到温若何身后：“表哥，表哥！她发病了！就是这样！就是这样！”

可是此时的叶轻舟完全不知道自己在做什么了，她的眼里似乎什么也看不见，她冲过来，猛地一把掀翻桌子。温若何也被眼前的景象吓住了，他从未见过这样子的叶轻舟。

她大步冲过来，胡乱扔着她的手所能碰到的每一样东西，什么也看不见，眼泪却一直在流。梅莹莹惊慌的叫声、温若何的震惊、乔洛的使劲拉扯，她都听不见、看不见、感觉不到。餐厅里的人从未见过这样的情况，立刻全部惊慌地逃离，服务员们想上前阻止，却谁也不敢。此时的叶轻舟像发狂了一样，要冲到梅莹莹那里，可是乔洛却死死地拉住她。她使劲地挣扎，疯狂中带着拼死的绝望，她张着嘴，说不出话，似乎要咬住什么才可以控制，乔洛伸出手，用双臂死死挽住她。叶轻舟低头，死死地咬上眼前的那条手臂。

舌尖传来血腥的味道，她的双腿渐渐软了下去。乔洛看着她满眼的泪水，一句话也说不出来，甚至也不再拼命去拉她，似乎也感觉不到手臂上的疼痛。

是攻击型人格障碍症。

到了医院以后，医生的话再次肯定了乔洛的猜测。攻击型人格障碍又称暴发型或冲动型人格障碍，是一类具有要进行某些行为的强烈欲望并付诸实施的精神障碍。由于发作过程中其有突发性，类似癫痫，故又称癫痫型人格。这种病症往往在童年时就有所表现，会因微小的精神刺激，就突然爆发强烈的暴力行为。发病者自己控制不住自己，从而破坏事物、伤害他人。

患有攻击型人格障碍症的病人，多半会有不可预测和不考虑后果的行为，且行为暴发不能控制。还会有强烈而不稳定的人际关系，要么与人关系极好，要么极坏，并且伴有自伤行为。

所以在餐厅里，乔洛一见她的苗头不对，又想到她平时的表现，立刻大概猜到了几分。攻击型人格障碍在所有人格障碍症中最具有偶然性，并不存在固定的发病周期。一般来说要尽量在病人发病前就进行阻止，发病的频率越低，以后发作的可能性就越小。也就是说，对病人来说可以忍耐的事越多，病人越能忍耐，就越不会发病。

而如果发病过于频繁而不加以阻止，就会使偶然的发病成为周期性，恶化病情。所以小舟一发病，乔洛就立刻上前阻止，梅莹莹这样的人，不值得小舟为了她而使自己的病情加重。

而且小舟在发病时虽然不能控制自己的意识，但是却能知道自己在做什么。这对她来说，心理的伤害是极大的。所以在咬着乔洛胳膊的时候，她的眼泪一直在流，只是自己没办法控制自己。

“其实，她这两年都没有再发作过了。”匆匆赶来医院的欧阳和乔洛一起坐在病房外的椅子上，乔洛的右手臂上缠着纱布，叶轻舟咬得并不轻，他去包扎伤口时，那护士两只眼睛都直了，实在是没见过这么深的牙印。

乔洛回道：“那她之前经常发作吗？”

“也还好……”欧阳想了一下，“她爸出事的那段时间，几乎几天就会发作一次，看见报纸上的新闻，看见家里的东西，都会受刺激。”她见过叶轻舟发病，知道她发作起来是很恐怖的，一般来说也不会那么快结束，唯有这一次，竟然没出什么事就被送来医院了。不过看见乔洛缠着纱布的手臂，她大概也猜到了原因，忍不住说：“要是那时候，有你这个做医生的哥哥陪着她就好了。”

乔洛一愣，刹那间就明白了叶轻舟的话。她说她不想和他在一起，或许是她的埋怨。这七年，他们终究是错过了，在她最需要他的时候，他却没能出现。

“不过好在现在你来了。”欧阳看见他失神的样子，觉得自己有点失言，赶紧继续说，“而且她还从来没有发病后这么快就结束呢。好在没做出什么事，其实像梅莹莹那种人，还不如真咬死她算了。只是，这样对小舟来说，太痛苦了。”

“她原来自杀过吗？”乔洛突然开了口。

欧阳一愣，点了下头：“那时候她爸从戒毒所出来没多久，又染上了毒，轻舟又受了刺激，那一次她以死相逼，可是她爸还是吸了下去，她就……”她的声音带着一点哽咽，眨了一下眼睛，“不过后来她再没干过傻事。”她说着似乎觉得说这样的话太沉重了，于是猛地站了起来，“别老说这些丧气的话了！说点带劲的！比如毕业晚会那天，梅莹莹穿了一件名牌小礼服，立刻吸引了所有人的目光。不过我家轻舟多风骚啊，穿了一件比她更漂亮的——插一句，那衣服还是我给她挑的——当时她爸下葬没多久，她一直窝在家里，毕业典礼也不想去，还是我硬拖着她走出家门，去买的衣服。虽然说梅莹莹是建筑系的一枝花，可是那建筑系就没几个女人，她当然算枝花了。再说了，瞧她那脸，整个一狐狸精！我家轻舟多纯啊，而且是脸纯身材好，啧啧，那件小礼服把她衬得真是水灵得不行！梅莹莹当时脸都绿了，真是太过瘾了！”她说着双手叉腰哈哈大笑起来。

乔洛推了一下眼镜：“那然后呢？”

“呃……”欧阳的笑声戛然而止，立刻蔫了，老实地坐回位子上，“后来梅莹莹就把轻舟爸爸的是吸毒犯的事说了。其实这事在 S 市算个新闻，可是学校里没多少人知道轻舟就是叶昌茂的女儿。她一向不喜欢炫耀这些，只有我们同宿舍的人知道，但是其他人都守口如瓶。毕业晚会那次应该是叶轻舟这两年来最后一次发病了。那天在礼堂里，她把梅莹莹骑在身下暴打一顿，还揪下她一撮头发，脸上大概也抓了好几道口子，梅莹莹叫得那个凄厉啊！”她开始说得热血沸腾，这会儿声音却陡然弱了下去，“那时候我真傻，我以为这样就是小舟应该有的反击，也该让梅莹莹吃点苦头，就没有去拉她，可是我错了……那是她第一次在外人面前发病，从那以后，学校的同学再没人找过轻舟，他们都说她有精神病。只有我知道，如果不是有人把她逼到绝境，她又怎么会去伤害别人呢？”

欧阳说着终究忍不住哭了出来，她抹了一下眼泪继续说：“不过好在后来再没发作过，进了公司以后，也没有人知道她的病，只是她自己一直在害怕。毕竟那次以后，同学聚会几乎没人邀请她。她不去，我也懒得和那些人在一起。接受轻舟的好处时倒是亲近，这会儿避得老远，真是够恶心的。”

乔洛微皱了下眉头。他一直觉得七年前，是叶轻舟离开了他，他们之间，是她先走了，而且走得一点消息也没有。他去询问叶妈妈，她只说小舟去找自己的父亲了。那时候他在上学，即便是知道了，也找不到她，等他放假回来，却依旧见不到她。叶妈妈说她把户口都迁走了，也转学了，却没告诉他小舟去了哪里。

他的父亲，那个对小舟无比关爱的继父，也对他说：“乔洛，你和小舟是不可能的。”那时候他无休止的询问终究是引发了他们的怀疑。

他昂着头问：“为什么？”

“这还用问吗？她是你的妹妹，你和他在一起，我和你妈算什么？”

“算夫妻啊。”他回道，毫不犹豫。

“你究竟懂不懂我在说什么，你要是这样，永远也别想知道她在哪里！”

“我不需要你们来告诉我。”乔洛勾起嘴角，自信地说。

“终有一天，你会为你的自信后悔。”

那个时候，他不信有这么一天。只是她一走就是七年，走得那么坚决，无论他多么高傲地认为叶轻舟是逃不了的，可是事实上，被遗弃的人，是他。她在他所不知道的地方生活，过着他所不了解的生活，时间和空间都和他们开了一个玩笑。

他坚信他们一定会再次遇上，也坚信叶轻舟一定是他的，只是他的自信却无法弥补七年的空缺。他是否能让一切回到七年前，在那个夏日的晚上，他吻着她，然后紧紧揽着她的腰，对她说，别想跑。

七年以后，他背负的、她承载的，比兄妹关系更加残酷。

“这以后轻舟的工作会有麻烦吗？”欧阳喃喃了一句。

“这事，我们都决定不了。”乔洛回道，接着转头对着欧阳说，“真是谢谢你了，小舟身边能有你这样的朋友一直陪着她，是她的幸运。”

“这算什么大事啊。”欧阳叹道，“人活着，都会有困难的时候。在我最困难的时候，是她陪着我，那么我也该陪着她。只是世界上的人这么多，有多少人可以接受她呢？总监，哎……”

乔洛不说话，在餐厅的时候，小舟被他死死抱住以后，温若何才渐渐从震惊中回过神来。她全身无力地倒在乔洛怀里，目光呆滞，是清醒，还是迷茫，恐怕只有她自己知道。乔洛见她松口，疼痛才渐渐传来，手臂上鲜血淋淋。

多大的恐惧，才会让她在人前无法忍耐？又要多大愤怒，才会咬出这样的伤痕？

“你……没事吧？”温若何鼓足勇气走上前，语调并不是很流畅。

乔洛勾起嘴角，浅笑了一下，瞥了一眼自己的手臂：“没事，去打一针破伤风再上点药就行了。”他说着抬起另一只手，弯腰伸到叶轻舟两腿后面，一把将她横抱了起来，让她靠在自己的怀里，对着温若何说，“如果方便，帮我打个电话给 120，送她去医院。”

温若何赶紧点头，拨了电话。一边的梅莹莹确定没事，才探出身子。没想到她真的发作了，说实话，看见叶轻舟发病的样子她自己也吓得不轻，似乎想起了那年的毕业晚会。那件事无论过去多久，她想起来就后怕。可是愤怒远远超过了恐惧，自己在毕业晚会上被她那样羞辱，这个仇，她一定要报。

让叶轻舟在大庭广众下丢脸，恐怕表哥是不会让她这样的人继续在公司工作了，更别说和她约会了。

“表哥，太吓人了，我们走吧。”

温若何却站着没动，而是对乔洛说：“你的手受伤了，还是我来抱她吧。”要说他心里一点也不害怕，那是撒谎，可是要他因为这样的事就远离叶轻舟，这同样也是不可能的。他一直对叶轻舟很好奇，但是没想到会得到这样的答案。她的卑微、胆小，在这一刻得到了完美的解释，让他彻底没了疑惑。

“表哥，你开什么玩笑，她要是咬你怎么办？”梅莹莹立刻拉着他叫了起来。

乔洛开了口：“梅小姐，小舟已经闭了嘴，怎么你还在到处张口咬人呢？”

梅莹莹一愣，抬眼看去。乔洛的眼里，不是愤怒，不是厌恶，而是一种令人发寒的平静。他继续开口，语调平稳：“第一，叶轻舟的父亲是吸毒者，但并没有任何犯罪行为，还称不上是吸毒犯，这一点似乎是最基本的常识；第二，就算是吸毒者，那也是她的父亲，如果说父母的罪责要子女来承担，那么梅小姐，你不觉得你以后的孩子恐怕会因为有你这样的母亲而一辈子抬不起头吗？”

“你！”梅莹莹想回击，却一句话也说不出来，不过她很快就又昂起了头，“你别以为我们之间的事，我就真的不会插手！”

乔洛勾起嘴角：“哦？原来你的兴趣这么广泛，不但喜欢说，还喜欢做。”

温若何一愣，有些不太明白这两人之间又有什么事。

“温先生，如果可以……”乔洛对他说，“我想替小舟请几天病假，暂时不去上班。”

“那是一定的。”温若何赶紧说，停了一下，然后继续说，“这件事，我不会和别人说的。”

他说，不会和别人说，可是究竟会不会说，乔洛并不能肯定，但是有一句承诺总比没有的好。

“你也休息去吧。”欧阳站起来，伸了一个懒腰，此时已经是夜里两点了，“今天我陪夜。”

“没事，还是我来吧。”乔洛笑了一下。

“你怕我照顾不好吗？”欧阳撇嘴，斜了他一眼。

乔洛没说什么，只是抬起自己的手臂，勾起嘴角：“我暂时也离不开医院。”

欧阳一愣，哈哈笑了起来，十分自然地伸手拍了他的肩膀一下：“得，你俩就做患难兄妹吧！”

乔洛没说什么，她转身走了几步，突然停了下来，扭回头，就看见乔洛目光直视着前方紧闭的房门。她挠了下头，大大咧咧地说：“你是不是没把轻舟当妹妹？”她说完这话自己也愣了一下。不知道为什么，她和乔洛见面不多，对他们之间也并不了解，可是越是不了解反倒越是怀疑。她是轻舟最好的朋友，轻舟却在自己面前很少提起这个哥哥，这让她觉得奇怪。

乔洛侧过脸，勾起嘴角，微挑起眉梢：“她也没把我当哥哥。”

欧阳眨巴了一下眼睛，伸手点着他，咂咂嘴：“行啊！你俩都是牛 A 他弟弟——牛 B！”说着摇了摇头，大步向外走。

那天晚上，叶轻舟做了一个梦。梦里是她高一那年的秋天，天气微凉，学校一年一度的秋季运动会开始了。

她从不会拒绝别人，于是光荣地成了全班女生的楷模，要参加的比赛项目有 4×100 米接力、400 米、800 米外加 1500 米。她还记得体育委员激动地握着她的手：“叶轻舟，咱班的积极参与分全靠你了！”其实跑步对她来说并不是一件难事，她从小就是跑腿的命，跑下来虽然拿不到名次，却也不会跑到一半就歇菜。

可是体力不会歇菜，却不代表不会有意外。

比如比赛的那两天，偏巧赶上叶轻舟的“大姨妈”造访。她一早就跑去和体育委员说，可是别的女生要不就已经安排了比赛项目，要不就是完全不能跑的，于是体委双手扶在她的肩膀上，带着悲怆的神色道：“叶轻舟，跑不了，咱就走完全程吧！”

叶轻舟泪眼婆娑：“那我走的话会被人笑话吗？”

“走自己的路！”体委扼腕，“让别人跑去吧！”

“……”

不过说是走，气枪一响，叶轻舟还是撒腿就跑了。这是一种条件反射，她琢磨与其一开始就走，倒不如跑不动了再走。

跑了两百米，叶轻舟渐渐落在了最后，但是还是能跑起来的。再跑几步，好像还是可以的。她才开始乐一下，突然就觉得两腿间有一种“潮涌”的感觉。她立刻停了下来，深吸一口气，想力挽狂澜。可惜事实证明，物质决定意识，意识终究无法决定物质啊。于是叶轻舟颤抖地往下一看，似乎看见一朵艳红的花朵在盛开。她立刻傻掉了，全身先石化，再粉化，就期待着吹来一阵飒爽的秋风，把她随风带走。

她绝望地蹲下身子，看台上的观众看不清这里的情况，跑道边零零散散走过的几个人原本还没注意她，她这么一蹲，大家都看了过来。

叶轻舟泪眼望天，神啊，快点让她的王子骑着白马来吧。公主她大姨妈来了，撑不住了！

她一转脸正对向看台上的主席台。坐在桌子右边的，正是一脸微笑的乔洛，他的目光也看了过来。

叶轻舟立刻把两只眼睛当天线，对着他发射 SOS 光波。乔洛收起笑站了起来，蹲在地上的某人立刻松了口气。世道不景气，王子来不了，那就让火龙来吧。起码，被火龙绑架也比蹲在这里好。

乔洛很快就出现在了操场上。他大步走近，周围的人看见了他，反倒更加注意叶轻舟了。叶轻舟泪眼，神啊，火龙太拉风了，早知道让坏女巫来好了。

乔洛走到她面前，叶轻舟抬起脸仰视着他。逆着光，看不清他的五官，阳光从他周身投射下来，整个人显得有些朦胧，他开口：“晕倒。”

“啊？”

乔洛一记冷厉的眼神如利箭一样射下，折出让人发抖的光。叶轻舟立刻倒地。他弯下身子，一下子就把她横抱了起来，一脸正色地对围观的人说："晕倒了，送医务室。"

窝在他怀里的叶轻舟小心地探出脑袋，乔洛低头一瞪，她立刻双目紧闭。那时虽然是秋天，但是天气还是很闷热，两人靠在一起的地方，热得发湿。叶轻舟突然觉得，其实她应该是中暑了。

一路上走着，杂乱的声音不断。

"乔洛抱的是谁？是谁？"

"看什么看啊，是人家的妹妹！"

"妹妹啊……难怪呢……"

"要不你以为呢？乔洛对他这个妹妹护得可厉害了！"

"废话，人家兄妹哪有不亲的！"

……

病床上的叶轻舟翻了个身，模糊地醒来，觉得两耳后的头发全都湿了。她睁开眼，屋里一片黑暗，只有床头灯微亮着。她觉得嗓子有点干涩，轻咳了一声，扭头想去拿一杯水，目光一转，就看见歪靠在床边沙发上的乔洛。

一看见乔洛，叶轻舟脑子里立刻就闪现出之前发生的事，手指再次控制不住地轻颤了起来，舌头也发麻了。

这个病最早爆发在她七岁那年。那一天，是她父母正式离婚的日子。她跟着妈妈走出民政局的时候，赵非雅正从外往里走，昂着头，对着她们母女露出胜利的笑："祝你幸福啊。"但凡是个人，都能听出她话里的嘲讽。

叶母坦然一笑："我自然是幸福，有父母，有家庭，有前夫，有女儿，还有小三，也算是个五福之人了。”

赵非雅勾起嘴角，冷笑了一声：“我也算是你的福？”

“当然。”叶母揽紧了女儿，“我不要的东西丢了有人去捡，帮我善后，自然也是帮了我。”

赵非雅眉梢一挑，眯了眯眼，不过还是笑了起来：“你丢了男人大不了再找一个，孩子丢了父亲，总不能重出生一次吧。”

叶母一愣，靠在她腿边的叶轻舟似乎在哆嗦，两只手紧紧攥着母亲的衣角。在那之前，叶轻舟一直是个很幸福的人，虽然天生胆子有点小，但是她总是相信，在她的背后，有宠爱她的爸爸，无论发生什么事，爸爸都会替她扛着。只是突然有一天，她背后的靠山消失了，妈妈对她说，从现在开始，她要学会坚强。

她从来就不是个勇敢的人，父母吵架的时候，她只会在一边哭，似乎很少有什么事可以激发她的愤怒。或者说，从小到大，从未有过让她特别生气的事，她不会生气，只会害怕。

可是那一天，她突然很生气，因为这个女人抢走了她的爸爸，把她的一切都抢走了。她突然就挣脱了母亲，冲过去一口咬住赵非雅的手。其实她也不知道这股勇气是从哪里冒出来的，她甚至无法控制，直到父亲的一个耳光，狠狠抽在她脸上，把个头矮小的她一下打了出去。她脚步踉跄摔在了地上，而她的父亲却在关心赵非雅手上的伤。

她摔在地上，屁股很疼，眼泪和鼻涕哗啦啦地流，突然想起以前，只要她一哭，爸爸就会给她买玩具，对她说：“小舟啊，漂亮的小舟，你一哭可就变丑咯！”

在那一刻，叶轻舟突然就明白了，无论多大的幸福，也终究有流逝的一天。而这一天，永远也没有预告。

此后她的情绪并没有什么特别的变化。叶母害怕父母离婚对她造成心理伤害，带她去了医院，叙述了一下大致的情况。医生说，大概是孩子心理上受了刺激，而且咬人这种看似怪异的行为倒也符合她那时不懂事的年纪，所以才做了一些过激的行为。加上此后再没有发作的情况，这事也自然就不了了之了。

直到她二十岁那年，从强制戒毒所成功戒毒出来的父亲再次沾染上毒品时，叶轻舟一下子就崩溃了。那一次，她砸了家中所有东西，被视为情绪过于冲动，吃了一些镇定的药物，就没有什么大碍了。那时候，妈妈来看自己，叶轻舟对此一个字也没提。一来她也觉得自己只是一时冲动，二来这事虽然事关她的亲生父亲，可是于她妈来说，却只是她的前夫。

彻底被医院诊断出病症是在两年后。那时她父亲从劳教戒毒所出来，第三次沾染上毒品，叶轻舟彻底崩溃了。只要看见白色的粉末，她都会抑制不住，发狂一样地砸东西、咬人，一次，两次，三次……

欧阳发现她的不对劲，强行带她去了医院，这时才确诊为攻击性心理障碍。好在只是心理障碍，而且只是初期发作阶段，只要控制住病人的情绪，尽量少受刺激，这种偶然发作性的心理疾病并不是很严重。

当时一听说自己得了病，叶轻舟立刻就又神经紧绷了。医生开导她，其实社会上有心理疾病的人很多，心理障碍就更多了。比如因为压力过大而造成斑秃，这就是一种心理疾病；或者是睡眠不好，晚上总是做梦，又或是因为一点小事就会头疼，这都是神经衰弱的表现，其本质和心理障碍是相似的。而且这个病并不能算病，只是心理虚弱了一点，只要学会控制自己的情绪，其实是没什么大问题的。只要发病的周期越长，发病的概率就越小，等长时间不再发作时，就等于是痊愈了。

这才让叶轻舟松了一口气。按欧阳的话说，从那以后，胆小的叶轻舟成了没胆的叶轻舟，战战兢兢地过日子。后来她爸身体每况愈下，叶轻舟的苦苦哀求根本比不上那些白色的粉末对他的影响。直到某一天，叶轻舟终于脑子一嗡，一把拿过茶几上的水果刀，抵上了自己的手腕。她一直是个怕死的人，可是心理障碍这个让她怕到死的病却给了她死的勇气。

有时候，事情的好坏真的很难随随便便地定义。

比如乔洛所谓的欺压让叶轻舟有了忍耐的本事，而且他从来不会过分，在适当的时候就收手。再说她的自杀、她父亲的自杀，亲身经历了死亡，亲眼看见了死亡，却让她越发觉得要好好地活下去。她总是担心煤气没有关好，门没有上锁，害怕吃的东西不干净，虽然在别人看来有些荒唐，可是她却很安心。她独自生活了两年，极少生病，也从没出过意外。再比如说她大学毕业后，除了欧阳，没有同学再来找过她，叶轻舟才明白，其实自己真的就像乔洛初见她时说的那样，没什么人会喜欢自己的，于是她活得越发卑微，讨好上司、帮助同事，看上去活得很累，却未尝不是在认真努力地生活。

只是有一件事，即便是叶轻舟这样性格的人，也看不见那所谓躲在阴影背后的阳光，那就是在大庭广众之下发病。

这样的事情，是叶轻舟无论怎么努力，都无法弥补的。她多么卑微，也不会换来别人的理解。

可是她一直害怕的，却终究还是发生了。

她爸去世后的那段日子，她的病发作得格外频繁。那时候，她妈妈一直在S市陪着她，她把这事告诉了自己的丈夫，希望可以找到一个治疗的方法。可是即便是乔爸爸，也不会有治疗心理障碍的良药。心病还需心药医，可叶轻舟的心药又是什么呢？

此后她妈做主，让叶轻舟将公司转手，让她彻底远离那摊浑水，她的病就再没发作过。不知道是她找到了所谓的心药，还是再没有什么事能刺激她了。总之叶轻舟的病渐渐让她自己和大家都淡忘了，她似乎是痊愈了。可是如今的事实却表明，一切只不过是因为她远离了那些可能会刺激她神经的事，一旦再遇上，就无能为力了。

事情总是不断地重新上演，两年以后，乔洛来了，梅莹莹来了，赵非雅也出现了，而她也光荣地携病重出江湖。可是生活绝对不是循环播放的影片，每个角色都不可能一遍遍重复过去的事。

即便她想，也无力去控制别人。

叶轻舟不知道，看过了那样的她，乔洛会如何，总监会如何。她只知道，她该如何。那一次是大学毕业，同学们大多各奔东西，她留在S市也没什么关系，可是如今的她，该去哪里呢？

她心里一阵发寒，只觉得手颤得更加厉害了。她赶紧努力转移思维，平静自己的情绪。还好乔洛已经睡着，如果他醒着，她真不知道要如何去面对。

她翻身下床，虽然不知道自己要干吗，但是却有一个念头，那就是逃，逃得远远的。

她才迈出一步，突然就停住了，因为身后传来了说话声："你要去哪儿？"

她脖子一僵，连头都扭不动了，只能听见身后的人站了起来。她双腿如同灌了铅一样沉重，身后的脚步声逼近，带着她熟悉的气息。她突然被人从后面一把抱住，冰凉的后背贴上温热的胸口，他说："你总是跑，我如何给你依靠？"

叶轻舟突然鼻子一酸，她又想起很多年以前，她背后的依靠突然消失时，那种刹那间无所依靠的无助。而在此时，她却暂时得到了一个依靠。

就像很多年前一样，这个依靠并不完美，但对她来说绰绰有余。可尽管她很满足，却又终究不是她的，很是矛盾。

其实乔洛说得没错，一直以来都是她在跑，他在追。她为什么要跑一次又一次呢，是因为知道不能依靠，还是相信他一定会追来？

叶轻舟眨巴一下眼睛，让某些将要流出的液体又缩了回去，这个本事，她一向很拿手。然后她舔了舔干涩的嘴唇，道："那个……我就是想上厕所。"

乔洛钳住她的手一僵，眯起了眼睛。这家伙还是死性不改，他松了手，向后退了一步，哼道："是吗？"

"是啊是啊，膀胱都要爆炸了，俗话说得好，屎可忍尿不可忍啊……"叶轻舟立刻张口胡言，耷拉着脑袋转过身子，目光一瞥，却看见了乔洛缠着纱布的右手臂，立刻抬起头睁大了眼睛，"你的手……"

乔洛的脸上没什么表情，随意地勾起嘴角，轻笑了一下："没事，我是左撇子。”

叶轻舟心里一揪，他越是随意，她就越是内疚：“对不起。”

“觉得亏欠我吗？”乔洛低头直直地看着她，“四个牙印，还不知道以后能不能不留疤痕，我这漂亮的而修长的手臂啊……”

“呃……”叶轻舟咽了下口水，难道乔恶魔要敲诈吗？不过她好像没有什么反抗的勇气，毕竟人是她咬的，罪证确凿啊！

乔洛见她俯首认罪，继续说：“要是觉得亏欠我，那就给我补偿。”

“补偿？”叶轻舟双目瞪圆，赶紧追问，“你要什么补偿？”

乔洛却没回答她的话，而是坏笑了一下：“啧啧，你不是膀胱都要爆炸了吗，怎么不急了？”

叶轻舟咽了下口水：“那个……其实憋尿对肾有好处！”

“是吗？”乔洛眯眼，促狭地笑了起来，“那就憋着吧。”

“你……”叶轻舟伸手，指着他的胳膊，“要什么补偿？”

“这个问题我真的要想想了。”乔洛坐在病床上，左手向后撑在床上，仰头看了一下天花板，似乎在严肃地思考这个问题。病房里一瞬间的安静让叶轻舟心里直发毛，无奈她自知罪无可赦，在劫难逃，也只有在这里等死了。

“啊……”乔洛突然叹了一声，直起身子，对着直冒冷汗的叶轻舟道，“那就以身相许吧。”

叶轻舟脚步踉跄，差点儿摔倒在地：“你……你开什么玩笑！”说着咽了下口水，转身就走，“我……我要去厕所！憋……憋不了了！”

乔洛看着她娇小的背影，唤了一声：“叶轻舟，你想做乌龟逃一辈子吗？”

叶轻舟扭头，也许她此时的心情并未彻底平复，竟然有胆子回击乔恶魔了：“乌龟怎么了？长命百岁！延年益寿！福如东海！寿比南山！”她一口气吼完，累得直喘气。

乔洛扑哧一下笑了起来。不是他一贯的浅笑，而是仰头大笑，笑声爽朗。正大口喘气的叶轻舟愣住了，不知道他为什么笑得那么开心，尴尬地抽了几下嘴角，很好，乔恶魔和自己一样，都是神经出了问题。

他收起笑，坐直了身子，双目看着叶轻舟，眼眸清亮深邃，让看的人都会深陷其中。叶轻舟对上他的目光，整个人就傻了，他微启嘴唇：“要不，我们来赌一把，如果我让你走出龟壳，你就答应我一件事。”

叶轻舟动了动嘴：“我为什么要和你赌……”她两手抓住门框，反正她已经准备逃走了，乔恶魔也没什么可怕的了！

乔洛勾起嘴角，声音如利箭一样直射进她的心里：“因为，你并不想逃。”

叶轻舟一愣。他说得不假，其实她并不想逃，或者说，她从来就没想过去逃，只是不知道用什么方法留下来。

她未尝不想留在乔家，与家人生活在一起。她未尝不想留在S市，这里有她的朋友、她的工作……以及乔洛。只是她实在不知道如何留。

见她不说话，乔洛继续说：“一个月如何？以一个月为期限。”

叶轻舟怔怔地看着他，不知道该说什么好，是拒绝，还是答应，这似乎是一个重要的决定。

“对了，如果你在这一个月中坚持不下来跑了……”乔洛坏笑了一下，“也算你输。”

“……”叶轻舟抽动了一下嘴角，“开……开什么玩笑，这完全是不平等条约，成不成功都算你赢吗？万一你使出什么人神共愤、鬼哭狼嚎、惨绝人寰的手段，我一定会屈服在你的淫威之下的……”

“你就这么没自信？”乔洛咂咂嘴，“其实你应该知道，如果我赢了，我要的会是什么，我并不觉得你很吃亏啊。”

叶轻舟继续扒住门框，死不松手。乔恶魔太黑了，简直是手黑心黑无处不黑。和他谈合作，自己简直就是自寻死路！她使劲摇头：“我不要和你赌。”

“主动弃权？”乔洛挑起眉梢，“也算输。”

“……”叶轻舟突然顿悟，其实她的错误并不是之前那小小的动摇，而是在一开始就和接了乔洛的话。她就不该和他说话！

“好！”乔洛突然冒出这么一个字，站了起来，“沉默表示同意，那就开始吧。”

“啊？”叶轻舟突然觉得自己好像什么也没做，什么也没说，就把自己卖了，而且还是免费出售的！

乔洛走近，向她伸出手，一把把她揪到自己面前，低头看着她：“从现在开始，先自恋吧。”

“自恋？”叶轻舟愣住了，“不是应该从自信开始吗？”

“你的等级太低了，得直接跳级。”

“……那如何自恋？”某叶同学眨巴着眼睛虚心求教。

乔洛却突然低头，猛地吻上她，速度很快，她还没回过神，他就抬起了头，问道："我为什么亲你？"

"啊？"叶轻舟涨红了脸，低头开始搓衣角，"那是因为你厉害，你想做什么都可以……"

"要自恋。"乔洛提醒她。

叶轻舟想了一下："因为，你突然想亲了。"

"不够。"

"因为我是女的。"

"差远了。"

"因为我不仅是女的还正好长了嘴。"

"自恋！"乔洛终于忍不住吼道。

叶轻舟抬头，深吸一口气，扼腕道："因为你想找我发泄欲望！"

乔洛冷眼看着她。要是换在外科手术里，这基本是可以下死亡通知书了。他黑着脸恶狠狠地说："那我就发泄一次给你看看。"

听了他的话，叶轻舟只有一个想法：乔恶魔从一开始就是算计好的。可是天下从来就没有后悔药可吃，她一向是很明白的，于是立刻就被某人丢到了病床上，欺身压下。

"是想啊！"叶轻舟叫道，"是想！不是真的做啊！"

乔洛勾起嘴角。因为是夏天，虽然还是凌晨，但是天色已经微明，他能看见叶轻舟不但满脸通红，连锁骨那里也红透了。她穿着宽大的病服，领口开得很低，喘息的时候胸口上下起伏，圆溜溜的眼睛到处转，似乎在回避这个尴尬的场面。他笑道："我想的事，为什么不能做？"

"这……这……"叶轻舟开始冒冷汗了，"是犯罪啊！"

乔洛右手缠着纱布，左手撑在叶轻舟身旁，没有可以犯罪的第三只手，所以只能低下头，用鼻子顶上她微凉的鼻尖：“我怎么没觉得？”他说话的声音不大，说着微侧了一下脸，伸出舌尖，点在她脸上，然后笑了起来，“脸这么烫？看上去，你不也很激动吗？”

“我哪里激动了！”叶轻舟把头别向一边，“脸红是正常的生理反应，比如害羞，比如便秘……”

“那你是哪一种？”他笑道。

“我要上厕所！”叶轻舟再次提出这个严肃的问题，她的脸涨得通红，全身微微地哆嗦着。乔洛靠得那么近，害得她全身的温度都在攀升，口干舌燥，忍不住伸出舌头舔了下嘴唇。

乔洛眯起眼，看着她这个小动作，突然松开撑在床上的手，整个人猛地压在她身上。某人立刻承受不住重压，叫了起来：“啊！”她一挣扎，反倒和乔洛贴得更近了，身体越发燥热，突然脑袋一嗡，有如天降神力，伸手猛地把乔洛推到一边：“千万不可以！”她声音凄厉，把乔洛也吓住了，不过他只愣了一下，接着就勾起嘴角笑了：“为什么？”

叶轻舟急忙坐起身子，大口喘着气说：“社会调查显示，很多男女会因为一时冲动而××OO，从而导致未婚先孕，女方不得不去流产，因为多次流产而导致不孕不育，从此留下一生的遗憾……”她说得一脸正气，然后继续对乔洛关切地说，“那个纵欲不好啊，会肾虚、肾亏、肾衰竭……”

“所以呢？”乔洛反问。

叶轻舟抽搐了一下嘴角，直接厥了过去。

不过一切就像叶轻舟所知道的那样，乔洛虽然喜欢欺负她，却从来不会太过分。比如那句“那我就发泄一次给你看看”也不过就是随口说说罢了。她耸了下肩膀，刚刚吃完午饭，来卫生间里刷牙，镜子里映出了她的上半身，三个“草莓”挂在脖子上。她抽了下嘴角，安慰自己：不过就是草莓而已，不过就是草莓而已啊！夏天蚊子一向是很猖獗的，那些草莓看上去和蚊子叮过的包是没什么区别的。

突然门外一个冷冷的声音传来：“毫无长进！”

叶轻舟一扭头，果然是穿着白大褂的乔洛。她现在住的病房属于精神科，而乔洛却是外科医生，上班时间跑来这里……她猛地叫了起来：“你翘班！”

乔洛斜了她一眼：“只要没出医院，都不算翘班。”

叶轻舟无言，她和乔恶魔不论是性格还是做事的风格都是天差地别，气场完全不合啊。比如她上班时间蹲个厕所，都怕蹲久了总监叫自己没回应而给他留下不好的印象；而乔洛却在上班时间大摇大摆地乱逛，人还真是不能比较啊。

她耷拉着脑袋：“我该怎么长进啊……”

乔洛走进卫生间，目光扫了一眼她的脖子，随意地说：“反抗啊！”

叶轻舟双眼含泪：“这不就是我反抗的下场吗？”

乔洛坏笑了一下，不再逗她了，正色道：“医生说了，如果你情绪稳定了，就可以出院了。下午下班的时候，我和你一起走。”

“回家？”叶轻舟突然一愣，脸色陡然发青，向后退了一步，喃喃道，“那个……不就要见人了吗？”

乔洛环视了一下周围，这里是单人间的病房，平时只有医护人员出入，而且周围住的都是有心理疾病的病人，在这里，她似乎觉得就可以躲避外面的世界了。可是无论如何，她都必须走出去。他挑了下眉梢："那好吧，我就让别人来这里看你好了……"

"别……别啊！"叶轻舟赶紧叫道，"我出就是了。"

"我帮你和温总监请了假，但是你向来是不休病假的，这段时间一连休两次，你就不怕工作不保了吗？"他一边说，一边看着她的表情变化。果然叶轻舟脸色又是一变，低下脑袋："他……都看见我……那样了，我的工作……"

"他说他不会说的。"虽然乔洛并不能完全相信温若何的话，但是对于叶轻舟，他必须给她一个肯定的答案。

"真的吗？"叶轻舟立刻一脸的欣喜，满眼崇敬，"总监大人果然是好人哪！"

乔洛脸上露出一丝不悦，哼了一声："他说了一句不说出去，就是好人了？"

"难道不是吗？"叶轻舟完全没注意到他的表情，依旧沉浸在对总监的景仰之情中，总监简直就是圣人啊。

乔洛眯起双眼，突然开口："下午去找梅莹莹。"

"为什么？！"叶轻舟立刻一惊，失声叫道。

乔洛推了一下眼镜："她不是好人的妹妹吗？那你怕什么？"

"这个……"叶轻舟咽了下口水，"其实，梅莹莹和总监还是有很大差别的，他们是完全不同的人……"

"哼。"乔洛冷笑了一声，转身道，"记得下午收拾好东西啊。"

"嗯嗯！"叶轻舟捣蒜一样地点头。其实乔洛也不算太坏，只是她实在不知道要如何对着乔洛那张脸说他是好人。而且，他应该宁愿她说他是恶魔，也不愿意她说他是好人吧。

下午回了家，欧阳打来电话问了她的情况，同时也给她吃了颗定心丸。对于叶轻舟的休假，总监只说是她肠胃又出了点小毛病，她随时来上班都没问题。

叶轻舟虽然依旧很担忧，却也安心了几分。

在她接电话的同时，乔洛也接到了一个电话，打来的人却是叶妈妈。她开门见山，直接问乔洛是否和小舟在一起。他想也没想就说了是，电话那头的叶妈妈立刻提高了音调："小舟竟然没听我的话……"

乔洛从她的话中大抵揣测出了叶轻舟之前的反常八成与这个有关，他没再继续这个话题，而是直接告诉叶妈妈，小舟又发病了。

叶妈妈一听，语调都变了，立刻就说要来看小舟，乔洛却婉言制止了，说小舟已经没事了。

叶妈妈沉默了一会儿，才缓缓开口："乔洛，虽然你叫我一声妈，可是我们都知道，毕竟你我并不是亲生母子……"

乔洛不知她为何说起这些，走出房间到了阳台上，把门关上。叶妈妈继续说："我知道，你母亲因为意外过世，对于我和小舟的到来，你能接受已经很不容易了，更何况，你一直对小舟不错。按道理说，你们并不是亲生的兄妹，你那么优秀，小舟这孩子很单纯，谁对她好一点，她就特别容易感动。她胆子小，你能护着她，她自然就会依靠你。可是你们那时候毕竟是名义上的兄妹，这样的事，总是不好听。自私地说，小舟走了，我反倒觉得松了口气。后来想想，其实这样对你们未尝不是一件好事。她的户口迁去她父亲那里，你们分开来，若是等小舟长大了，你们还是彼此喜欢，倒也不是不可能。"她说着叹了口气，"虽说我的职业需要常年在外跑，对小舟关心不够，可是她毕竟是我的女儿，我也不能不为她着想。我也想着她这样的性格，要是真嫁到别人家该怎么办。"电话那头传来她的一声浅笑，"若是和你在一起，我这个当妈的，可不会让她被欺负的。"

乔洛也笑了一下，叶妈妈继续说："可是后来，小舟这个病爆发以后，我告诉了你爸，一起找对策，却一点办法也没有，不过好在她后来再没发作过，可是这如今又……"

乔洛微皱了下眉头，开了口："我爸知道小舟的病？"

叶妈妈那头沉默了一会儿，才再次开口："是的。"

乔洛接着说："这个电话，也是他让你打的吧。"

"不是。"叶妈妈回道，"即便他不说，我也想打给你了。不谈梅家的事，就是谈谈小舟。"

乔洛先是沉默，然后认真地开口："妈，我能让小舟好起来，你愿意相信我吗？"

第二天一早，乔洛说他休息，要和叶轻舟一起上街买点东西。某人立刻把头摇得和拨浪鼓一样："不行啊，不行，我是请了病假的人，万一逛街遇上我的同事，人家都在上班我却逛街多不好啊！"

乔洛冷眼一扫："人家都在上班，谁会知道你逛街？"

"总之不可以。"叶轻舟坚定地说，"只有万分之一的可能，都不能去冒险的！"

乔洛坏笑了一下，突然逼近她："要不是出门运动，那就在家运动吧，嗯？小舟。”

叶轻舟立刻身子一僵：“我们出门吧！”

答应了出门，叶轻舟就只能硬着头皮去换衣服，准备出门。乔洛瞥了她一眼：“你就这么出门？”

“怎么了？”叶轻舟低头看看自己标准的装束，白色T恤、牛仔七分裤，外加平底鞋。

“你平时上班穿什么？”乔洛问道。

“就这样啊，T恤或者是衬衫……”她伸手在膝盖上比画了一下，“到这里的裙子或者是裤子。”

乔洛看着她死板的着装，忍不住道：“你上次相亲不是穿了裙子吗？”

“那是特殊情况啊！”叶轻舟回道，“上班嘛，是去干活的！而且穿得太花哨不好，最近社会犯罪率很高，听说有个强奸犯至今没有落网啊！”

乔洛懒得和她说，直接走进她的房间拉开衣柜。清一色的上衣配上及膝裙或是七分裤，看上去没什么区别：“全是一样的？”

“不是啊！”叶轻舟立刻冲过来辩解，“你看，这个衬衫是立领的，这个是圆领的，这个是V领的，这个是……”

乔洛目光一扫，衣柜里唯一一条裙子就是她上次穿的那条：“就一条？”

“就这一条我也就穿了一次！”叶轻舟感慨道，“真是太浪费了，花了我好多钱啊，欧阳非我要买的，要不然我就能买一个多功能防盗门了。”说起来她就想哭，那是她上个月住院的前一周，周末和欧阳一起逛街，正赶上一处卖场在推销多功能防盗门。这个门不但比一般的门加厚一倍，还有撬锁警报系统，简直是她的福音啊！叶轻舟立刻就要买下这个让她心动的防盗门，可是欧阳却硬是把她拖进了商场里买了一条据说今夏必备的简约风雪纺裙，于是叶轻舟那个月的工资交完保险金和孝敬女王以后，仅剩的余额就立刻清零了。

后来还没等她忍不住拿以前的存款去买防盗门，就赶上住院了，这事一下就耽搁了。如今想了起来，她立刻撒腿跑到客厅开始盘算起换门的事了。

乔洛继续自顾自在她的柜子里翻找着什么，叶轻舟下定决心要换门，开始在家里堆放宣传单的地方找她上次拿回来的防盗门宣传单，准备立刻订门。乔洛突然从房间里走出来，手里拈着一条水蓝色的抹胸裙，倚在门框上："这是什么？"

叶轻舟把头从放宣传单的柜子里伸了出来，抬眼一看，立刻两眼瞪圆，用如同豹子一样的速度一跃扑起，一把夺过裙子，往沙发缝里塞："这种东西绝对不允许出现！"

乔洛不知道她为什么反应这么大，不过看上去挺有意思的："这裙子不挺暴露的吗？"

叶轻舟用两个靠垫把裙子压在下面，再一屁股坐上去，垂着头说："这个裙子就是我毕业晚会那天穿的，也是欧阳给我买的……"

乔洛想起欧阳上次说的话，看样子她就是穿着这条裙子抢了梅莹莹的风头，再把她打了一顿。他想着脸上就浮起了笑容，看样子这条裙子承载了她的"光荣史"，难怪她一见这条裙子就全身紧张。她皮肤白皙，又长着圆圆的娃娃脸，这裙子倒是很衬她，难怪梅莹莹这个一向喜欢出风头的人会嫉妒了。

“那今天就穿这条裙子吧。”

“什么？”叶轻舟叫了起来，“不要，坚决不要，千万不要……”

乔洛走过来：“那我们就去买新的好了。”

叶轻舟撇了下嘴，伸手从屁股下面慢慢抠出裙子的一角，可怜巴巴地说：“要买这样的吗？好暴露啊，那个什么最近臭氧层弱化，紫外线直接照射皮肤会得皮肤癌的，所以最好不要把皮肤过多地暴露在阳光下……”

“当然不。”乔洛微笑着点头。

叶轻舟立刻站了起来：“那就好，我正好想再买一条长裤！”

乔洛走过来，扯出裙子，笑道：“要比这个更短。”

买衣服的时候，叶轻舟显得有点猥琐地跟在乔洛的屁股后面，偷偷摸摸地张望。乔洛伸手就把她拎小鸡一样拎到前面，向前一推，对着营业员微微一笑：“找几件她能穿的裙子。”然后追加一句，“越短越好。”

叶轻舟抽动了一下嘴角，讪笑道：“嘿嘿，这里的衣服，应该没什么我能穿的吧……”

“怎么会呢？”营业员笑道，“小姐你身材很好啊，皮肤又白，穿什么都好看！”

叶轻舟舔了下嘴唇：“小姐，你好幽默啊……”

可是她这么说，并不代表营业员小姐就会放过大好的生意不做，三两下就拿出四五条裙子，塞到叶轻舟怀里，把她推进了试衣间。

叶轻舟颤抖地穿上一条低领的红色小裙，裙子很合身，紧紧地包裹着她的身体，她盯着试衣间里的全身镜，哆嗦了一下，这衣服……简直就是裸奔啊。她战战兢兢地打开门，慢慢地移了出来，营业员立刻就赞叹道："小姐，你看你的身材多好啊，这样的裙子身材不好的人是完全穿不出效果的，真是玲珑有致啊！"

叶轻舟泪眼看她，小姐，你是不是觉得我是个肥客啊！如果这么想，你就错了，我是绝对不会买的！

营业员似乎觉得吹捧叶轻舟没什么效果，转而向乔洛进攻："先生，是帮女朋友买衣服吧，有这么漂亮的女朋友真是幸福啊！"

叶轻舟立刻冲过来："不……不是啊，我不是他……"

乔洛顺手一拉："不是我女朋友，是我太太。"

叶轻舟石化了。

营业员一听这话，立刻欢呼雀跃，又连塞了好几件衣服给叶轻舟。石化的叶轻舟机械般地一件件换衣服，木讷地进出试衣间，满脑子就是那句"是我太太"。乔洛满意地看着她一件件试衣服，最后在她穿上一条吊带裙后挥手下达命令："嗯，就穿这件好了。"

叶轻舟回过神来，坚决表示抗议，可惜抗议的声音太微弱，直接被无视。乔洛挑了几件让营业员去开单子，拉着某人站到镜子面前："感觉怎么样？"

叶轻舟看着镜子里的人，上看看、下看看、左看看、右看看，最后得出结论："穿这样的衣服，容易提升社会犯罪率，严重破坏和谐社会！"

乔洛白了她一眼："我问的是人，不是衣服。"

"人？"叶轻舟仔细看看，"不还是我吗？"

乔洛不再和她做无谓的争辩，直接说："给你三次机会对着镜子夸奖自己，要不然晚上我就让你知道你究竟会不会提升社会犯罪率。”

叶轻舟立刻傻了，只能双手扒在镜子上，对着镜子里的人开始艰难地挤词：“我的身材嘛……比例不对啊，腿真短！”

“一次。”

“呃……那个，我的脸……那个……我的脸怎么这么圆啊？像个烧饼一样！”

“两次。”

叶轻舟咽了下口水，抽动了一下嘴角：“呵呵……那个啥，真是人靠衣装，佛靠金装，你眼光真好啊！”自恋不成，她转为拍马屁，好在有多年拍马屁的实战经验，拍了一下，乔恶魔似乎颇为满意，便也不再为难她了。

经过周末逛街的锻炼，叶轻舟终于能够学会夸奖自己了，说了一句：“其实我发现我还蛮好买衣服的，什么都能穿。”

因为这句话，叶轻舟觉得自己似乎是找到了所谓的自信，到了周一上班的时候，一直在那里默念“其实我发现我还蛮好买衣服的，什么都能穿”来给自己鼓气。原本欧阳是让她别急着去上班，谁不想逮着机会休假啊，她倒好，有病都不休息！

反倒是乔洛支持她去上班。周日那天晚上，叶轻舟就满屋子打转，纠结要不要去上班。不去吧，老是休假多不好意思啊；去吧，又不知道如何面对总监。

乔洛从卫生间里洗澡出来，右手臂缠着保鲜膜防水。他的伤口已经开始结痂了，左手拿着毛巾擦拭着湿漉漉的头发，就看见某人在屋子里像乌龟一样打转。

“你在干吗？”

叶乌龟停下脚步，泪眼汪汪地说：“今天是周日……”

“嗯。”乔洛应了一声，坐到沙发上，“然后呢？”

“明天是周一……”叶轻舟撇嘴道。

“那又如何？”

“是上班的日子。”叶轻舟蹲在茶几旁小声地说。

“哦。”乔洛应了一声，撩拨着自己的头发，细小的水珠迸落到叶轻舟的脸上，她立刻胡乱擦脸，退了两三步。

乔洛擦完头发，直起微弯的身子，下达指令：“那就去吧。”

“啊？”叶轻舟立刻站了起来，“那怎么行啊，总监那天也在餐厅里的……”她说着说着，声音就低了下去，最后变成了蚊子的哼哼。

乔洛站起来：“那就更要去了。”

叶轻舟睁大了眼睛。其实她明白所谓的知难而上，也明白她应该克服心中的恐惧，可是这过程是不是应该循序渐进一点？她可没有乔洛的气场啊。

乔洛看出她心中的想法，也站了起来，俯视着她说：“你很在意别人的话？”

叶轻舟低着头死命点，心里却在嘀咕：乔恶魔怎么会认识她这么久还不知道她的这点小习惯？难道他真的和自己待久了，精神也有问题了吗？

乔洛走过来，把毛巾丢在一边的沙发上，伸手探到她下巴，往上一抬，眯着眼狠狠地说：“那我当时让你别跑，为什么你还要跑？”

她怎么会认为乔恶魔智商退化了呢？分明是她的脑子里养鱼了！“那个……”

“小舟……”乔洛的脸逼到她眼前，他高挺的鼻梁轻触上她的鼻尖，似乎还沾着水珠，冰凉地沁入她的皮肤，“你喜欢我吧？”

叶轻舟立刻脊椎一凉，完了，她原来还觉得自己有些乔洛所不知道的秘密来做自己遮羞的三点式，现在好了，她爸的事、她的病，他都知道了，如今连自己这点小心思也被发现了，彻底裸奔了。

乔洛似乎是觉得刚才那么说不符合他的气场，于是又补充了一下：“你应该喜欢我喜欢得不得了吧，因为不敢喜欢我，所以跑了。”

叶轻舟立刻就蔫了，这就是气场啊！她什么时候能有这样自信的气场啊！

乔洛又抬起她的下巴，认真地说：“那你觉得我为什么会追来呢？”

“……”叶轻舟愣住了，难道乔恶魔今天要赶尽杀绝吗？她泪眼：“这个问题也算自恋的范畴吗？”

“算。”

叶轻舟咽了下口水，为了自恋，为了走出阴影，拼了！“因为你也喜欢我！”她发誓，长这么大，她从没有像现在这样有勇气过。

可惜原则向来是用来被打破的，勇气也是注定被挫败的，乔洛微挑起眉梢，耸了下肩膀，略显无奈地摇摇头：“你想多了。”

于是人生第一次鼓起勇气自恋的叶轻舟立刻就被严重挫败了：

“那……你是喜欢虐待我？”

乔洛斜了她一眼：“我在虐待你吗？”

“不不不……”她赶紧摇头，乔恶魔怎么会虐待她呢？就算是虐待，也不能说，那……那是爱抚啊！

“那是为什么呢？”乔洛笑眯眯地说。

叶轻舟思索了一下，第一个回答她自恋得过了头，这样明显就抢走了乔恶魔的风采，看看乔恶魔是怎么说的——“你喜欢我”，她是怎么说的——“你也喜欢我”，她竟然比他多说了一个“也”字！啧啧，真是失言了啊。

第二个回答就更不对了，竟然直接质疑乔恶魔的人品，这是何等不敬啊，分明是找死！

到了第三次机会，叶轻舟细细斟酌，小心揣测，吸取之前的教训，发扬前次的经验，狗腿地说：“因为我太可怜了，那个什么，山重水复疑无路，柳暗花明又一村……”说了一会儿发现忘记自恋了，于是赶紧补充，“加上我……呃……可爱啊，善良啊，那个……于是老天觉得我的好日子该开始了，于是让你这个大神来拯救我这个小废柴！”

于是这个答案再次证明了一点，千穿万穿马屁不穿。乔洛立刻满意地点头：“明天好好上班。”他顿了一下，补充了一句，“记得穿我给你买的衣服。”于是叶轻舟明白了，为什么乔恶魔会批准她上班，他就是被自己拍了马屁，觉得飘飘然了，所以要她穿着那些衣服以显示他的卓越眼光。

于是周一那天，叶轻舟很早就起床了，试图挑战一下乔洛的权威。她可以早上七点就出门啊，穿着她平时穿的衣服，这个时间乔洛还没起床呢。可惜她一拉开房间门，就立刻傻了眼。乔大神正端坐在客厅里，看着穿着衬衫和七分裤的叶轻舟皱了下眉头。她立刻把手里的通勤包一丢，一副无知的模样：“我以为今天还是休息，准备去买菜呢，呵呵呵呵……”

乔洛打开电视，开始收听早间新闻，伸手一挥，叶轻舟立刻回房去换上衣服，扭扭捏捏地滚出房间，开始新的一天。

临出门的时候，乔洛正在翻看报纸，头也不抬地说：“没事别瞎操心。”

“嗯？”正在穿鞋的叶轻舟愣了一下，转过脸来。他继续说：“车到山前必有路，船到桥头自然直。”

叶轻舟突然觉得心中一暖，笑了起来：“好！”

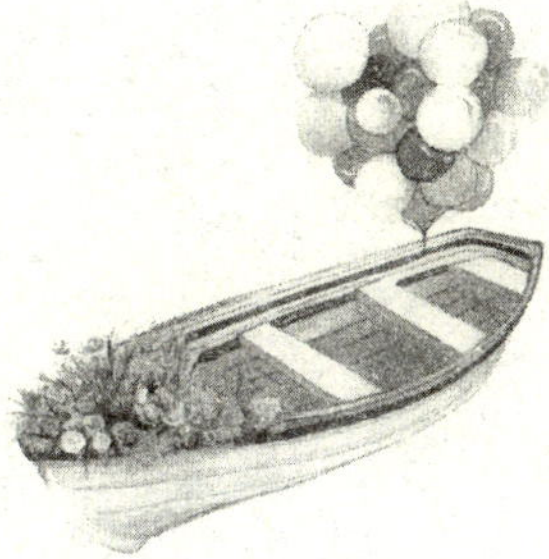

第六章 CHAPTER SIX

船到桥头自然直

船到桥头自然直

叶轻舟七岁那年，她圆满幸福的家庭破裂了。而此前两年，同样是七岁的乔洛早她一步经历了家庭变故，他的母亲过世了。

乔洛还记得那一年刚开春，妈妈说肚子疼，然后住进了自家的医院。爸爸说，她肚子里长了一颗肿瘤，只要做个手术，就会好起来。

妈妈摸着他的头说："乔洛，要乖乖听话，不要吃乱七八糟的东西，不然会和妈妈一样肚子疼哦！"

他使劲地点头，从此养成了小心吃东西的习惯。妈妈住院的时候，他每个周末都会去医院陪在妈妈身边。乔家世代为医，到了乔爷爷的时候，把医馆改为私人诊所。乔爸爸接替以后，继续把诊所扩大为医院，在乔洛小的时候已初显规模，前景一片大好。

乔洛自小就在医院里到处乱窜，所以有时候放了学，他就自己跑去医院看妈妈。然而手术后，本该出院的乔妈妈却一直躺在医院里，脸色一天不如一天。乔洛喜欢拉着一张小板凳，坐在病床旁边，把脑袋靠在床上，轻嗅着淡淡的药味，看着病床上的妈妈："妈妈，妈妈……什么时候回家啊？你说我考试考了一百分就带我去游乐场的，可是我都考了好几次一百分了……"

乔洛书桌边的抽屉里，放着他所有满分的试卷。从乔妈妈住院那一天起，一张张放进去，慢慢地越来越多。终于到了第二十张的时候，乔洛把试卷小心翼翼地夹好，外婆惊慌地冲进他的房间：“小洛，快，快和外婆去医院！”

那时候的乔洛并不知道出了什么事，去医院对他来说意味着可以告诉妈妈他又考了一次一百分。可是他没想到，那竟是他最后一次见到自己的妈妈。

抽屉里的试卷永远停滞在二十张，以后的每次考试，乔洛都故意改错一道题，九十九分，永远不会再有一百。

曾经摸着他的头，笑着说“小洛，你多考一次一百分，妈妈的病就会好得快一点哦”的人，已经永远不在了。那么多的一百分，编织了一个天大的谎言。

母亲的离开，对乔洛来说是永远不能挽回的伤痛。在伤痛里他学会了坚强，他可以把那些笑话他没有妈妈的孩子打到鼻青脸肿，然后露出一脸天真的微笑，让人无法相信那些事是他做的。

没有母亲的日子里，乔洛自己保护自己。

十二岁那年，乔爸爸和他说起了新妈妈。乔洛的心里无法不排斥这个突然闯入他生命里的“妈妈”，可是他也知道，一切必须接受。

听说新妈妈却要带着一个妹妹进乔家，乔洛对这个“拖油瓶”很感兴趣。

他见过叶妈妈，精明能干又利索洒脱，这让乔洛减少了对她的排斥。在一切不可避免的时候，由这样一个他并不是很反感的人来扮演这个角色，未尝不是减少摩擦的好事。

这样一个干练的女人，会有一个怎样的女儿，乔洛竟有几分期待了。她和自己很相似却不完全相同，在七岁的时候被父亲抛弃，她的经历会将她造就成一个什么样的人呢？或许和自己一样，表里不一，又或许是个表里如一的狠角色。乔洛摩拳擦掌，准备好好会一会这个新妹妹。

可惜结果却让他彻底失望了。躲在妈妈身后的叶轻舟像一只绵羊，怯懦地探出脑袋："乔哥哥好，我……我叫叶轻舟，一叶轻舟的意思……"

乔洛微笑着回了一句："真是个文雅的好名字。"在那时，他断定，这个小丫头和他一样，是个表里不一的人。

可是透过她圆溜溜的双眼，只能看见满眼的感动，似乎没有任何隐瞒。这小丫头装得很像啊，乔洛在心里想，他上前一步，轻拉过她的手："叶阿姨，我带妹妹去看看她的房间好吗？"

"我的房间？"她的声音里带着惊喜，鼻子也有点微红，满眼期待地看着自己。乔洛微蹙了一下眉头，拉着她进了房间。昏暗的房间里，他把她逼到墙角，恶狠狠地对她说："如果你想让你和你妈过得舒服点，就好好适应我这个温柔的好哥哥吧……"

他想，这下该露出真面目了。可是她还是那副可怜的样子，泪水在眼眶里打转，她使劲地点头，跟着他出了房间，垂着脑袋，低声回答乔爸爸的话："满……满意……"

这时乔洛可以肯定了，这个小丫头不像她的妈妈，是个彻底的软柿子。

他一直期待着来个厉害的对手与他斗上一斗，却不想来了个这样的受气包，一下子就把原有的乐趣降低了大半。不过乔洛渐渐发现，折腾她，其实比找个厉害角色斗气更有意思。

每一天都是挑战叶轻舟底线的刺激日子。

而她似乎永远没有所谓的底线，无论他怎么指使她，怎么吓唬她，她都不会反抗，不会生气。

他说："除了我爸这样的好人，谁会喜欢你这样的软柿子！"

她却只是低着头小声哀求："哥哥，你……你们只要不讨厌我就好了……"

乔洛立刻就没了脾气。他真不知道，她怎么能忍到如此境地。看着她低垂着脑袋，露出纤细的脖子和微微隆起的脊柱，乔洛突然想起了很多年前的自己，也是这样垂着脑袋靠在病床上，他的妈妈是否也是这样看着他的？

可是乔洛依旧喜欢欺负她，她喜欢吃零食，喝饮料，乔洛说那些东西里全部都是有害物品，喝了肚子就会疼，她果然就不喝了。

他说过马路不小心就会被车撞飞，然后还用西红柿炒蛋来形容被撞出来的脑浆，叶轻舟立刻就吐了，以后过马路的时候总是小心地等绿灯，低于30秒坚决不走。

他说社会犯罪率高，很多入室打劫的，会砸开她房间的窗户爬进来，她果然吓得晚上不敢睡觉。乔洛挤上她的床，她总是等他睡熟以后小心地扯住他睡衣一角寻求安全感。其实这些，他都知道。

她就像软软的年糕，黏在他身边，小心地唤一声："哥哥……"

有一天，是他妈妈的生日，乔洛在房里翻看相册，看着照片里那些不知疲倦永远绽放的笑容。叶轻舟怯怯地推开他房间的门，探进一个小脑袋。

"哥哥，我有个题目不会写……"乔洛总是让她好好学习，叶妈妈对此很是赞赏，直夸乔洛懂事，还知道管妹妹的学习，让她省心不少。其实叶轻舟很无奈，她一直觉得成绩只要中上就好啦，不要太突出，可是乔恶魔却不让她偷懒，还发布了如果考不好，就要加倍折磨她的指令，叶轻舟不得不努力学习。

她小心地凑到他身边，低头看见照片上的人："哥哥，这是你妈妈吗？"

乔洛应了一声，翻了一页。叶轻舟看得目不转睛："你妈妈好漂亮啊。"她说话的时候，带着淡淡的奶香味。

乔洛勾起嘴角："我妈妈就是吃了不该吃的东西，才肚子疼去世的。"

叶轻舟立刻背后一僵，她刚刚偷偷吃了一颗牛奶糖，吓得脸色大变："真……真的吗？"

乔洛点头，冷冷看了她一眼："你离生病又近了一步。"

叶轻舟立刻扁了扁嘴巴，眼里泛出泪光："哥哥，你就这样才不让我乱吃东西的吗？哥哥，你真好……"

乔洛有时候真的不知道她的脑子里在想什么。他合上相册，看着她说："我一直这样欺负你，你就不生气吗？"

叶轻舟抬头看着他，圆圆的眼睛像黑色的玛瑙，泛着澄澈的光亮，她说："哥哥，其实我们都一样啊！我……我没有爸爸了，你没有妈妈。我胆子小，只会躲着哭；哥哥虽然很勇敢，但是心里一定也很难受，所以你才会欺负我，这……这样你就不会去想那些难过的事了……"

乔洛看着她，突然心里萌生了一个念头：这个傻丫头，他要欺负她一辈子！

叶轻舟和乔洛一起长大，除了生理变化，她的心理几乎没有成长，依旧是一摊烂泥一样的懦弱性格。

非要说有什么不同的话，那大概是原本只属于乔洛的叶轻舟开始被越来越多的人窥伺了。

乔洛初三的时候，有次课间和同学穿过学校的操场，身边的人突然叫他："乔洛，你看，是初一（7）班的那个小美女！"乔洛向来对此没什么兴趣，但还是顺着他手指的方向看了过去，竟然是微垂着脑袋抱着一沓练习册的叶轻舟。

"初一的你都认识？"乔洛微微眯眼。

同学接了话："初一漂亮的我才会注意啊。再说了，又不光是我一个人这么觉得，你自己说，是不是挺漂亮的？"

乔洛皱起眉头。叶轻舟今天穿了一条红色的背带短裤，柔顺的直发扎了两条长辫，步子迈得不大，走两步就到处张望一眼，看样子是害怕操场上打球的人把球丢到她的脑袋上。她一转脸，就看见了乔洛，立刻颠颠地小步跑了过来："哥哥！"

乔洛眉头皱得更加厉害了，目光里透出寒光，叶轻舟立刻吓得腿软，她又做了什么错事？

乔洛的同学立刻趁机与她搭话："小妹妹，这是你哥哥啊？"

叶轻舟小心地看了看乔洛，他的眼神透出来自地狱的召唤，于是从来不敢对任何人不礼貌的她，第一次鼓起勇气当学长是空气，撒腿就跑了！哥哥……太可怕了！

乔洛看着她狂奔而去的背影，满意地笑了一下，扭头对身边人说："认错人了而已。"

同学讪讪地摇头："还以为能认识一下呢……"

乔洛冷笑，那是他的小舟啊，凭什么给别人认识。

那次以后，乔洛觉得有必要好好看管叶轻舟这条随风乱漂的小船。有一次看见她穿着短裙在楼梯上走，下一层转角的男生不怀好意地叫了她一声，说她掉了东西，她当真立刻弯下身子到处看，什么都没发现，反倒捡起地上一张废纸，笑着感谢："谢谢，但是这个不是我的！"

乔洛当时站在上一层转角的楼梯，她弯下身子时，他眯眼看见了她白衬衫里面粉色的小背心，刚扬起嘴角，目光却看到了下一层趁机偷窥的男生，脸上的笑意瞬间退去。虽然当天下午那个男生就因为在后门偷偷抽烟被纪检部当场抓获，记大过一次，但乔洛觉得，外敌是永远杀不尽的，追根溯源才是唯一的办法。

当天晚上，乔洛竟然看起科学节目来。那是一期介绍皮肤癌的节目，里面的专家说，紫外线是皮肤癌的诱因。在一边的叶轻舟吓得脸色惨白，从此开始小心穿衣。

想到这里，乔洛露出一丝苦笑。她当真如此听他的话，那又为何会一跑就是七年呢？

叶轻舟很听她妈妈的话，似乎有种圣旨不可违抗的味道。乔洛一开始以为是她的性格，后来才渐渐发现，她对母亲的顺从和对自己的顺从是完全不同的两种。有次她犯了错被训了两句，躲在房间里，整个人像是失了魂一样。乔洛掀开她盖在头上的被子，她蜷成一团窝在被子里低啜："妈妈会不会也不要我了？"

乔洛这才发现，她对他只是怕，只是觉得要听他的话，可以在乔家寻求一个挡风遮雨的地方，却没有这种依恋。

从那时开始，乔洛觉得，他要让叶轻舟一直依靠他，躲不开、跑不了。可是乔洛的初衷是欺负她啊，如果他想要欺负她，为什么又会希望她依恋自己呢？那时候的乔洛并不能想通这样复杂的情感，于是开创了一条折磨兼顾保护的双重路线。简单地说，就是人前保护，人后欺压。

她说，她最怕被人欺负了。

于是，每年暑假他都去学空手道。于是她越发害怕他了，生怕自己惹了他就被他暴打一顿。

她说，她最怕生病吃药了。

高二选科的时候，一向是物理尖子生的他选了生化。乔爸爸很高兴儿子继承了家业，她也跟着点头。

她说，她最怕动手术开刀。

医学院选志向的时候，明明对心理学很有天分的他选了外科，可是这个时候她却不在了。他相信，总有一天，她得躺好任他宰割。

在这条道路上，叶轻舟一面害怕乔洛，却又一面依赖他。她的一切乔洛都了如指掌，再没有任何一个人比他更了解她，比他更值得她依靠。

乔洛一直有这样的自信。

可是他的自信却被七年的时光打破。在这七年里，她所经历的，他无力改变；她所失去的，他无力挽回。他能给的，只有接下来的每一个七年，让她安心，让她依靠。

去外地上大学时，他自信地认为，叶轻舟是离不开他的，也不敢违背他的话。可是那一次，他的自信成了自负。就连叶轻舟跑出了乔家，他依旧固执地认为，叶轻舟的离开只是解除了他们之间的兄妹关系，所以他自信满满地等待着大学后的第一个假期。

可是叶轻舟走了，她没告诉他去了哪里，也不让别人告诉他。乔洛问不到答案，想去找她，却又负气不想去。也许就像她说的那样，欺负她就能让他不去想那些难过的事，那么去别的地方打发时间是不是就可以不去想她了呢？

于是乔洛跑去外婆家度假，他游荡了很多日子，却没能不去想叶轻舟。暑假将近尾声，他也只能怏怏地准备回家。

临走的那天早上，他意外地早早醒来，走出自己的房间想找点吃的，就听见母亲的闺房里传来低低的说话声。老家依旧保留着他妈妈未出嫁时住的房间，那里放着她的遗像。外婆留着她所有的东西，时常打扫房间，怀念自己的女儿。

乔洛半醒半迷糊地走到门边。

“……小萍啊，小洛今天就要回去了……”

乔洛知道，外婆怕自己伤心，他在的日子里一直尽量不去提他妈妈。今天他要走了，她才忍不住进去和女儿的遗像唠叨两句。

“你说你当时怎么那么傻呢？要是你还在，看着小洛长大，多好啊……他长得和你真像。唉……当初你要是不出事多好，你们一家三口……还能带上我这个老太婆。乔林说我一个人在这里不放心，总说要接我去和他们一起住，可我人是老了，但不能糊涂啊，我和他们一起住不合适。我啊，有小洛来看看我，我就满意了……”

乔洛觉得鼻子有点发酸，喉咙也有些堵，转身想走，却被接下来的话牵住了脚步。

“要不是乔林的错，你怎么会这么早就走了呢？不过现在好了，乔家的医院越来越大了，将来小洛继承了家里的医院，就更好了。你这个做妈的，也算是为儿子留下了大好的前途……”

乔洛猛地推开门，满眼的吃惊：“我爸的错？什么错？”

满头白发的老人被突如其来的声音一吓，手中的相框摔落在地，发出清脆的声音，像是击碎了什么脆弱的谎言：“小洛……”

乔洛十九岁那年，失去了叶轻舟却意外得到了一个秘密。十二年前，母亲的突然离世并非是他所知道的那样，不是因为本身病情的异常和身体原因导致术后病情恶化，而是因为手术中医护人员的主观过失导致了手术的失败，以至于手术后病情急速恶化。

而主刀的医生正是乔洛的父亲。

那时，乔家的医院才初见规模，有了一定的声望，如果这个时候爆出医疗事故的负面消息，那无疑是致命的一击。于是这个秘密被永远地隐藏，甚至连乔洛都不得而知。

自己母亲死于自己父亲的过失，乔洛无法接受这样的事实，而让他更不能接受的是，父亲背负着在他看来无法被原谅的罪责，还能再娶别的女人。

他得到的一切，丰厚的家产、院长的光环，一切一切都是建立在他母亲的死亡之上，他怎么能心安理得地享受？

外婆低啜道：“都过去了，这也是你妈妈自己的意愿……”

乔洛无法原谅父亲，就像他再也无法接受叶妈妈一样。这个女人取代了他的母亲，将母亲牺牲自己所换的来幸福占据了，成了风光无限的院长夫人，在那些公开场合里谈笑风生。又有谁会想起他的母亲呢？

乔洛愤然地离开了外婆家回到大学。长达七年的本硕连读，他未曾回家一次，他不想去听父亲的辩解，也不愿意再回到那个连叶轻舟也不在了的家里。

只有他们，才彼此明白。

父母的纠葛，伤害的永远是孩子。他们的伤痛可以用新的感情来弥补，可是子女的伤痛却永远没有重新来过的机会。

七年的岁月里，他用忙碌来充实自己，不知道如何去面对叶轻舟。只要想到她，就会想到她和她母亲的闯入，想到他原本的家，就像是一张他挣不开的网，抵死纠缠。

七年后，看多了那些生离死别，似乎年少的愤怒也渐渐可以平静。不是遗忘，只是觉得必须接受。乔洛第一次回了家，与父亲深谈了往事。

不再是少年时愤怒地咆哮，而是理智地去面对过去。父亲递给他一本笔记本，红色的锦面暗淡无光，纸张微微泛黄。乔洛粗略地将本子翻了一遍，每一页的纸张都微皱着，似乎湿了又干。

父亲转身出门，乔洛这才发现他的头发已经彻底花白。七年的岁月可以让一个冲动的少年镇定，也可以让一个盛年的男子走向衰老。

笔记本是母亲的日记本，不厚，粗略有几十页，按照第一页的日期来看，正是她做完手术后的几天。第一句话是——小洛怎么办？

乔洛拿着本子的手轻颤了一下，顿时觉得纸上清秀的字迹一下子就模糊了，突然想起那熟悉的声音：“小洛……”

每天的日记都不长，最少的时候只有一句话，多的时候有十来句。

“今天疼得很厉害，但是小洛告诉我，他又考了一百分，似乎也就不那么疼了。”

“乔林哭了，我让他别哭，别让小洛看见。其实人的一生总有意外，有些灾祸总是躲不过的……”

“事情已经无法改变了，谴责谁都无法改变现状。医院是乔林的心血，将来也是小洛的，我不能为这一切做什么贡献，但是至少，我可以保护这一切……”

“小洛总说要去游乐场，可是乔林太忙了。最近我越发觉得当初应该再为小洛生一个弟弟或是妹妹。这样他以后就不会太寂寞了。”

“妈来看了我，说我傻。其实我不傻，我只是太清醒了，没有人比我更了解我的身体状况。”

“最近的脸色很难看，小洛都怀疑了，我让乔林给我带一盒腮红。很久没照过镜子了，今天一看，连自己都吓坏了，难怪小洛见了会奇怪。抹了淡淡的一点颜色，滑稽得可笑……”

……

“我知道，大概是没有明天了，乔林在医院全天候陪着我，妈去家里照顾小洛。我不想让小洛知道，即使最后无法隐瞒，但我依旧想做他心中美丽的妈妈……”

看完日记，原本已经发皱的纸张又一次被浸湿。他合上本子，心中却豁然开朗了。那些愤怒，那些抗拒，在此时显得那么渺小不堪。

乔洛不知道他是否原谅了父亲，是否可以接受新的家庭，只知道他要好好地生活下去，继承乔家的医院，因为这是母亲所希望的。

乔洛突然发现他越发思念叶轻舟，或者说这种思念从未消失过，只是被他搁置在心中一间不愿意打开的房间里。而如今思念破门而出，汹涌而来。

他记得小时候，他总是拍着胸脯说，我长大以后要保护妈妈！

只是后来，他想保护的人离开了，而叶轻舟却出现了。

看着母亲的日记，乔洛想起唯唯诺诺的叶轻舟，她眨巴着双眼，可怜巴巴地看着他。不知道七年后的她，是坚强了，还是更加懦弱了？是成熟了，还是依旧那样？是天不怕地不怕了，还是依旧胆小如鼠？

那些无法抑制的思念将他淹没，他需要寻找这片汪洋中的救生船，即便是一条随风乱漂的小舟。

可是七年之后的他们，不再是兄妹，是否就可以一帆风顺了呢？他记得父亲的话：“你不能去找小舟，她是你妹妹！”

他微昂着头：“她从一开始就不是。”

“你要为乔家的医院尽一份力！”

他抬眼：“我去找小舟并不等于抛弃乔家的医院，这两者，我都要！”

父亲双眼睁大：“你……你别太自信了！”

他勾起嘴角：“如果连妻子牺牲自己保护的东西你都没有自信去挽回，我想你暂时无法评判我的自信！”

父亲的声音立刻就低了下去：“你去吧，也许你未必会接受小舟……”

那时候的乔洛根本没把这句话放在心上，或者说他一直坚信自己会找到她的，从未动摇过。

小暑那天下午，他坐在办公室里，突然护士急切地叫了他一声。他心中一惊，有一种他期待已久的愿望终于要实现的感觉，他起身，走了出去，就看见躺在病床上的她。

他不由得勾起了嘴角。她似乎没什么变化，依旧是娃娃脸，只是圆圆的眼睛紧闭着，眉头蹙在一起，他每走近一步，心跳就加快一拍。

他想，小舟，我又抓到你了。

直到那一天，看着她发狂的样子，乔洛立刻就想起了父亲的话。或许他早就知道了，所以才会那么说。

他摩挲着她睡梦里的脸，想起了很多年以前，她也是这样眼角垂泪睡在床上，她说：“妈妈会不会不要我了？”

乔洛浅笑，她醒来以后应该把这句话改了，应该是：哥哥会不会不要我了？

他想，他应该会说，不会。

因为她叶轻舟生是他乔洛的活人，病是他乔洛的病人，死是他乔洛的死人！

她应该会吓得脸色大变，战战兢兢地看着自己。想到这里，乔洛忍不住扑哧笑了起来。

船到桥头自然直，她这条小船撞上他这座桥，岂能再跑？

CHAPTER SEVEN 第七章

轻舟一叶不畏风

叶轻舟到了公司，发现一切就像乔洛说的那样，都是她自己在瞎操心。其实她也不喜欢瞎操心，只是因为害怕出了事解决不了，就开始畏首畏尾、怕这怕那，现在却不知为何安了心，似乎背后有这样一个人，多么困难的事，多么让她恐惧的人，他都可以轻易地去解决，为她这条小船找到一个可以挡风避雨的桥洞。叶轻舟不是青春励志的模范，她只想找这样一个小小的地方，躲在里面，看外面风吹雨打，或是阳光明媚。

同事们对于她的病假毫无兴趣，只有丽娜关切地询问了一句，问叶轻舟最近怎么总是生病。反倒是她的着装让众人惊叫，尤其是办公室里几个男同事，狼眼全亮了，透着阴森的绿光。

欧阳凑过来，压低声音逼供："老实交代，谁给你洗脑的？"

叶轻舟立刻坦白："是我哥。"

欧阳双眼里立刻露出颇有深意的眼神，揶揄地说："认识你这么久，没想到你是个闷骚型的，还是闷十年骚一次的！早就有这等好货，却不拿出来，害得我还为你的终身大事担心，极力撮合你和总监，真是皇上不急太监急！"

叶轻舟正要解释，突然温若何拉开办公室的门，对着叶轻舟唤了一声：“轻舟，你进来一下。”

看见总监的脸，叶轻舟全身轻颤了一下，她握着拳头，指甲掐进肉里。欧阳轻推了她一下，耳语安慰：“没事的，总监不是那样的人。”

叶轻舟点了下头，迈起沉重的双腿，走进了总监办公室，关上门，转身，对上温若何温柔的双眼，她立刻腿软：“总监……”

温若何看出她眼里的恐惧，知道她在怕什么，微微笑了一下：“你别紧张啊……”

他说得这样轻柔，叶轻舟反倒是鼻子一酸：“我……我没紧张。”

“坐吧。”温若何看见她紧握的双手，知道她的话不过是掩饰而已。叶轻舟点了下头，坐在旁边一张转椅上，垂着头。

经过了那天的事，温若何似乎有点明白她懦弱的性格是如何形成的了。本以为她暂时不会来上班了，没想到她不但来了，还完全没有料想中的颓丧，更是精心打扮了一番。不知她是真的走出了懦弱，还是用这些来掩饰她的懦弱。

他想了一下，开了口：“叶轻舟，我们交往吧。”

低头等着总监宣判自己死刑的叶轻舟满脑子都在默念着乔洛鼓励她的话，船到桥头自然直，船到桥头自然直……却没想到听到这样一句话，立刻怀疑自己幻听了：“什么？”

温若何迎上她的目光：“是没听见，还是不相信？”

叶轻舟摇头，认真地说：“不是，我怀疑上次阑尾炎手术时我对麻药过敏引发了美尼尔综合征，我现在耳朵有点问题。总监，我可以提前下班去检查一下吗？”

“不用检查了，好得很。”温若何笑道，“这个问题我想在你休假前我们就说过啊，并不是很突兀，那时候我不就说了对你有好感吗？”

“可是，那天……”叶轻舟结巴了起来，“就……就是那天晚上……”

“那天晚上怎么了？”温若何似乎在故意装傻。

叶轻舟急得抓耳挠腮：“就是那个啊，总监，你觉得我这样的人还能和你继续交往吗？”

“为什么不能？”温若何反问。

“……”叶轻舟抽了下嘴角，“那个就算你不介意，我们的交往也不一定就会成功啊。”

温若何认真地说：“不交往怎么知道不会成功呢？”

“总监……”叶轻舟抬起头，“你是说，如果不成功，就把我甩了，那我多凄惨啊！”

温若何扑哧一声笑了起来：“也许能成功呢？”

“也许？”叶轻舟撇了撇嘴，“总监，你的‘也许’可是我全部的希望啊，万一你‘也许’了一半不‘也许’了呢？这样的日子不是等于在走钢丝嘛，多悬啊！不行不行……”

温若何沉默了一会儿，开口：“你不是怕我开除你吗？”

叶轻舟立刻愣住了，再次怀疑自己的耳朵。传说中霹雳无敌的好人总监竟然会说出这样的话，这是赤裸裸的威胁啊！不不，她一定真的有美尼尔综合征了！“总监，你说什么？”

温若何靠在转椅上，脸上挂着柔和的笑容：“我不是开玩笑哦。”

叶轻舟傻了，其实一开始她就不该去相信总监是个正直善良的好人，第一次见他的时候，她就应该坚信自己的感觉，坚信自己的猜测，像他这样表面温柔的人都隐藏了一颗变态的心！

叶轻舟深吸一口气，这一次，她要不畏强权，不惧威胁，勇敢说不！

为什么？因为她一旦倒向总监就要和乔洛为敌啊！

把乔恶魔与温总监放在天平上权衡一下，乔洛完全是压倒性的胜利啊！

毫无悬念,叶轻舟勇敢地说:“总监,我……我是不会被威胁的！”

温若何有些意外，但想来即便是软弱无能的叶轻舟也是有她所坚持的东西：“为什么？”

叶轻舟咽了下口水，为什么？当然是因为乔恶魔比你恐怖一万倍啊！但这当然不能说！“因为梅莹莹是你妹妹！”叶轻舟为自己的懦弱者的智慧感动了。

温若何一愣：“啊？”

“对！”叶轻舟点头，“总监啊，你妹妹不就是我的小姑子吗？万一我们交往了，姑嫂关系不好这是多么严重的家庭问题啊……”

“你想多了吧。”温若何歪头道，“不过是交往而已，没必要想那么长远吧。”

叶轻舟立刻正色纠正：“总监，我只接受以结婚为前提的交往！”不结婚交往什么？爱来爱去再搞个分手吗？人老珠黄再来追忆初恋吗？忒无聊了！她叶轻舟坚决鄙视这样的行为。那些所谓的逢场作戏、年少轻狂，除了留下肉体上的纠葛，未尝不是对空虚心灵的一种伤害。

她的表情十分认真，绝对不是在开玩笑，温若何愣了：“你真是……”

叶轻舟赶紧接了话："我这个人思维就是不正常，不但如此，我长得一般，没什么本事，完全没有任何优点可言啊……"不得罪上司示爱最好的办法就是贬低自己，把自己贬低到地球的那一头去！让对方抠出眼珠后悔自己眼残才看上她！

温若何笑了："你是怕别人喜欢你，还是害怕自己喜欢上别人？"

叶轻舟愣住了，看着总监清亮的双目，低了下头，看着自己露在凉鞋外的脚尖，喃喃地说："我两个都怕，前途黑暗啊……"

"好了，不谈私事，谈公事吧。"温若何突然打断了这个话题，拿过桌上一个红色的文件夹递了过去，"这是丽娜新做的广告设计，原本我答应了你不让你接手任何关于非雅地产的广告，可是对方一直很挑剔，丽娜改了很多次也没通过。"

这个情况叶轻舟早就知道了，可是她又实在无法帮忙，心中也很愧疚。温若何继续说："我也不要你做什么，不过你制图一向很细心，你就帮忙稍微修改一下吧。"

叶轻舟接过文件，本来就是她的工作转嫁给了丽娜，帮点小忙自然没问题的。她拿了东西就赶紧跑出去，温若何看着她匆匆离开的背影，微皱了下眉头。也许叶轻舟所害怕的是自己喜欢上别人，而别人却不喜欢她吧。

温若何想着自嘲一笑，这样的害怕，谁没有呢？

叶轻舟拿着文件刚走回自己的位子上，丽娜就捧着麦乳精跑来了："总监终于给你了！神啊！快救救我……"

欧阳斜眼："凭什么让轻舟救你，她生病才好！"

"帮忙嘛……"丽娜蹭了过去。

"当然没问题。"叶轻舟笑道，鼓起勇气打开文件夹翻到了效果图，发现确实有些问题，问丽娜要了电子档，立刻就开始修改。

丽娜坐在叶轻舟旁边观摩：“哇，小舟你好厉害啊！哇……小舟你做得好好啊！啊！小舟以后教我吧！”

叶轻舟心里暖洋洋，也许乔洛说得对，车到山前必有路，船到桥头自然直，她就不该过分担心。可究竟是她的过分担心造就了一切，还是一切造就了她的过分担心呢？如果在更早的时候，有一个人不光能对她说出这样的话，还能让她安下这样的心，一切会不会就是另一番景象了？

叶轻舟对着电脑修图时，丽娜把文件夹翻开，把广告标语那一页递到叶轻舟面前哀求：“小舟，小舟，帮我想最后的结束词吧……”丽娜用手指着广告词的最后一行，“缔造您梦想中的家园。总监说很没创意，可是地产广告不都是这几句词吗？”

“唔……”叶轻舟微侧了身子，接过来看了一下，“这别墅区不是在紫阳山下吗，那里有什么景点啊？”

丽娜挠头：“好像有什么望月峰啊，仙人谷啊……”

“那就改成‘缔造您梦想中的小仙谷’好了！”叶轻舟接话，“这样也比较应景啊。”

“小仙谷？”丽娜歪头想了一下，笑了起来，“不错不错，我赶紧改了去。”

上班这么久，叶轻舟第一次在上班时间开始期待下班，目光总是不由自主地瞥向电脑的右下角，不知道是在害怕总监又召唤她，还是期待乔洛。

好在午后，温若何就匆匆离开去总公司了，叶轻舟缩在电脑后面放心地叹了一口气。欧阳趁机溜到她身后，幽幽地说："老实交代，你今天有什么不良企图，你已经看了三十二次时间了！"

叶轻舟没想到自己的小动作被她尽收眼底，赶紧解释道："没有啊……"

"没有个屁！"欧阳啐道，"你原来对工作那是恨不得献了青春献终生，献了终生献灵魂，现在是恨不能把青春也抠回来。"

"……"叶轻舟无言，好吧，其实她就是找虐的体质，没什么可疑问的了。

晚上回家以后，叶轻舟做好了饭菜，乔洛却一直没回家。原来乔恶魔不回家，对她来说就是福音，可是如今却觉得心里空荡荡的。打他手机也是关机，叶轻舟练完一组瑜伽操，在家里转了好几圈也不见他回来。

乔洛要是有事也该打个电话告诉她啊，就算不主动打电话也不该关机啊！一想到关机，叶轻舟有些愧疚，自己上次跑去别墅时也是关机，倒也不知道乔洛是怎么找去的。想到这里，叶轻舟更饿了，只能自己先盛了饭。才吃一口，门就开了，叶轻舟有种做贼被抓赃的感觉，立刻丢下碗，站了起来。

乔洛推门进来，扫了一眼："你怎么还没吃饭啊？"

"等……等你啊……"叶轻舟小声地说，用余光瞥见此时已经是晚上八点半了。

"今天医院突然来了个急诊，临时加班。"乔洛抓了一下头发，似乎有些疲惫。

虽然他说的也是合情合理，可是叶轻舟却觉得心里有点小委屈，也不知道是谁借了她胆子，她竟然喃喃了一句："那也该告诉我一声啊……”

乔洛浅笑了一下，转而收起笑：“那你跑了七年也没告诉我一声啊。”

叶轻舟立刻被人一剑刺中要害，说不出话来。于是乔恶魔立刻由被动转为主动，勾起嘴角耸了肩：“说不出话来了？”

叶轻舟抬起头看着他，开了口：“谢谢你，七年了，还会来找我。”乔洛一愣，她继续说，“还有，我的病……”

“不用谢。”乔洛走近，揽过她的肩膀，微低下头，用下巴抵在她的头上轻轻地摩挲着，叶轻舟觉得鼻子有点发酸，刚想开口，他继续说，“反正我也不是无偿服务。”

叶轻舟一愣，猛地抬头看，对上他眯着的双眼：“小舟，天下没有白吃的午餐，难道这个道理你还不懂吗？”他勾起嘴角，挑了下眉梢。

叶轻舟咽了下口水，颤抖地问：“你要什么？”

乔大神昂起头，扫了周围一圈：“你觉得除了你以外，这里还有更值钱的吗？”

晚上睡觉的时候，叶轻舟窝在被子里，两只眼睛溜溜地转。其实这些日子她心里萌生了一个大胆的猜想，就是乔洛表面上很大神，其实内心是非常别扭的。她胆子小，却不是很傻，现在回想起以前的很多事，他明明就是嘴上耍狠而已。换作以前的她，绝对没有胆子去这么想的，可现在乔洛让她有了猜想的胆子，她立刻就想入非非了。

虽然自己这么想了，但得不到乔洛的肯定，胆子只比老鼠大一点的叶轻舟还是不敢肯定——难道乔洛真的有那么一丁点喜欢自己？

叶轻舟被自己的想法吓住了，竟然觉得有些刺激。再进一步想想，难道乔洛看上她很久了？这个猜想更大胆了，叶轻舟觉得双颊有点发烫，把头蒙进被子里，在枕头上直蹭，真是太不好意思了！

一个晚上叶轻舟都沉浸在这种小小的飘忽当中，哪知道第二天到了公司以后，这种小飘忽突然成了大飘忽。保安拿着一束花送进了办公室，说是给叶轻舟的，立刻引发了不小的波澜。一大束白玫瑰，叶轻舟战战兢兢地抱了过来，不知道是谁送的。

欧阳立刻在花里翻找卡片，叶轻舟低头一看，卡片就夹在几朵花中间，斜眼一瞥，看见一个“温”字。叶轻舟立刻脸色大变，急忙一把扯过卡片，胡乱地往屁股后面塞，塞了几下却没塞进口袋，这才顿悟她现在穿的是连衣裙，不是七分裤，一时间无比悔恨！

“你得痔疮了吗？”不明所以的丽娜歪头问。

叶轻舟讪笑：“确实有点想上厕所！”说着把花往欧阳怀里一塞，撒腿就往厕所跑，跑进小隔间里小心地拿出卡片，上面只写了一行字：祝快乐！温。

寥寥四个字，雄浑有力，叶轻舟咽了下口水，不知道如何处置这个东西。拿回去肯定不行，丢在厕所里有点对不起总监，犹豫再三，决定暂时把卡片寄放在厕所洗手池边的抽纸箱里，等中午休息时再拿好了。

她想不透总监为什么要送花，难道她说得还不够清楚吗？还是说……

总监也是个恶魔，一眼就看中她的 M 体质，觉得过了这个村就没这个店了？

走回办公室里，羊羊立刻凑过来："轻舟，一共是三十朵！意思是请接受我的爱！谁在追你啊？"

叶轻舟对花语没什么了解，轻声说："那个……白花不是送死者的吗？"

喧闹的办公室里瞬间一片寂静，欧阳挑了下眉头："白玫瑰的意思是天真纯洁啊！"

筱霞低头闻了一下："真香啊……"

叶轻舟立刻制止："不能闻啊！这些很香的花里都有不知名的小虫子的，以前新闻报道过，有人闻花结果让虫子爬进了鼻子里，竟然把他的鼻子吃掉了一半！"

办公室的所有人觉得背后一阵寒风吹过，筱霞立刻泪奔了。

欧阳把花递了过去，拍了拍她的肩膀："很好，想送花来追你的人该哭了。"

叶轻舟泪眼看着她："其实我想哭了……"

中午吃饭的时候叶轻舟把大概的情况向欧阳全部老实交代了，末了泪眼汪汪："我会不会变成祥林嫂啊，被分成两半？"

欧阳拍拍她的肩膀："很好，这是你说过最自恋的话了。"

"啊？"叶轻舟抬眼，一脸迷茫。

"承认这两个是你男人了，真是历史性的时刻啊！"欧阳扼腕道。

"……"

"罢了罢了……"欧阳摆摆手，"不和你开玩笑了，不过要是这么说，我倒是理解你哥之前的行为了，难道他真的是在玩少女养成游戏？"

叶轻舟低头撇嘴："不知道。"

"不知道那就去问啊。"欧阳斜眼。

"问乔大神？"叶轻舟双眼含泪，难道她真的要以身试法吗？

欧阳斜了她一眼："白痴，要问拿花去问啊。"

"拿花去问？"

得了欧阳的提点，叶轻舟抱着这么一大束花雄赳赳气昂昂地回了家，心紧张得直跳，可是脸上却要强撑出骄傲的表情。

欧阳同学小秘籍——爱她就为她吃醋吧！

可惜坐在客厅里的乔洛扫了一眼，立刻挥手道："花瓶没这么大，你买多了。"

叶轻舟鼓起勇气："这……这不是我买的，是别人送的！"

乔洛放下手里的杂志，推了下眼镜，眯起了双眼，目光如利剑一样。叶轻舟咽了下口水："那个……是总监送的，他……他还说要……要……"

"要干吗？"乔洛的声音不高，但是低沉得可怕，让她忍不住哆嗦了一下："要……"再看看乔洛周身散发出来的阴冷气息，叶轻舟咬咬牙，"要我付花钱！"

血一般的事实证明，革命尚未成功，同志仍需努力。叶轻舟小心地搅拌着锅里的红枣小米粥，突然就这么感慨了一句。乔恶魔不仅直接反驳了喜欢她的猜测，连醋都不吃，实在是神圣而不可侵犯啊！

叶轻舟盛了两碗粥端出厨房。一向坐在客厅里看新闻的乔洛此时却在摆弄两张很大的纸，她凑过去一看，立刻就窘了。两张堪比海报大小的纸上，一张印着赵非雅，一张印着梅莹莹。

“这……这……”她立刻连退好几步，不知道他为什么要搞这个东西。

乔洛并不在意她震惊的样子，转身把两张纸拌在客厅的墙上，转身满意地对着叶轻舟道：“不错吧？”

“不……不错？”叶轻舟泪流满面，哪里不错了，这简直就是错得不能再错了！

乔洛看出她一脸的尴尬，毫不在意：“你不是怕她们吗？经常看看就不怕了。”

“呃……”叶轻舟放下碗，颤抖地伸手指着赵非雅，“你怎么知道她是谁？”

“非雅地产的董事长，你爸的小三，可惜还算不上你的继母。”乔洛随意地说，似乎叶轻舟的那些秘密在他这里就和全民播报的新闻消息一样。

叶轻舟抽动了一下嘴角，小声说：“我连你都对付不了，就更别说她们了……”

乔洛眯眼：“难道我和她们是一个层次的吗？”

“……”叶轻舟立刻发现自己说错了话，赶紧补救，“怎……怎么可能，你的地位不可动摇！”

乔洛轻哼了一声，坐下来开始喝粥，对着接近僵化的叶轻舟说：“每天看三次，一次十分钟，每分钟骂十句话，半个月见效。”

叶轻舟努力把自己的目光投向这两个人，激灵了一下，脑电波忽地一闪，想起了什么，扭头对乔洛说：“对了！你上次在餐厅和梅莹莹在一起，是有什么事吗？”

乔洛拿着勺子的手稍微停顿了一下，继而继续舀粥：“没什么事。”

叶轻舟凑到桌子边，坐在他对面，手指轻轻地摸着温热的碗边，低头小声说：“其实，我妈打过电话来……”

“嗯。”乔洛应了一声。

她继续说：“她说让我别和你在一起，是不是和梅莹莹的事有关？”

乔洛隔在眼镜片后面的双眼微垂，他用勺子搅拌着碗里的粥：“你想知道什么呢？”叶轻舟抬眼，无言以对：“我……”

乔洛放下勺子：“你是想知道让我们不能在一起的阻隔是什么？”他直视着叶轻舟，继续说，“还是想给自己一个离开我的理由？”

叶轻舟说不出话来，乔洛勾起嘴角：“我不会告诉你任何事，如果那些可能成为你逃跑的理由。”

“可是……”叶轻舟小声说，“既然你不告诉我，那就是说，这些事是确实存在的……”

“即便存在又如何？”乔洛昂着头，“就像以前一样，你只要跟在我身后就够了。”

叶轻舟说不出话来。每一次面对这样自信的乔洛，她都会为自己的自卑而羞耻。直到现在，她也没办法彻底安心，相信她和乔洛能在一起。她依旧顾忌她妈妈的话，她告诉自己，这一个月只不过是上天为了补偿她之前所承受的苦难，而给她的小小恩赐，这是一件奢侈的事。她在担心，如果乔洛让她变得自信了，她是否就有勇气去抗争什么了。那样的结果，究竟是好还是坏呢？

她抬头看看喝粥的乔洛，心里有种莫名的不安。这样宁静的日子，是否能够长久？

事实证明，叶轻舟的担忧从来都不是毫无根据的。她预感日子不会太宁静，那就一定要起点小波澜。可是她着实没想到，这个波源竟然是总监。

从第一束花开始，叶轻舟每天都会收到花，甚至有天花送来的时候，温若何正从办公室里出来。她正接过花一脸的窘迫，总监却冲她使了个眼色，吓得叶轻舟差点儿手一抖把花丢了。

欧阳一蹬脚，转椅溜到她这边，她摸了摸下巴："总监的眼神真是高深莫测啊！"

叶轻舟咽了下口水，那眼神何止是高深莫测啊，简直是饱含深意！叶轻舟决定找总监好好谈一谈。她已经足足一周每天吃早晚饭时都面对着梅莹莹的脸，渐渐地吃饭竟然比以前还香了！所以现在的叶轻舟，有足够的勇气，去找总监谈一谈！

温若何一回来，就看见端坐在他办公室里的叶轻舟，抬头挺胸，两手放在膝盖上，标准的小学生坐姿。他扑哧一声笑了起来。

叶轻舟不苟言笑："总监，我很严肃地要和你谈一谈关于送花的问题。"

见她一脸正气，温若何觉得更想笑了："花好看吗？你喜欢什么花？"

"我喜欢绿萝、龙舌兰还有芦荟，因为它们可以吸甲醛净化空气！"叶轻舟下意识地回答问题。

"所以是我的花没选好咯？"

"呃……"叶轻舟好不容易气运丹田鼓起的一股真气莫名地四下流窜，她手忙脚乱把它们扯回来，"现在是讨论花品种的时候吗？"

“那讨论什么？”温若何笑道。

叶轻舟重整旗鼓：“总监，你不要给我送花了，因为我是不会接受你的！”好吧，大不了就把她开除吧，她最近发现社区的老人院在找护工，太适合她了！

温若何听了她的话，波澜不惊，随意地说：“你有丈夫？”

叶轻舟摇头。

“有未婚夫？”

继续摇头。

“有男友？”

死命摇头。

“那我为什么不能送你花呢？”温若何微笑着问。

“……”叶轻舟一时语塞，自己好像确实没什么底气。

温若何眯起了双眼，开了口：“难道……是你有了心仪的对象？”

叶轻舟一怔，脑海里猛地闪出了乔洛的脸，她的心咯噔了一下，她确实喜欢乔洛，不论她是否能和乔洛在一起，甚至都不知道乔洛是否也喜欢自己，但这件事实不可否认。她结巴了一下：“呃……有……”她向来是不敢撒谎的，尤其是面对上司。

温若何沉默了一会儿，起身走到窗前，拉开了百叶窗，阳光立刻照了进来，叶轻舟再看他时，就有些恍惚不清。

他说：“是不是乔医生？”

叶轻舟后背一僵，难道总监也是无所不知的超人吗？

见她不说话，温若何继续说：“其实我也能看出来，尤其是那天在餐厅，他和我一样震惊。只是我被吓住了，他却伸出了自己的手臂……”

叶轻舟看不见他的表情，只觉得话里带着一点惆怅。他继续说：“可是如果这个人真的是乔洛，那么你就更应该接受我了。”他转身看她，满眼的认真，她却迷糊了。

叶轻舟猜测，温总监一定是通过梅莹莹知道了什么，毕竟那天在餐厅里，乔洛和梅莹莹的出现，不光是她，连总监也觉得奇怪。她会去问乔洛，总监也一定会去问自己的表妹。乔洛什么都不告诉自己，却不代表梅莹莹不会告诉温若何。

“为……为什么？”

温若何挑了下眉梢：“只不过是一些提醒罢了，你可别追问我太多哈。”他说着浅笑了一下，似乎有几分无奈。

叶轻舟摇摇头：“我不想问这个，只想知道为什么是我呢？是因为知道了什么，所以才要和我交往吗？”

“反过来。”温若何回道。

“嗯？”

“因为想和你交往，所以才去了解那些事情。”温若何一字一顿地说，满眼的诚恳，反倒叶轻舟有点不知所措：“那……你知道了什么？”

不知道是不是叶轻舟的星星眼具有很强的杀伤力，总之温若何有点不忍心了，一改自己之前的坚决：“好吧，其实我知道的并不多。表妹和我并不算亲，只是听我妈说起，姨妈似乎有意让表妹和乔洛在一起……”

叶轻舟回想起上次听到的话，梅莹莹似乎是说起了双方家里有什么关联，但是看他俩说话的口气，怎么看也不像是要谈婚论嫁的样子。她微皱了一下眉头，嘟囔了一句："可是这件事……"虽然她知道总监不是会骗她的人，但心里还是不太愿意相信，一面怀疑，却又一面相信。怀疑的是他俩应该不会真的在一起，相信的是这确实足以成为她逃跑的理由，所以乔洛才不肯说。

温若何自觉多言，不再继续："总之，这事你我都是局外人。况且撇开这件事不谈，我也觉得你和乔洛并不合适。"

叶轻舟没想到总监说话这么直接，嘴张成了 O 形："为什么这么说？"

"其实我和乔洛接触并不多，但是……"他说着坐回了位子上，"只是感觉，你俩反差太大了。"

一句简单的反差太大，直戳叶轻舟的死穴。她立刻中招，无力地靠在椅子上："其实，我也这么觉得……"

即便总监不说，她在心里也是这么想的。她胆小，他强势，她自卑，他自信，他们之间没什么相似点，对比却出奇鲜明。这样的两个人在一起，只觉得滑稽得可笑。再想想她对婚姻的原则，乔洛太过优秀，从小到大，她一直都在仰视他，这样的一个男人，她实在没有自信，相信他会愿意和自己在一起。他甚至从没说过他喜欢她。

一切看起来就像是他在捍卫自己的宠物，而这个宠物还很忠心。

好吧，叶轻舟苦着脸，她真正的身份就是宇宙霹雳无敌的叶乌龟。

温若何看着她脸上变化无常的表情，不知道她的脑子里在想什么，轻咳了一声打断了她的思绪："我说错了吗？"

叶轻舟耷拉着脑袋，摇了摇："没……"

"我并不是挑拨你们什么，我只是觉得如果你真的喜欢他，又想要和他长久地在一起，有些问题就不应该回避，而是去面对。”温若何补充说，“当然，如果你不想面对这些，那就选我吧。”

叶轻舟抬头，对着他微笑的脸，哆嗦了一下。为什么她觉得总监笑得如此阴险，似乎知道她一定会夹着尾巴到处跑，一不小心就跑到他那里了！她小声说：“总监……我可以问问你为什么追我吗？”她真的不知道自己哪里吸引人了，这个问题去问乔洛是不会有答案的，他一定昂着头道：“就是因为你一无是处，本大神才怀着一颗仁爱之心，特此眷顾。”

温若何沉思了一下，觉得是说清楚的时候了，他说：“我父亲叫温志清，你应该认识吧。”

叶轻舟立刻愣住了，难怪她之前觉得总监眼熟，这才想起，他是那时候她在温伯伯家里撞上的那个人，没想到世界会这么小！她想着，脸色却突然一变，如果说总监是温伯伯的儿子，那么对于她的事岂不是……

温若何看着她脸色的变化，赶紧说：“其实你的事，我也是最近才去问我爸的。我说了，是因为对你有好感才去了解这些的。”

叶轻舟咬了咬嘴唇：“那……总监，你是在同情我吗？”

温若何笑了起来：“叶轻舟，你哪里值得同情？”

“嗯？”

“你说过，你不后悔过去的事，那么一切的发展都是不可避免的。在这些不可避免之下，你依旧能积极地去生活，有家庭，有工作，有哥哥，还有……”他笑着继续说，“你知道为什么表妹不喜欢你吗？”

一说起梅莹莹，叶轻舟立刻脸色大变。总监，你是生怕我忘记你和梅莹莹是兄妹吗？

“那是因为她觉得你抢了她风头。既然你连她的风头都能抢，你还有什么可自卑的地方呢？就连她的表哥都胳膊肘向外拐了啊。”他说这些话的时候，故意用一种半开玩笑的口味，让叶轻舟放下心中的紧张，末了补充一句，“除非你还在记恨我父亲当年没能帮你。”

她的脸色渐渐好转，动了动嘴角，低头绞着手指：“请代我向温伯伯问好，其实当年的事，我不怪他。他说得对，公司在我手里是死路一条。”她说着抬起头，扬起嘴角笑了起来，“总监，谢谢你的鼓励，不过我觉得，我现在还搞不清和我哥的关系，就接受你……”

“这不急。”温若何立刻接了话，“其实我也希望你可以整理清楚，不过……”他话锋一转，“我还是可以送花吧？”

叶轻舟一怔，笑了一下，说道：“总监，其实送花不太好，最近的花店为了保持花的新鲜都喷洒福尔马林，这是很不健康的。如果要送的话，你不如给我个免死金牌吧！”她说着两眼发亮，“唔……就写你在职期间绝对不能开除我！”

温若何撇嘴：“这东西，我可不会写。你还是得每天努力工作，小心我开除你！”

叶轻舟肩膀立刻塌了下去，蔫巴着说：“总监，你也太公私分明了……”

虽然从总监那里知道了一些事，但叶轻舟并不准备去向乔洛证实。一来她去问了也未必会得到答案，二来觉得相比从他那里得到所谓的证实，倒不如仔细想想她和乔洛之间，如果没有这些未知的阻隔，而是一路畅通，是否就能走下去呢？

她和乔洛，或许只是彼此的依靠，因为再没有人比他们更清楚对方走过的那些阴霾。可是一旦走过需要扶持的路，他们还能在一起吗？

接下来的一周，叶轻舟不动声色地过着。天气转凉，闷热的夏天终于要结束了。丽娜请她吃了一顿午餐，说是在她的帮助下，她的工作得以顺利完成了。

因为之前谈起了梅莹莹的事，乔洛心中有些担忧。他有自信去解决一切，却没自信让叶轻舟相信自己，更没有自信她知道一切会不跑。他乔洛可以猜到所有人的心思，却总也猜不透叶轻舟会做什么，她时常在他掌握中，却总是会在他想不到的时候跑开。七年前她就不相信自己，所以乔洛表面还是像以前一样，其实心里一直小心谨慎，和叶轻舟说话的次数也少了。

到了某日晚上，争执终于爆发了。

事情大致是这样的，叶轻舟拿着一束蓝色妖姬回家，乔洛的眉梢挑了一下："又买花？你这个月工资还有剩吗？"

叶轻舟没反应过来他话里的含义，傻傻地说："当然有！总监从不收礼，我的工资都不知道要怎么花了。"

"不收礼？"乔洛解开自己衬衫的纽扣，今天天气很闷热，空气中有种暴风雨前的压抑，"是不收礼，还是不收你的礼？"

他这么说，叶轻舟还是没听出他话里的意思，而是继续她的联想，插花的手一抖，她惊恐地说："你是说……总监可能收了别人的？"难怪他宁可买花给自己也不给她免死金牌。总监啊总监，你真是太阴险了！

乔洛轻哼了一声，没再说话。

到了吃晚饭的时候，叶轻舟一面喝汤一面看着墙上梅莹莹的照片，目光时不时瞥一眼乔洛，心里揣测他和梅莹莹的关系。乔洛斜了她一眼："你看我做什么？"

叶轻舟低头不说话，心里暗想，问了你也不会说，我又不傻。

于是乔恶魔开始有点不爽了。怎么教会了小舟勇敢，她胆子一大就开始敢和自己对抗了呢！而且这事是他自己提出的，简直有一种搬了石头砸自己脚的郁闷。

可是恶魔是不会郁闷的，如果郁闷，也要全世界人民跟着他一起郁闷。

晚上看电视，电视里演的是某个女配抹眼泪狂奔，哭号道："原来……原来……你一直把我当妹妹！"

叶轻舟吸了口凉气，咂咂嘴，嘟囔了一句："做妹妹不好吗？……"

乔洛咳了一声："做妹妹好吗？"

"嗯？"叶轻舟扭头，指着自己的脸，"你和我说话？"她一直觉得自己在自言自语，突然有了回声，立刻惊恐了。

"你当我和你一样自言自语吗？"乔洛回道。

叶轻舟立刻摇头，乔洛正要说话，电视里的男主突然开始捶胸顿足，面对女配泪奔、女主误会的惨痛现实，声音极其悲催。叶轻舟看得专注，伸手就去拿茶几上的杯子，手一滑，杯子一下滚落在地，摔在她脚边。她只觉得冰凉的红茶溅在腿上，还有就是些尖锐的疼痛，玻璃扎到脚上了！

"啊！"

乔洛立刻动作迅速地抬起她的腿。右脚面上扎进了几块碎玻璃碴，隐隐渗出血来。他眉头一皱："你这辈子只有两个死法，一是吓死，二就是笨死！"

叶轻舟忍着疼说了一句："还好不是病死，我怕疼。"

乔洛把她的脚放在沙发上，转身去屋里拿出急救箱。他放下箱子并未立刻动手，而是先洗净双手，才走过来抬起她的脚。他的手刚洗过，虽然擦干了水渍，但还是透着冰凉。叶轻舟的脚忍不住动了一下，乔洛立刻瞪了她一眼："别动。"

她一动脚上的伤口就渗出血来，一看见血她就慌了，说话也结巴了起来："有……有血，去医院吧！"

乔洛哼了一声："去医院找谁？"

"找医生啊！"

"我是谁？"

叶轻舟立刻石化。他拿过镊子，小心地夹出玻璃碴，动作非常专业，这让叶轻舟的脑子里突然闪过一个念头：家里有个医生就是好，发烧感冒、跌打损伤，都不用担心了。

夹出玻璃碴后，乔洛换了另一支镊子，从玻璃罐里夹出一团医用棉花，蘸了下酒精，就要给她清洗伤口。

就算叶轻舟很少受伤，但也知道酒精这玩意擦上去可疼了，于是咽了下口水道："那个……可以用红药水吗？"

乔洛抬眼，满眼的鄙夷："你当你是小学生啊？"

叶轻舟无力地说："酒精……太疼了，可以打麻药吗？"

乔洛把拿着酒精棉花的手移开了一点，似乎并不急着下手了，他说："这也算是你这个月的任务之一。"

“这……是意外啊！”叶轻舟立刻小声地反驳道。

乔洛眯眼，奸笑了一下：“你要是叫出声，就算输了。”

“……”叶轻舟泪眼，她早就猜到了，乔恶魔的训练课一定是极其变态，极其令人发指的！

见她不说话，乔洛目光一转，瞥到花瓶里的那束花，突然开了口：“叶轻舟，你是不是和姓温的有什么奸情啊？”

叶轻舟脑子一嗡，突然就觉得脚上猛地一凉，而后是火辣辣的疼。她脑子里想着乔洛的话，与此同时脚上的疼痛通过神经传输到了脑袋，两者一碰，她竟然忘记叫疼了。乔洛把酒精棉微微用力按了一下伤口，松开手，勾起嘴角笑道：“不错不错，挺勇敢的。”

叶轻舟嘴唇轻颤，这哪是勇敢啊，这是控制舌头的神经被两种不同的意念相撞而导致了堵塞！

乔洛拿出纱布和胶布，开始整理急救箱：“怎么，真被我说中了？”

叶轻舟低头看着自己的脚，喃喃道：“没啊……”

其实自打叶轻舟这个胆小鬼拿着别人送的花，说是自己付了花钱这样的鬼话起，乔洛就知道这花是温若何送的，可他却并不急着点破。一来是觉得这样的事对叶轻舟未尝不是一件好事，况且这丫头就算收了花也不敢做什么；二来他自己忙于处理工作和家里的事，对叶轻舟的改造计划也渐渐放慢了速度，让温若何来接手倒也不是坏事。

乔洛扯着胶布，头也不抬地说：“你同意了？”

叶轻舟本想忽悠一下乔洛，反问一句同意什么，但看他随意的样子，她泪眼望天，其实乔恶魔根本不是在问她，而是在核实他心中早已笃定的猜想罢了。她咬了咬嘴唇，说开了也好，憋了很久，终究得和乔洛谈一谈。以前的她总是沉浸在一些看上去美好的幻想里，可是终究会醒来，因为醒过很多次，所以现在的她，不敢放纵自己去沉溺其中。她和乔洛，必须有个明确的方向走。

“没，因为我不知道我们俩……现在算什么关系呢。”

乔洛拿剪刀的手僵了一秒，然后还是利索地剪断了胶布，贴在茶几的边上：“你说算什么？”

叶轻舟舔舔嘴唇，慢慢地开了口：“我们不是兄妹，也不是……我们差距太大了，似乎……”她说得断断续续，可是乔洛却听懂了，于是他补充道：“不是兄妹也不是恋人，差距太大，不可能在一起？”

被他一语道破，叶轻舟没有惊慌，心中反而陡然舒畅了。她抬头说：“其实，我觉得你只不过是在圈养我罢了，你也说过你不喜欢我……”

乔洛一下子就把剪刀搁在了桌上，抬眼看着她：“所以？”

叶轻舟一愣：“所以……所以你也没把梅莹莹的事告诉我……”她声音越来越小，这是她心里的一个结，实在是放不下。

乔洛站了起来，白净的脸上露出阴森的青色：“叶轻舟，在你抱怨我没把这些告诉你的时候，你可曾想过我是否能相信你？是的，我说我不喜欢，那么我告诉你，我爱你！这样的话，你敢说吗？”

如乔洛所言，这样的话，她说不出口。不是不敢，而是不确定。她这时才明白，在她不确定乔洛想法的同时，乔洛也无法确定她的。

只是他们之间的不同是，乔洛早把一切放进心里，只是说与不说的问题；而她，始终没有一个答案。如果她心中早有一个答案，那么七年前也就不会跑了。

乔洛从一开始就看出来了，所以他才不告诉自己。如果自己真的知道了梅莹莹的事，她会如何呢？

她还真不敢想，一抬头对上乔洛的双眼，他的眼睛在叶轻舟的记忆里一直是修长的，时常眯眼，却从未像现在这样，双目圆瞪，表情狰狞得有些吓人。这时她才发现，原来她的一句话，可以让他如此失控。

气氛掉进了冰窖里，她忍不住哆嗦了一下，颤抖着开口："我……"

乔洛却突然收起了脸上的怒气，摆了摆手，勾起嘴角。这一次不是奸笑，反倒是一抹苦笑。他坐了下来，轻拍了一下自己的大腿说："把脚拿来，我给你包好。"

叶轻舟动了动屁股，把脚放了上去。乔洛弯下身子包扎，虽然他收起了脸上发怒的表情，但是怒气并未全消，鼻息吹在她脚面上，有点发烫。

她看着他垂下的头发遮住了眉眼，咬了咬嘴唇，开了口："乔……乔洛，那样的话……其实……我也可以说的，只是……"

乔洛听着她的说，并未停下手上的动作，只是轻轻嗯了一声。

她继续说："只是……我要整理一下，也许等……这个月结束了……"

乔洛贴好最后一块胶布，抬起头，脸上又恢复了他一贯的自信，他说："这个月底，你要是敢不说，叶轻舟，我会让你后悔一辈子！"

于是叶轻舟根本不用后悔一辈子，她现在就后悔了。她怎么一心软，又让他有机可乘了呢?

叶轻舟躺在床上数起了日子。乔洛的改造计划已经到了第三周，如果要说进展的话，那还有点的。比如她可以穿着乔洛买的衣服去上班而不觉得紧张了。有天和欧阳去买东西还被一个美容时尚杂志的编辑搭了讪，这在叶轻舟过去的二十四年人生里是从未有过的新鲜经历。再者，她多出了一个追求者，还是个十分优秀的追求者。接着，她还能对着梅莹莹和赵非雅的脸连喝三碗稀饭不打嗝，最后的最后……

她竟然用一句话把乔恶魔给激怒了。

这已经不是奇迹了，而是神迹啊!

次日上班的时候，温若何突然递给她一张卡片。叶轻舟打开一看，是非雅地产的邀请函，定于这个周末在紫阳山下的别墅区前举行开盘仪式，特邀请 AM 公司创意部职员前往庆贺。这样的邀请叶轻舟并不是第一次见，只是“非雅地产”四个大字让她觉得很别扭。她把卡片递回去：“总监，那个……”

“知道你可能不想去，所以提前告诉你。”温若何把卡片接过来放在桌上，“一会儿开会时我会先给你安排个别的活，然后再说这件事，你看如何?”

叶轻舟正在盘算是临时装病还是说家里有事，没想到总监早早就给她安排了，心里不由得充满了感激：“总监，谢谢你了!你人真好，我周末一定要去寺庙里给你烧一把平安香!”

温若何扑哧一声笑了起来，摆摆手说道：“这倒不必了，倒是你，真的不考虑去？”

叶轻舟咽了下口水：“如果是非雅地产的活动，梅莹莹也会去吧？”

温若何歪头想了一下：“应该是吧。”

“呃……”叶轻舟身子一僵，坚定不移地说，“总监，我祝创意部所有员工在仪式上吃好喝好玩好！”说着撒腿就跑了。

晚上回家的时候，乔洛说夏天快结束了，应该去游一次泳，他对着日历伸手一指：“就这个周末吧。”

叶轻舟对游泳一向是无爱的，立刻就说自己那几天大姨妈要来。乔洛斜眼一瞥：“你上个礼拜不就在拼命喝红糖姜汤吗？”

“呃……”谎言被揭穿一样是很尴尬的事，不过在尴尬里，叶轻舟挖掘到一丝自豪——她敢对着乔洛撒谎了！虽然被揭穿了，但也是值得纪念的。

叶轻舟一计不成又起一计：“不行，周末那天总监给我安排了工作！”开会的时候总监就说了，叶轻舟要去总公司办事，其实那事就是去送份资料，上午花个一小时就可以搞定了。

“哦？”乔洛眯眼，“周末还加班？”他说这话时，音调上扬，毫不掩饰他的怀疑。

于是叶轻舟立刻大声道：“是真的！因为其他人要去参加非雅地产的开盘仪式，我不想去，总监就给我安排了别的活。”说着她露出一脸的崇敬，总监就是光辉的圣人啊！

乔洛哼了一声道：“为什么不去？”

“因为那里有赵非雅，还有梅莹莹。”叶轻舟耷拉下脑袋，“我要是去了，会起争执的……”

乔洛往后一倒，靠在椅子上，不紧不慢地说：“抬头。”

叶轻舟一愣，下意识地抬起脑袋。

“看见了什么？”

叶轻舟睁眼一看，正对着她的就是墙上的两张巨型照片：“那个……”

乔洛鄙夷地说：“天天让你看照片，难道是让你看她们脸上有多少毛孔吗？”

“我错了……”

“别忘了，你要是连这个都做不到，那就是输了。”

“……”

“输了可就要欠我一件事。”乔洛说这话时，声音里透着一抹奸诈，似乎他有点期待她输的样子。

“那你能和我一起去吗？”叶轻舟抹泪道，如果是乔洛出马，别说她们俩一起上了，就是十个、一百个也不用怕了！

乔洛勾起嘴角，坏笑道：“那你要给我出场费。”

“要多少？”叶轻舟立刻狗腿状地凑了过去。

乔洛突然逼近，猛地在她脸上齿咬了一下：“要你。”

叶轻舟立刻捂着脸直退：“不行……”

一直以来乔洛都像一只猫，逗弄着自己抓来的老鼠，并不急着一口吃掉。他调侃道：“为什么不行？”

叶轻舟扼腕：“因为我不值钱！”

乔洛坐正，摇摇头：“那我就不去了。”

不去就不去！叶轻舟给自己鼓气，她要争气啊！不蒸馒头争口气！于是她认真地问：“如果我赢了呢？”乔大神总是说她输了如何如何，好像从没说过她赢了有什么奖励呢。

乔洛端起杯子，轻啜了一口茶水，幽幽地说：“你赢了，就恩赐你和我春宵一夜。”

“……”叶轻舟僵化了，“这……是恩赐？”

乔洛眯眼：“难道不是？”

叶轻舟泪眼膜拜，谢主隆恩，万岁万岁万万岁。

乔恶魔发话，岂敢不从，于是第二天一早叶轻舟就在公司大门口转啊转啊，一直转到总监进公司上班，一把把他拦截在了门口：“总监！”

温若何四下看看，这才看见躲在一边墙角冲他招手的叶轻舟，迟疑地走了过去：“你躲在这里做什么？”

叶轻舟神秘地说：“我之前在门口等你的时候已经和七八个人打过招呼了，还跟着他们上楼再下来。还是躲在这里比较好……”

温若何看她神神秘秘的样子，问道：“有事吗？”

“那个……”叶轻舟对了对手指，“周末那个活动，我……我……”

“你周末是不是有事，所以不能去总公司？”温若何问道。

“不是不是！”叶轻舟摇头，“就是那个活动，我想去了。”

温若何一愣：“你是说非雅地产那个？”

“嗯。”叶轻舟点头，“我可以先去总公司送东西再赶去那里，不会耽误事的。”

温若何打量了她几眼，半开玩笑地说：“有问题啊……”

叶轻舟咽了下口水：“有……有什么问题？”

“好吧。”温若何也不追问，“那你就去吧。”末了追加一句，“如果你想的话。”

叶轻舟的表情有些尴尬，总觉得总监是发现这事并非她的本意一样，不由得把头低了下去，灰溜溜地钻进了办公室。

既然要面对，而乔恶魔又不出山，叶轻舟只能把希望寄托在欧阳身上。倒不是希望欧阳帮她上去把那俩女人打一顿——不过说真话，欧阳真的会上去打的，她也不是没打过——只是她盘算着万一自己气场虚弱，一不小心发生踩踏事故，欧阳能拉她一把。

她尽量先平稳了欧阳的情绪，才慢慢地说这事，但欧阳还是猛地跳了起来，一巴掌拍向玻璃桌面：“什么？非雅地产就是赵非雅弄走的那个！”

一边的服务生一脸恐惧地过来小心提醒：“小姐，我们餐厅的桌子不是钢化玻璃。”

“知道了。”欧阳摆摆手，坐回了位子上，大口地喝着冰咖啡，继续骂骂咧咧，“世风日下啊，小三都能当女强人了！”她说话的声音很大，餐厅里虽然人不多，但还是频频有人看过来。叶轻舟赶紧让她小声点，然后怯怯地问：“我要是去了，会出事吗？”

欧阳坚定地说：“不会。”

叶轻舟眼里直闪光。欧阳继续说：“除非那俩女人改吃素了。”

得到了欧阳如此肯定的答案，叶轻舟显得无比颓丧，直接表现就是她仰头问欧阳：“你看的我样子，病态吗？”

欧阳端起咖啡一饮而尽，豪迈地一抹嘴：“不病态，就是有点变态。你自己想想，一开始总监有心帮你，结果你自己又反悔说要去，如果你现在又想装病，你不是要人家总监吗？”

“那怎么办啊？”叶轻舟泪眼汪汪，“我怎么没早问你呢？”

“早问我不是关键。”欧阳说，“关键是，你怎么脑子一热又想去了呢？”

叶轻舟只能把她和乔洛的赌约说了出来，末了耷拉着脑袋：“一失足成千古恨！”

欧阳却不以为然地摇摇头：“遇上你哥那样的极品，谁能保证只失一次足？你可别太高估自己了。”

叶轻舟立刻被五吨重的巨石从天砸下，直接咽气了。可欧阳把她从阎王那里揪了回来，继续说：“不过既然事情已经不可避免，你去是死，不去还是死，左右都是死，不如选择安乐死！”

“怎么安乐死？”叶轻舟回光返照地问。

“所谓安乐死，就是过把瘾就死。”欧阳认真地说，“你想啊，你就是穿成个乞丐蹲在角落里，那俩女人都能把你揪出来奚落一番。与其这样，你不如风骚一把，一树梨花压海棠，索性正面迎敌，死前也拖她俩做垫背！”她越说越激动，声音洪亮，气势如虹，“生得光荣，死得伟大！要死一起死！死了不白死！”

叶轻舟被她的气势震撼到了，满耳全是“死”字，忍不住哆嗦了一下，颤抖着说：“非死不可么？”

欧阳扼腕：“置之死地而后生啊！”

叶轻舟点点头：“死吧死吧，不然落到我哥那里也是死。”

“说到你哥……”欧阳停下来摸摸下巴，露出一抹奸佞的笑，“你被吃了没？”

“吃什么？”叶轻舟回道。

欧阳上下打量着她："不错不错，看上去面带桃花，如沐春风，果真是采阳补……"她话没说完，叶轻舟一口茶全喷到了她脸上："咳咳咳……"

欧阳一把拉过她："走，从头到脚买一身新，然后去我家和我研讨如何对付赵梅二贱，定要杀她们个片甲不留！"

尽管自从决定去参加开盘仪式以后，叶轻舟就盼望着日子过慢一点，慢一点，再慢一点，最好能倒过来过，可惜人生不如意十之八九，那几天反倒过得特别快，一眨眼就到了周末。

早上出门的时候，乔洛靠在沙发上，微昂着头，笑道："走好，要是输了，记得下午去健身中心。"非雅地产的活动在中午举行，据说剪彩仪式后有个西式的酒会，下午两三点钟也就结束了，于是乔洛让她结束了就去健身中心游泳。

叶轻舟点点头刚要走，乔洛又叫住了她，一把拉过她的手，塞过来个小瓶。她一愣，乔洛随意地说："到那里后先吃一片。"

叶轻舟一听，自然知道瓶子装的大抵是镇定用的药品。她心想，既然乔洛担心她会受到刺激而提前做了准备，却又为何坚持要让她去呢？这并不仅仅是赌约，如果是，他大可以陪她一起去，反倒更有保障。

乔洛继续说："即便你的背后有可以依靠的人，你也要有走过去靠的力量。"

她咬了咬嘴唇，握紧了瓶子，把它放进包里，出了家门。

一早到总公司办完事，赶到紫阳山那里时，已经将近十一点。偌大的售楼大厅里早已来了不少人，还有不少记者拥在门口。叶轻舟悄悄溜进去，四下打探欧阳的踪迹，可是找了半天，反倒先看见了温若何。他个子高，在人群里很好辨认，叶轻舟犹豫了一下走了过去：“总监……”

温若何一转身，只觉得眼前一亮。叶轻舟穿着一件水蓝色的小礼服，衬着她白皙的皮肤，显得格外抢眼，胸前挂着一串别致的珍珠项链，她把直发绾了起来，露出修长的脖子。她眨巴着眼睛，有种迷路的孩子的感觉，可怜巴巴地望着他，小声地说：“我来了。”虽然不在这里的乔洛和在这里的欧阳都是她的后盾，可是她还是觉得害怕。大厅里的冷气开得很足，可她的手心还是攥出了汗。

温若何扭开头，以免自己的目光黏在她身上收不回来，干咳了一声：“来了啊。”

“那个……”其实走到总监这里，叶轻舟是下了很大决心的，毕竟她知道梅莹莹此时也在这个说大不大，说小不小的地方，总监无疑是一台召唤梅莹莹的机器。在他身边，碰上梅莹莹的概率绝对是平时的三倍。虽然她有心面对，但也给得给她个准备的时间啊！“欧阳在哪里？”

“欧阳？”温若何探头看了一下，他个子高，找人也好找，看了一圈回道，“没看见。刚才丽娜他们去弄广告了，也许她跟去帮忙了。”

他正说着，突然大厅的高台周围响起了掌声，就听见司仪宣布剪彩开始。叶轻舟直起腰，透过站在她前面的人群的缝隙向前看，就看见赵非雅也是一身蓝色的礼服，笑盈盈地站在台上，优雅地面对着投向她的目光以及闪光灯。

一瞬间，叶轻舟想起很多年前，她的父亲也曾经站在类似的位置上，与这里也不过是几百米的距离。他也是如此，笑得那样意气风发。在他的身边，站着她的母亲，而她在台下仰头看着他们。虽然那时她并不懂开盘的意思，只是傻傻地跟着笑，笑她的父亲要给她和母亲盖漂亮的房子了。

她不由得鼻子一酸，伸手往包里摸小瓶子。手指触上光洁的瓶身，突然又犹豫了，耳边又想起了乔洛的话，即便是蜗牛，也是可以慢慢走上一段路的。

回过神来时，赵非雅已经退到一边，高台后大屏幕开始放起了非雅地产的广告。屏幕上的楼盘风景是那样熟悉，叶轻舟觉得心中莫名有些激动，喘气声也大了些。一边的温若何侧过身子耳语："你要是不舒服，我陪你出去走走？"

叶轻舟坚定地摇了摇头，努力睁大眼睛看着广告，只听见广告里的女明星优雅地倚在别墅开阔的阳台上，身后是静谧安宁的风景，她用慵懒而诱惑的声音说："紫阳庭院，缔造您心中的小仙谷。"

广告结束，一片掌声响起。声音初停，突然人群里传来一个声音："小仙谷？拆开来不就是……小，山（三），俗？"

整个大厅一片寂静，叶轻舟突然就听见了自己起伏的心跳声，一声声，震耳欲聋。

不过片刻，寂静的大厅一下子嘈杂了起来。叶轻舟站在人群里，清晰地听见周围的说话声。

"小三？怎么会打这样的广告语啊……"

"听说这个赵非雅以前就是做小三的，后来搞走了人家的钱，一跃做了女董事长呢！"

“我好像也听说了，原来这不是昌茂地产吗？”

“昌茂地产？那不就是盖对面那片别墅区的昌茂地产？”

“没错，她就是昌茂地产老总的情妇，啧啧……”

说话的人有记者，似乎也有业内的同行，叶轻舟觉得双手有些颤抖，这个广告词是丽娜向她求助时她随口想的，只因为这附近正好是本市著名的风景区仙人谷，但是她怎么也没想到会有这样的玄机。那说话的声音她听着有几分耳熟，立刻循声看去，只看见一抹粉红色。那人似乎知道她在这里，故意朝这里看来，冲她张扬地笑了一下，然后立刻转身离去。

温若何问道：“那人你认识？”

叶轻舟赶紧摇头：“不……不……”她不知道该怎么说，前些日子，她还看见苏灿和赵非雅在一起，此时他出现在这里并不奇怪，只是她想不通的是，他为什么要说这样的话，是无意，还是刻意？叶轻舟也猜不到了。

她正发愣之时，一边的温若何急忙转身：“你在这里等着，我去看看情况。”

叶轻舟叫住了他：“我……我和你一起去。”

“你要去吗？”温若何愣了一下。

“嗯。”叶轻舟深吸一口气，点了点头。

温若何看着她满眼的坚定，点了下头：“好吧。”他说着，手很自然地就牵了过来。叶轻舟愣了一下，下意识有种想甩手的冲动。她的手似乎一直以来只被另一个人牵过，恍惚间有点不适应。

她抬头一看，赵非雅不知何时已经匆匆从高台上消失了，大厅里嘈杂一片，司仪急忙走上去，尴尬地扯着话题。

温若何急忙把她拉到一边的一间会议室里。偌大的一间房里，欧阳他们已经聚在里面了，一见叶轻舟进来，丽娜立刻就冲了过来，竟也没注意温若何牵着她的手，而是急切地问："小舟，这广告词……"

不明真相的羊羊说："没什么吧，这不过是个巧合，谁那么无聊啊！"

筱霞也附和着说："难道那赵非雅还真是小三了？"

一边的欧阳倚靠在墙边，倒是一脸得意的笑，有点兴奋地说："嘿！真给你说中了，那女人就是个小三！"

丽娜一听这话都要哭了："天啊，怎么会这么巧啊！那我不是完了吗？"

在这混乱的时候，温若何的领导地位立刻就凸显出来了："别慌，广告语就是个意外，只是有人恶意曲解罢了。"他的话很随意，但是却莫名地让在场的人都镇定了几分。

叶轻舟小声道："不好意思，我当时没想到这么多……"

羊羊走过来揽住她的肩膀："谁会认为你是故意的呢？谁会想这么多啊……"她的话音才落，突然背后就响起一个尖锐的声音："叶轻舟，我真是小看你了！"

这个声音让叶轻舟一惊，扭头一看，果然是赵非雅走了进来。她一脸怒色，大步走来，叶轻舟下意识地就向后退了两步，心似乎要跳出了嗓子眼。

赵非雅哼道："原来你在这家公司，果然是你！"

"……"叶轻舟一句话也说不出来，这事她是真的没想这么多。不可否认，她恨赵非雅，可是这毕竟是公事，如果她早有计划，那么在一开始就应该接下这个活。她就是怕自己将个人感情代入工作，影响到公司，才会拒绝。弄出这样的事，无论如何也不是她的本意。

可是在赵非雅眼里，这事无疑就是她故意的，甚至是蓄意谋划的。叶轻舟很明白这一点，什么解释都是苍白无力的。她不但明白这一点，更清楚，出了这样的事，依赵非雅的脾气是绝对不会善罢甘休的。所以她才决定跟来这里，因为她太了解赵非雅的脾气了，与其让她冲着别人发泄，倒不如由自己出面。这样她会立刻找到发泄的对象，就不会伤害到别人了。

赵非雅见她不说话，无疑是默认了，继续大步走近，冷笑了一声："我说呢！你装得一副可怜的样子，原来是和我玩阴的！"

叶轻舟突然觉得两条腿有些软，咬了咬嘴唇："如果你这么想，那就随便你吧。"

周围的人完全不明白出了什么状况，只能傻傻地愣在那里。温若何想出来说点什么，却发现叶轻舟的拳头攥得死紧。他立刻想到那天在餐厅的事，心中冒出了不安的预感，可是再看她的双眼，却很平静，似乎在迎接她早就预料到的事情，平静到让他突然说不出话来。在此时，叶轻舟不得不承认乔洛的那个办法还是有效果的，起码她现在看着赵非雅的脸就像是在看照片，似乎还能看到毛孔。

赵非雅继续说："哈，你承认了？那倒也是，当年你不也是一声不吭地窝在家里，到最后，遗产全是你的了！"

对赵非雅来说，这事真的是她输得最惨的一个赌局。当律师念出叶轻舟父亲临死前写下的遗嘱时，她就彻底输了。可是她不甘心。

叶轻舟握着自己的手，对自己说：只要她忍过了现在，对她自己来说，就是胜利。忍住一直不发病，就是成功。她从不奢望自己有一天能够反击谁，她只希望，可以卑微地挽留住自尊。

见她沉默，赵非雅怒气更盛："哼，看样子你是一开始就打算好了的。是你妈教你的吧，一开始装得洒脱，说什么自己一分钱不要，最后却叫女儿来搞这种亲情戏码，把遗产全搞走！"

欧阳开始见叶轻舟一副镇定的样子，笃定乔洛下了什么猛药，还带一点看戏的念头，可是到如今看叶轻舟一直不说话，她终于按捺不住了，大步走了过来："你这个女人还说越说越上瘾了是吧！"

叶轻舟的沉默让赵非雅觉得自己被无视了，气无处可撒，欧阳这时候出来，无疑撞上了枪口："你算什么东西？我告诉你们！这件事我不会善罢甘休的，你们公司就等着吃官司吧！"

她这话一说，欧阳就更生气了，叉着腰就骂："你现在是撒泼是吧？小仙谷怎么了？你没做小三的话，忌讳个什么劲？做了婊子还想立牌坊不成？"

赵非雅脸色一变，挥起手就要往欧阳脸上招呼，温若何急忙要来阻拦，可是却有一人快了一步。即使这个人知道，赵非雅这巴掌是打不到欧阳脸上的，但是她还是伸出了手，一巴掌打下了赵非雅的手臂，然后以飞快的速度一掌直击她的脸上。

动作利索，声音清脆。

是叶轻舟。

这一举动让全场的人都睁大了眼睛，不是为了她们之间让人看不懂的争执，而是为了叶轻舟的这一巴掌。现场所有人几乎都惊诧到下巴脱臼。

只听叶轻舟说："这一巴掌，是为我妈妈打的，因为你没资格说她任何话。"

CHAPTER EIGHT 第八章

轻舟已过万重山

叶轻舟直直地站着，掌心微微发麻，一直麻到指尖。从小到大，她从未打过任何人，甚至除了小学时举手发言，她从未这样高举过自己的手。

连她自己都不知道，在那一瞬间是如何挥出的一巴掌。她无法忍受赵非雅对母亲的污蔑，可她明明是一个可以忍别人所不能忍的人，在那个瞬间，背后有种力量推了她一下，从抬手到挥下去，是那样迅猛。

赵非雅微侧向一边的脸上满是震惊，心里猛然腾起一股怒火，这个丫头！果然从一开始就是装的！连她也被骗了那么多年。如果当年她可以预料到今日，她绝对不会让叶昌茂把这个早已抛弃的女儿重新捡回来。

多年的积恨瞬间燃烧，她猛地一个转身，反手就要抽向叶轻舟，可是手腕却被人扼住，高高举起。竟然是温若何。

她眉梢一挑："温总监，广告的事我稍后和你谈，现在是私事，请你放手！"

温若何听了她的话，并未松手，而是镇定地说："本来我就没把这个当公事。"他说着顿了一下，"于公于私我都不会让叶轻舟被欺负。”

赵非雅冷笑了一声：“这话有意思，温总监，你是说广告词的事叶轻舟是得到了你的默许，或者说是支持？”

温若何笑了一下，松开了她的手：“赵总刚才不是说现在是私事吗，怎么又说起公事了呢？”

“你！”赵非雅在口舌上未能占到上风，但是她双眼里透出的怒气，让叶轻舟有不好的预感。她主动出面是为了不连累其他人，可是现在却把总监拖下了水，她立刻上前：“这事都是我个人的想法，和别人没什么关系。”

赵非雅是什么样的人，叶轻舟她不会放过，他们公司她也不会放过：“现在想撇清关系是不是太迟了？在我看来，这个广告是 AM 公司创意部的过失，而你叶轻舟就是主谋！”

叶轻舟指尖颤抖，一边的温若何立刻握住她的手，镇定地回应：“赵总说笑了，这事不过是别人一句闲话，如果您一定要计较，或是认为这其中有任何蓄谋，那么我想也不能单凭您个人的主观臆断来评定，毕竟……”他的口气转硬了几分，“非雅地产在 S 市是响当当的企业，但是 AM 公司也不是小公司，我想这事我们总公司会妥善处理的。”

他的话音才落，会议室的门就被人推开，来者一脸怒色，直冲他们走来，眼神里充满了鄙夷：“叶轻舟，你可真是无处不在的祸害！”

说话的正是梅莹莹。她一听说出了事就立刻赶过来，想为表哥解围，却没想到表哥竟然在帮叶轻舟说话。

她每走近一步，叶轻舟的心跳就加快一分，下意识紧紧地握着温若何的手，只觉得那是深渊里唯一的救命稻草。可她的心里空荡荡的，莫名地扭头向后看去。她已经努力地走了一步，可是她背后的依靠在哪里？

她没有那么大的胆量，走一小步已经很艰难，她不知道该如何迈脚走下一步了。

赵非雅看向梅莹莹：“怎么，你们认识？”

梅莹莹什么也不说，伸手一把扯过叶轻舟：“我们去外面谈一谈。”可是她伸手并不代表就可以掌控一切，比如温若何就并未松手，而欧阳也冲了过来：“梅莹莹，你想干什么？”

梅莹莹扫了这两人一眼。对于欧阳她早就习以为常了，但表哥的举动却让她很无言。她只能说表哥脑子里进了水，与其给他洗脑，倒不如和叶轻舟谈谈更好。她哼了一声，昂着头，俯视着叶轻舟道：“怎么？你不想知道我和乔洛的事吗？”

叶轻舟一愣，死死握着总监的手慢慢地松了开来：“你们……的事？”

梅莹莹看出了她双眼里闪过的激动，勾起嘴角，嘲弄地笑了一下：“想知道就跟我来。”她说完转身就向外走。

叶轻舟立刻就跟了过去。温若何叫了她一声，她咬了咬嘴唇：“总监，你说过，有些事我要自己考虑清楚。”

欧阳只能叉着腰冲着梅莹莹的背影大喊：“梅莹莹，你给老娘我听着，你敢动小舟一根头发，我让你全身骨折！”

叶轻舟一步步向前走。她低着头，仅能看见走在前面的梅莹莹的鞋跟。尖细的鞋跟敲打在地面上，让她心惊肉跳。

乔洛，是不是他还在更远的地方，她还得再走一段才可以靠上去呢？

梅莹莹走在前面，出了售楼大厅后右转，一棵枝繁叶茂的大树下安置着小巧的石桌椅。她走过去坐下来，冲戳在一边的叶轻舟扫了一眼，开了口："那广告词是你想的？"

叶轻舟低着头，一路上暗自默念，希望事情并不复杂。她脑子里想着事，没想到梅莹莹问起了这个，下意识地结巴了："嗯？啊……"

梅莹莹轻蔑地扫了她一眼，撇嘴轻哼了一句："你也没那胆子……"声音不大也不小，叶轻舟听得并不真切。梅莹莹继续说："不过我也确实小看了你，那天以后表哥还竟然帮着你说话，呵，你真是深藏不露啊。"

叶轻舟咽了下口水，刚要像以前一样如小媳妇一般解释些什么，可是脑海里却闪过了乔洛的话。

"如果赢了，就恩赐你和我春宵一夜……"

难道……她在期待什么吗？

不是！当然不是！她只是害怕输了以后欠他一件事而已。谁知道乔恶魔的要求会是什么，很可能相当惨绝人寰啊！她一定是在担心这个！

于是叶轻舟扼腕道："我和总监不是你想的那样。"

梅莹莹眯起双眼，浓密的睫毛碰在一起，遮盖住她的眼珠。她微微提高了语调："因为你和乔洛，才有问题，对吗？"她的话虽然在结尾时语调上扬，但话里却满是笃定的口吻。自从知道乔洛和叶轻舟的关系以后，她就开始怀疑这对没有血缘的兄妹的关系不会简单，而那天在餐厅里，乔洛的反应更是让她肯定了自己的猜测。

叶轻舟隐藏的心思被她轻松地一语道破，心里不由得惊叹一句：天下之大，唯梅女王可与乔恶魔争锋啊！

梅莹莹见她不说话，继续说："如果不是，你就不会跟着我出来了。"

叶轻舟对此无话可说，但是还是努力地回了一句："这和你们的事有关系吗？"

"当然有。"梅莹莹挑起细眉，"因为我和乔洛是要结婚的。"

虽然这个猜想叶轻舟并非没有想过，可是从梅莹莹口里说出来，却完全是另一种感觉。她结巴着说："你和……他？"

梅莹莹看她神色吃惊、脸色惨白，心中涌起一阵快感。她不得不承认，她讨厌叶轻舟完全是出于嫉妒，她不能忍受任何人抢走她的风头。大学时，别人说她是建筑系的系花，却总要加一句，同寝室的叶轻舟更可爱一些，就是胆子小从不和男生说话。在毕业典礼上，叶轻舟更是让她颜面扫尽。本以为毕业以后就可以不用再看见她了，可是偏偏又遇上了，尤其她还和自己的表哥在一起。

温若何在梅莹莹的心中是完美的，他代表了梅莹莹对男人的标准。可是他却看上了叶轻舟，这不但让她大为吃惊，从某种意义上来说，也是一种侮辱。自己最欣赏的人看上了自己最讨厌的人，叫她如何甘心？

说实话，一开始她并不在乎乔家的事，可自从知道叶轻舟和乔洛的关系以后，她的心中突然萌生一个想法，那就是她终于可以彻底打压叶轻舟了。她说："是的，因为乔家现在有求于我家，而我爸希望我和乔洛在一起。"

"什么事？"叶轻舟脱口而出问道。

梅莹莹扬起嘴角："让乔家的医院或生或死的事……"

叶轻舟一愣，梅莹莹继续说："乔家出了医疗事故，现在正在接受调查，一旦被判定为医生的主观过失，那么医院的声望就会如瀑布一般直泻而下，那时候……”

“可是，这和你家……”

“我爸是负责审核这件事的主管。”梅莹莹道，“这样的解释，够清楚了吗？”

叶轻舟一下子就明白了许多，包括妈妈的电话和乔洛的隐瞒。乔洛想得没错，这样的事足够让她立刻就跑，比如现在。

“可是……”她小声地说，“那天在餐厅，你……你说对乔洛不感兴趣，你还说……”

没等她说完，梅莹莹就抢过了话头：“那是那天，是的，我对乔洛一点兴趣也没有，可是叶轻舟，如果他是你想要的……”她说着站了起来，俯视着叶轻舟，用她独特的傲慢语气说，“那我就有抢的兴趣了。”

“你……”叶轻舟抬眼看着她，觉得背后一阵发寒。

梅莹莹勾起嘴角，眼里满是得意：“我还可以告诉你，我不喜欢他，可是我偏偏要让你得不到。叶轻舟，你有胆子和我抢吗？”

其实梅莹莹的话不假，很多东西叶轻舟确实不敢去和她争，一来是不敢，二来是没什么可争的。

可是乔洛……

叶轻舟仰头望天，乔洛是可以被争抢的吗？她怎么觉得就算他还没脱离肉身升仙，也应该是超脱俗世的，只可膜拜不可亵玩。

但是梅女王似乎不这么认为，看她的表情，似乎是等着看叶轻舟落跑。

叶轻舟舔了舔嘴唇，她就想不明白了，为什么梅女王和乔恶魔总是能看穿她的想法呢？因为，她真的跑了。

不是因为不敢和梅女王抢，而是不能。

现在的她，不确定她对乔洛的感情，不确定她和乔洛的未来，不确定乔家的医院和自己哪个对他来说更重要。不确定的太多，她只能跑。

梅莹莹看着她落跑的背影哼了一声，转身走回了售楼大厅。叶轻舟一路跑回到了自家的别墅，打开门钻了进去。

闷热的房间里散发出霉味，她蹲在房间的一角，傻傻地发呆。

她想起了乔爸爸，他总是说医院是他毕生的心血，他说乔洛应该继承他的医院。

她想起她妈妈，她说："小舟，别和乔洛在一起了。"

她想起了乔洛，他说："我不会给你任何跑的理由。"

她突然觉得，这房子不但空荡还很冷。手机突然振动起来，她抖着手掏出来一看，是温若何打来的。她盯着屏幕，手机在掌间振动，掌心被振得发麻，她猛地就按下了关机键。现在的她，不知道该如何面对别人。

尤其是总监。

他说，她不能和乔洛在一起，他们之间除了外在因素还有内在的差距。

如今她彻底明白了外在因素是无力去克服的，而那些内在的差距，她更是无法填补，全身一下子就失了力气。

所以她害怕在这个时候，总监问她是否想清楚了一切。

其实她可以很简单地说，她想清楚了，承认他说的是对的。可是明明答案已经这么明了，她就是无法承认。

是的，她不想承认。

即便一切如铁板钉钉，她还是不想承认。

因为她发现对于她来说，乔洛不只是一个背后的依靠，他的一言一行、一举一动，像是一只无形的手，牵引着她，在背后推着她。

叶轻舟想，她大概是没办法摆脱他了。而这句话，他在很早的时候就已经自信地宣布过了。

她把头靠在墙上，透过窗帘的缝隙向外看。阳光一点点淡去，似乎过了很久，这里依旧只有她一个人。温若何不会知道她在哪里，欧阳也不会想到她在哪里，只有一个人，只要她跑了，就会知道她躲在什么地方。

可是她等了许久，也未等到。

不知过了多久，她动了动腿，却发现自己站不起来了。酸麻感从脚尖攀爬到大腿，最后她选择了放弃，摸出手机，开机，不过一会儿，一条条信息跳了出来。

“叶轻舟，你找死吗？”

“你敢放我鸽子？”

“你等着！”

她看着信息，想象着那头的乔恶魔眯眼发怒的样子，就忍不住笑了起来。嘴角上扬，眼角却流下泪来，滴在屏幕上漾起微弱的闪光。

别墅外突然传来捶门声，她扶着墙站起来，脚走在地上，如踩在钉板上，麻得钻心。捶门声越发急促，她赶紧走过去，最后立在栗红色的木门前，心像是要从嗓子眼里跳出。她伸手握住门把手，震动从掌心传来，她一扭，门开了。

暖色的夕阳从门外照进昏暗的屋子里，一时间叶轻舟有些目眩。

她想起小的时候，她考试没考好，害怕妈妈责备她，就躲在衣柜里。有时候蹲久了就忘了时间，在昏暗狭小的空间里打起了瞌睡。

乔洛总是毫不客气地拉开柜子的门，刺眼的灯光照进来，逆光下只能看见他模糊的笑，他说："小舟，你以为躲在这里我就找不到了吗？"

此时的光线和那时一样，透着暖光。逆光下的人影看不清表情，一张口却是大大咧咧的声音："你真的在这里啊！"

是欧阳。

叶轻舟顿时心里一凉。真的，这个屋子太冷了。

欧阳微喘着气说："我和总监到处都找不到你，后来我打电话给你哥，他说你一定是在这里。"

"那……他呢？"叶轻舟开口问道。

欧阳用手扇着风，看样子跑了不少路，气喘吁吁的："他？他原本是要和我一起来的，后来说家里有事，他要赶回去，顺便和你说一声他今晚不回家。"

"这样啊……"叶轻舟低声道。

欧阳自顾自地走了进来，往沙发上一倒："累死我了，我说梅莹莹没把你怎么样吧？要是有事，你和我说，我打到她散架，但是你得替我付她医药费啊！"

叶轻舟坐到她旁边，摇摇头："没，她什么也没做……"她说着一顿，急忙问，"广告词那事怎么处理的？"

欧阳甩甩脑袋："说起这个就一肚子火。那赵非雅真是蹬鼻子上脸，这事估计她不会轻易罢休的，得闹一阵子呢！"

听了她的话，叶轻舟立刻就蔫巴了："都是因为我……"

“得了吧。”欧阳摆手，“要是换作我知道是给她做广告，我直接写小三贱了！再说了，这本来也就是意外，要我说，这是老天有眼……”

“那仪式怎么样了？”

“赵非雅撒完了泼就和梅莹莹一起讨好记者去了，让他们别把这个消息发出去。仪式嘛，大概是中止了吧。”欧阳挠挠头，“总监他们赶回去紧急商讨对策了，估计得总公司出面。我呢，就负责来找你了。”

叶轻舟突然觉得自己真是个不讨喜的人，好好的一件事被她弄成了这样，心里压抑得慌，她开口道：“欧阳，我还是辞职吧。”

欧阳一愣：“你说什么？”

叶轻舟咬了咬嘴唇：“我想，如果我辞职，这事大概就会过去吧。”

“你疯了吧！”欧阳立刻回道，“你不是一天到晚最怕被开除的吗？又说什么金融危机不好找工作，你辞职了怎么办？”

叶轻舟摇了摇头：“这事本来就是我惹的，我负责，有什么不对吗？”

“当然不对！”欧阳站起来，叉着腰说，“你哥不是把你训练得挺好的了吗，还敢来直接面对赵非雅了，怎么还是要跑？”

叶轻舟说不出话来，也许她可以将辞职解释为一种勇敢接受错误的表现，可是她心里知道，事实上不是。她就是在逃避，逃避面对赵非雅。

今天她打了赵非雅一个耳光，她和梅莹莹谈话知道了一切，她已经走出了很远，可还是没找到她的依靠，她突然就觉得前面一片昏暗：“欧阳，其实现在我都想鄙视我自己了……”

回到了家里，叶轻舟觉得怅然若失。人真的是一种犯贱的生物，在乔洛和她在一起的时候，在她不知道这些烦恼的时候，她无法去确定自己对乔洛的情感，等她明白了这种感情以后，却发现她和乔洛不能在一起。更严重的是，她的依靠突然消失了。

在幸福的日子里彷徨，在分离的时间里懊悔。

叶轻舟第一次感到后悔，因为对于乔洛她一直未曾全心全力。大多数的时间，她徘徊在某个边缘，表面上看她是被乔洛欺压的人，可是事实上，她的胆小，她的懦弱，她的逃离，她的犹豫，都是对乔洛的折磨。

在他说她得一直和他在一起的时候，她吓得一跑就是七年。

在他追来的时候，她只想着要赶紧逃跑，怕自己对他动心。

在他说给她依靠的时候，她却在想这不过是一个赌约。

在他大声说出爱她的时候，她却什么也说不出来。

从头到尾，她一直都是懦弱的，对感情不敢相信，不愿意接受，不能去追求。

这样的自己，让她鄙夷透了。

天黑以后，温度陡然转凉，入夜不久就下起了雨。外面雷声轰鸣，雨声嘈杂，让她更加睡不着。

到了半夜，也不知道翻了多少个身，手机突然响了起来。她睡前一向关机，可是今天却不知怎的，任凭手机开着，似乎是在等些什么。

手机一振，她立刻就翻身坐起。亮起的屏幕上闪着两个字——乔洛。她的心立刻跳到了嗓子眼，赶紧接了起来："喂……"

电话那头先是沉默了一下，接着才传来乔洛气势不改的声音："你没关机？"

"呃……"叶轻舟一愣，难道他是故意这么晚才打来吗？而且听口气，似乎不大希望她接电话一样。

"你在等我电话？"乔洛不改他霸气的风范，自信到自恋。

叶轻舟坐直了身子，扯着被角，喃喃了一句："你最后一条信息，不是叫我等着吗，我就等着了……"

乔洛应了一声，然后说："你今天怎么了？"

"那个……"叶轻舟小声地说，"我碰上了梅莹莹……"

电话那端明显沉默了一下，接着是一声："然后？"叶轻舟觉得自己的耳朵一定是出了问题，她竟然觉得乔洛的声音里透着一丝犹豫，难道他在害怕什么吗？

"然后……"她的声音越来越小，最后就像蚊子哼哼一样，"她就告诉我了……"

"告诉你关于我和她的事？"乔洛回问道。

"嗯。"叶轻舟应了一声，"她说，她原来对你不感兴趣，但是因为我，所以她要和我抢……"

"所以你就吓跑了？"乔洛提高了音调，叶轻舟愣了一下，辩解道："没有啊。"

"没的话怎么别人到处找你呢？"乔洛毫不客气地回道。

逃跑已成事实，想反驳已不可能，唯一可以弥补的就是坚定一下未来。于是叶轻舟鼓起勇气说："我不会让她抢的。"

"哦？"那头的乔洛的话里满是吃惊。

叶轻舟扼腕："是的，因为……因为……"她结巴了半天，"我什么都不剩了，我只有你了……”

“所以我就是最后的残羹冷炙了？”乔洛立刻就接了话。

“……”叶轻舟惊呆了，他怎么会这样想呢？他哪里是残羹啊，就算是残羹，也是燕窝鲍鱼虫草羹！

乔洛并没有继续调侃她，而是轻笑了一声，认真地说：“小舟……”

“嗯。”

“相信我。”

“嗯？”

那头的乔洛继续说：“我会解决的。”

叶轻舟拿着手机的手轻颤了一下，喉咙有些哽咽，说不出话来，只能咬着嘴唇重重地点头。

她一向……都是相信他的。

除了他，她还能相信谁？

第二天早上，叶轻舟精神饱满地起了床，虽然有些紧张，但还是决定去上班。到了办公室门口，她转了好几圈，才战战兢兢走了进去，立刻就沐浴了她意料中的目光洗礼。

“早上好……”她怯懦地探头看去，羊羊和丽娜虽然应了她，但是脸上都带着一些奇怪的表情。欧阳凑过来压低声音说：“自从见了你昨天的那一巴掌，她们都觉得要对你改观了。”

叶轻舟欲哭无泪，难道大家都以为自己是悍妇了吗？其实，她从小到大，就打过这么一个巴掌啊，真是跳进黄河也洗不清了。

欧阳继续说：“不过也无所谓，兔子急了还咬人呢，你早就该发发狠了，省得别人总以为你好欺负。”

“其实我不想发狠啊……”叶轻舟泪眼望天。

突然筱霞从外面跑了进来，一手拿着面包，一手拿着一份报纸，大喊道：“不好了，昨天的事还是上报了！”她话一说完，所有人立刻都拥了过去。报纸上硕大的标题十分扎眼：

“小仙谷”变为小三“俗”？

——紫阳庭院昨日开盘售楼，广告词暗骂女董事长

叶轻舟一愣，欧阳立刻叫了起来：“昨天不是封锁消息了吗？怎么还是上报了？”

羊羊接话：“是啊，总监和那个赵总不是和所有记者都打了招呼吗？”

“怎么会这样啊！”丽娜无比悲痛地说，“我完了，我完了，要是报道了，这事不就更大了！”

叶轻舟立刻就想到了一个人。如果他从一开始就是有心曲解广告词，那么如今想让那些记者登出这个消息也不是难事。只是，她看了一眼激动的欧阳，选择了沉默。

一切既然已经发生了，多说也没意义。

叶轻舟对丽娜抱歉地说：“没事的，我今天就是来辞职的。”她昨天晚上就写好了辞职信放在包里，此时倒不怕面对什么，总要承担的。

气氛一下子降到冰点，所有人都说不出来。温若何的声音突然传来：“谁都别谈辞职。”

众人扭头看去，他依旧是那副微笑的模样，立刻就让大家安下了心："这事总公司会介入处理，你们想担心，也没这个本事。"

所有人听了都不由得扬起了嘴角，只有叶轻舟反倒觉得更压抑了。温若何继续说："轻舟，你跟我来一下。"

温若何把叶轻舟叫去了写字楼顶层的阳光餐厅，点了两杯茶。叶轻舟紧张地转着茶杯："总监，这事闹这么大，真是……"

温若何摆摆手："不谈公事，只谈私事。你昨天没事吧？"

一说谈私事，叶轻舟反倒松了一口气，也不觉得面对的人是她的上司了："没事，就是我知道了乔洛和梅莹莹的事。"

"然后呢？"温若何问道。

"总监，你之前说得对。"叶轻舟低着头看着柚子皮在杯底悠悠地旋转，然后继续说，"但是，我不想放弃。"

温若何抬眼看着她。她低着头，睫毛垂下，遮住了圆圆的眼睛。温若何看不到此时那双圆圆的眼睛里是何等的坚定："你想清楚了？"

"嗯。"叶轻舟抬眼，"因为，不想后悔。"

温若何一怔，然后笑了起来，笑中有些无奈："那么我被抛弃了？"

"嗯？"叶轻舟赶紧解释，"没有啊，所谓的抛弃是先被拥有，才能被抛弃，可是总监，我和你又没开始过啊……所以，你没有被抛弃啊！不，总监，你怎么可能被抛弃呢，我怎么敢抛弃你呢，你是总监啊……"

温若何看她着急的样子，扑哧一声笑了起来，突然伸出手："辞职信呢？"

叶轻舟一愣，下意识就伸手从包里掏出信来。他一把接过，利索地撕成两半，迎上她惊诧的目光："我还是比较喜欢看见因为害怕被开除而努力工作的叶轻舟。"

叶轻舟心中一暖，突然就想起他上次说的话。他说：“叶轻舟，你哪里值得同情了？”是的，她多么幸福，不需要同情，也不应该自卑。她有一个让她相信的依靠，有一个最贴心的朋友，有一个温柔的上司，一切都是如此幸福。

临近下班的时候，叶轻舟正准备和欧阳一起去买点日用品，突然手机响了起来。她拿出来一看，是个陌生的号码。她迟疑了一下接通，一个低沉温和的声音传来：“小舟，我是爸爸。”

“乔爸爸？”叶轻舟叫了起来。

乔爸爸应了一声，然后说：“我到S市了，我们可以见个面吗？”

叶轻舟已经不记得多久没见过乔爸爸了，但是他始终在她的记忆里占据着很高的地位。他的慈祥一直让她难以忘记，在很多时候，特别是在她离开乔家到了S市面对父亲和赵非雅时，对乔爸爸的思念就越发严重了。他不是她的父亲，却代替了她的父亲。在她从七岁到十七岁的成长过程里，他让叶轻舟有了一个完整的家。

叶轻舟一直相信得到的必须是由付出换来的，而更多时候，即便付出，也未必会有收获，所以乔爸爸对她而言是从天而降的福音，她什么也没有付出就得到一个慈祥的父亲，简直就是飞来横“爹”。

乔爸爸和叶轻舟约在一家茶馆里见面。临近晚饭时间，店里没什么客人。

七年未见，乔爸爸两鬓斑白，脸上依旧是熟悉的慈祥的笑容。他说：“小舟，你还好吗？”

叶轻舟笑着点点头。乔爸爸说话多温柔啊，比某些人好多了，一见面就是“我抓住你了”，太暴力了。

“很好啊……”

乔爸爸抿了口茶，抬头说：“乔洛找到你了？”

她先是一愣，然后应了一声：“嗯……”

“小舟……”乔爸爸似乎在犹豫要怎么开口，话说得很慢，“有些事，我真不知道该怎么开口。”

其实接到电话时，叶轻舟就猜到了是关于梅家的事，大抵也知道乔爸爸会说什么。她开口：“其实我知道关于梅家的事……”

乔爸爸一愣，似乎很吃惊叶轻舟会知道这件事：“乔洛告诉你的？”

“不是。”她摇摇头，“是梅莹莹告诉我的，她是我的同学……”她也不知道该如何解释她和梅莹莹的关系，怎么说似乎都很别扭。

乔爸爸点了下头，反问：“那你是怎么想的？你也知道，乔洛一向很固执，也很自负……”他说着苦笑了一下，“比如他来找你前，我说茫茫人海，他是找不到你的，可是他偏偏很快就找到了你。再比如这件事，他也不放在眼里。”

叶轻舟大概知道医疗事故对私立医院的影响很大，但也只有一个并不清晰的概念，再加上乔洛说让她相信他，她就立刻坚定不移了。

“这事很复杂吗？”

乔爸爸叹息了一声：“医疗事故的影响很大，尤其是私立医院，很可能就此一蹶不振。乔洛的妈妈为了这家医院，最后……”他深吸了一口气，摇摇头。

叶轻舟想起了小时候，乔洛翻看他妈妈的相册。似乎只有在那个时候，乔恶魔的目光才会不那么冷厉，反倒有几分像叶轻舟。

乔爸爸伸手轻揉了一下额角，从包里拿出一本陈旧的记事本，暗红色的外壳，微微发皱的纸张。叶轻舟接过来，迟疑了一下打开，清秀的字体就映入她的眼中。

定睛一看上面的内容，叶轻舟发现这是一本日记，立刻惊慌地合了起来，不解地看着乔爸爸。他却点了点头示意她继续看，她这才重新打开本子，看了起来。

其实叶轻舟只在照片上看过乔妈妈，照片上乔妈妈和自己的妈妈是完全不同的人，她看起来更温和，笑起来淡淡的、浅浅的，目光透着温柔，似乎是个从不会发脾气的人。有时候叶轻舟都觉得自己才是她的女儿，乔洛是被抱错了！

日记是乔妈妈入院以后开始写的，叶轻舟一开始看得只觉得揪心，继续看下去鼻子就泛酸了，当看见“事情已经无法改变了，谴责谁都无法改变现状。医院是乔林的心血，将来也是小洛的，我不能为这一切做什么贡献，但是至少，我可以保护这一切……”时，叶轻舟觉得背后一僵，抬眼看着乔爸爸，结巴地开了口：“乔妈妈是……”

乔爸爸低下头，整个人看上去有些疲惫。他沉重地点了下头：“是的，和这次一样，医疗事故，只是……”

只是她选择了牺牲自己来保护她的丈夫，为她的孩子留下丰厚的家产。

他无法继续说完这句话，可是叶轻舟已经明白了。重要的不是医疗事故有多大，也不是对医院的影响有多大，而是这一切已经远远超越了名利、金钱、声望，如入水细沙，慢慢沉淀、静静安放，历经时间岁月，依旧如丝绸般细滑，那是亲情。

叶轻舟看着看着就想起了她的父亲。即便他在抛妻弃女时多么糊涂与绝情，在吸毒上瘾时多么疯狂，可是终究在最后一刻对她说：“小舟，爸爸对不起你。”

只这一句话，叶轻舟就满足了。毕竟他不是别人，而是她的父亲。他赐予了她生命，曾经给过她幸福的生活，在最后的时刻向她忏悔，以死来向她道歉，以死来改正他无法控制的错误。一切的一切，足以让她忘记过去的种种。

原谅他，同时也是让自己安心。

她的父亲和乔妈妈虽然没什么可比性，可是他们在最后的时刻里，终究是想到了他们的孩子，无关他们曾经是错误的、糊涂的、善良的、温柔的，最根本的一点是，他们是父母。

叶轻舟合上日记，递了回去：“乔爸爸，我知道了。”她咬了咬嘴唇道，“原来我跑了七年，被他找到了，可是人的一生能有多少个七年，是错过后还能挽回的？也许只有这一个吧。再一个七年，彼此结婚生子，想挽回也不可能了。”

乔爸爸没想到她会这么快就理解了一切，似乎有点吃惊。他动了动嘴唇，最后只说出一句：“谢谢……”

叶轻舟想，这样的话，她就不再亏欠乔爸爸了吧。

她想，她是相信乔洛的，她相信他会解决一切，但是她也更相信梅莹莹的脾气，这事的结果必然是鱼死网破。梅莹莹会如何，她不知道，但是她知道的是，如果乔家的医院因此衰败了，那么乔洛一辈子都会后悔，后悔没能守护住母亲拼死保护的东西。

她记得父亲过世以后，留给她的只有昌茂地产，可是她拼尽全力也未能保住它。她去乞求每一个股东，但都无功而返，因为他们不能相信她，她只是一个胆小懦弱的人，她没有本事，也没有能力去挽留住什么。她用尽了全力也终究是一场空，所以她不后悔，她只是恨自己罢了。

可是她知道，乔洛不是她，他是那样自信的一个人，他的人生就不应该有任何残缺和遗憾，他只要尽力就可以保护住医院。这就是他和她最大的不同。她可以像乌龟一样躲在壳子里，装作不知道非雅地产，装作不知道那些曾经是属于她的东西，可是乔洛不能。她太了解他的占有欲了，这样的结果对他来说可能一辈子都要耿耿于怀。

叶轻舟想，她大概就是一条小舟，经历完风暴以后在桥洞下躲风避雨，可是终究不可能一辈子躲着，总是要继续漂向远方。

轻舟一叶，一叶轻舟。

叶轻舟想,她这一次不算跑。跑多难听啊,她这次是走,散步而已。

见完乔爸爸，她就向总监申请了休假。她可是一次假都没休过，攒在一起可以休个长假了。听说这次总公司出面和非雅地产交涉，进展还算顺利。

叶轻舟翻看着日历，这个月已经接近尾声，她突然就想起了自己对乔洛的承诺。

这几天，乔洛打过几个电话，说他在努力整理医疗报告。他说事情对他们并不利。

叶轻舟问他该怎么办，他反问：“你觉得所谓的保护是什么意思？”

叶轻舟想了很久也没想出一个答案。所谓的保护是什么呢？像乔洛保护她一样吗？

最后一次通话的时候，乔洛突然问道：“你上次要说的话呢？”

叶轻舟一愣，咬了咬嘴唇：“那个……什么啊？”

“叶轻舟！”他厉声说道。

她只能硬着头皮哼哼哈哈：“那个……我那个……什么……你……”

“……”乔洛沉默不语，她隔着电话都能想象出他脸上阴森的表情，于是干笑了一下：“那个，你会想你妈妈吗？”

乔洛一愣：“怎么问这个？”

叶轻舟拿着电话在床上翻滚了一圈，蜷成一团，喃喃道：“我就像乔妈妈一样……爱你。”

乔洛沉默了三秒，然后阴冷地说：“你想当我妈吗？”

“……”叶轻舟吓坏了，脸色铁青，“不是啊，不是啊……”

乔洛似乎也能想象出她纠结的模样，于是浅笑了一声：“行了，我知道了。”

叶轻舟点点头，他继续说：“你早点睡吧。”然后挂了电话。她攥着电话紧贴着耳朵，那边只传来一声声的忙音，她突然就哭了起来。

乔洛，其实我想说，乔妈妈可以为你做的，我也可以。

叶轻舟的计划是这样。S市对她来说是一个固定的据点，所以乔洛能打探到。而这一次她要到处旅游，找到什么好地方就待下来，连她自己也不知道会去哪里。

至于广告的事，即便由总公司出面，也总要有个人出面承担责任。而她既然已经不能待下去了，就由她来顶这个罪吧。她打了赵非雅一耳光，已经觉得很满足了。

但是和总监请辞，他未必会同意。而且叶轻舟面对他时有种愧疚，所以还是旅行吧，等到了一个陌生的地方，再告诉总监自己要辞职。

她办了一张新的手机卡，将旧手机上的号码一一记录上去，唯独没有记下乔洛的。

欧阳抱怨她突然休假，说要休也应该和她凑在一起休，一起出去玩才有意思。叶轻舟想，她现在已经不是随风漂的小竹筏了，而是……

航空母舰？呃……太大了，还是轮船好了。对！有马达的小轮船！

她重新去银行办了新的存折，把旧存折的钱分成了二十份。这样就算不小心遗失一张卡，或被人盗取了密码，也不会让她身无分文。她原本想分得更细一点，但是银行的职员小姐惊恐的表情和排在她身后的长长队伍里喷射出的利剑一样的目光让她打消了念头。

她认真地打扫了一遍家，把钥匙放在旅行箱的夹层里。她的衣服家具全部捐给了社区，整个屋子里只留下乔洛的东西。叶轻舟把他的房间小心地盖上布挡住灰尘，盖着盖着，就流下泪来。

等他什么时候回来了，东西还是干净整洁的。出门的那天，叶轻舟依旧是拖着大箱子，来回看了好几次，确定门窗都关好了，才一步步走出家门。

今天，是乌龟出游的好日子！

叶轻舟走了五天以后，欧阳才发现事情不对。依叶轻舟的习惯，出去旅行一定会把所在地及时汇报给她，以免不慎被拐卖。可这一次，别的不说，就连坐什么航班，住什么宾馆，跟着什么旅行团，都统统没有告诉她！

她这些日子确实忙晕了头。非雅地产因为报道，楼盘预售一片惨淡。有了这样的物质刺激再配合之前的精神刺激，赵非雅立刻有种歇斯底里的味道了，死咬着 AM 公司不放，还非拿叶轻舟说事，这时欧阳才想起叶轻舟。

第一反应是她跑得真及时，第二反应就是她怎么跑得这么干净利索，都没消息了呢？

这时欧阳才急忙打她电话，发现号码竟然停机了。欧阳立刻就傻了，慌乱之下也不知道该找谁说，想了半天就想到乔洛，急忙打了电话。

电话打过去，乔洛一听先是一愣，然后就是一句：“她还真跑了！”

欧阳急忙说：“你这几天也没找她吗？”

乔洛叹息了一声：“我最后一次给她打电话，她说和你一起去旅游一周。”

“……”欧阳愣了三秒，“她现在真是胆子大了，还敢一个人跑了？”

乔洛轻笑了一声：“她又不是第一次了。”

欧阳听出他话里的嘲讽，急得抓耳挠腮：“那我怎么找她呢？”

乔洛镇定地说：“我会把她抓回来的。”

接完欧阳的电话，乔洛已经肯定了一点：一定有人找过她，而这个人很可能就是自己的父亲。

这些日子在他的极力考证下，他可以肯定医疗事故完全是医院的责任，这事的结果对乔家极为不利。恐怕这一点他爸也很清楚，才不得已向梅家求助，以掩盖事实保护医院的声望。

他坐在沙发上，拿下眼镜，揉了揉额角。突然一杯清茶放在了他面前的茶几上，他抬眼看去，正是叶妈妈。

叶妈妈坐在他对面，把茶盘放在一边，随意地说："是欧阳打来的吧。"

乔洛不知道她是怎么发现的，但还是应了一声："嗯。"

叶妈妈继续说："是说小舟不见了吗？"

"你……"乔洛一愣，"怎么知道？难道是你……"

叶妈妈摇摇头："上次你打电话给我，说能帮小舟治好心病，我就想和你说了，你和小舟在一起，你爸爸是不会同意的。你这次回来，坚决地说要和小舟在一起，他一定会去找小舟的。"

"他以为这样就完事了？"乔洛拿过眼镜，推上鼻梁冷笑道。

"当然没完。"叶妈妈回道，"因为你不会罢休。但是小舟会跑，跑到一个你找不到的地方去。岁月流逝，你们谁能一直坚持等待一个未知的重逢呢？"

"原来他是这样打算的。"乔洛冷冷地说，"我会找下去，一直到找到她为止。"他说话的声音不大，但是字字坚决。叶妈妈看着他，想了想说："但是现在，你得把梅家的事处理完。"她说着顿了一下，"小舟再怎么跑，也不会忘记我这个妈妈，她一定会打电话来找我。如果我能知道她在哪里……"

"妈，你相信我会让她幸福吗？"乔洛突然问道。

叶妈妈抬起头，笑了一下："我相信。"

乔洛双眼闪过一丝落寞，喃喃了一句："怎么她就不信呢？"

“其实小舟也相信。”叶妈妈回道，“因为相信，所以她就满足了。”

乔洛眨巴了一下眼睛：“所以，她不是跑了？”

“也许……”叶妈妈举起茶杯对着他微举了一下，“以退为进？”

叶轻舟先去的地方是一个临海的小镇。夏天结束，这里很凉爽。她也不知道怎么就跑来海边了，明明是怕水的人。也许是那天没能和乔洛一起去游泳池，突然就想去看看海了。

大海和游泳池有本质的区别。按叶轻舟的说法，这里很安全，起码水位是渐渐加深的，就算不慎落水，也不会出事。除非她脑子进水，向大海深处狂奔几百米，否则一般来说是不会出意外的。

海岸被分成两部分，一部分是当地的渔民在住，一边是专门为旅游者开辟的。沙滩上遮阳伞和帐篷参差林立，各类小店一家接一家。叶轻舟住在一家临海的宾馆里，保卫设施很齐全，这让她无比安心。只是夜里潮声不断，让她时常睡不好。傍晚的时候，她会去沙滩上散步，海水一点点从脚面淹上脚踝，这个过程让她想起了跟着乔洛学游泳的时候，从儿童区到浅水区……

有一天叶轻舟一夜都没睡好，早上很早就起来了。走到海滩，天空蒙蒙亮，海风吹来，让她哆嗦了一下。海的尽头微微泛出橙色的光，似乎将要日出，沙滩上没有白天的喧嚣，坑坑洼洼的，显得有些荒凉。叶轻舟不喜欢这种荒凉的感觉，有点像她自己，于是一步一步向渔民住的那片海滩走去。

绕过立在海滩上的木栅栏，叶轻舟偷偷摸摸地走过去，有种做贼的感觉。早起的渔民似乎正要上渔船，见她走过来，吼了一嗓子：“要买鱼？”

叶轻舟做贼被抓，好在没赃物，急忙摇手：“不不……”她可以说她只是想看看人而已吗？

渔民不再搭理她，扯着渔网上了船。一个六七岁的小男孩在沙滩上翻着石块，抬头看着叶轻舟：“姐姐，你也是来找东西的吗？”

叶轻舟四下看看，确定没有别人，才蹑手蹑脚地走过去，对着小男孩讪笑了一下，比着手指善意地提醒：“小朋友，不要随便和陌生人说话，会有拐卖小孩的坏人，把小孩卖去山区……”

小男孩翻石块的手停住了，抬头眨巴了一下眼睛，突然扭头向后叫：“妈妈！这里有拐卖小孩的坏人！”

“……”叶轻舟紧张地解释，“我……我不是啊，我是提醒你，那个……”

小男孩看她紧张的样子，冲她嘿嘿一笑。叶轻舟立刻泪眼望天，世风日下啊，连个小孩都和乔洛一样变态！

小孩掀开石块，抓住一只白色的海螺，下面露出几只红色的爪子，张牙舞爪地挥舞着。他终究是个孩子，举起海螺给叶轻舟看：“寄居蟹！”

叶轻舟斗鸡眼状地看着这个神奇的生物，摸了摸下巴：“有点像蜗牛……”

小孩斜眼瞥了她一眼，有点不屑地说：“这和蜗牛可不一样，蜗牛是天生躲在壳子里的，寄居蟹是要自己找地方住。”

叶轻舟听得认真，小孩继续一板一眼地说：“寄居蟹的肚子上没有硬壳，没办法保护自己，所以它要和海螺打架，打赢了海螺，就可以住进去保护自己了。所以寄居蟹是很勇敢的，它是在用自己的力量保护自己……”

叶轻舟一愣，突然就想起有个人似乎也说过这样的话，用自己的力量……

她立刻扬起嘴角笑了起来，对着小孩说："把这个送给姐姐吧！"

小孩眯眼看着她，也笑了起来："拿钱买！"

"……"叶轻舟深吸一口气，一把抢过寄居蟹，撒腿就跑！

看吧！这就是自己的力量！

乔父从医院回来那天傍晚，乔洛坐在沙发上，把手中的报纸一折放在一边，直接说："你去找小舟了？"

乔父一愣，继而很镇定地说："你听谁说的？"

"小舟又跑了。"乔洛回道，"难道你不知道？"

乔父解开领带走过来，目光有些躲闪："我当然不知道。"

乔洛应了一声："梅家怎么说？"

见他转移话题，乔父自然乐意，急忙说道："原来梅家那女儿还说不愿意和你认识，现在突然说愿意了，我看梅家是软了几分……"

乔洛抬眼看他："为什么你觉得，这事就一定要这样处理呢？"

乔父一愣。

乔洛直起身子："我去看了报告，这事完全就是我们的失误，没有任何争议。这样一味地逃避掩饰你觉得就是解决了吗？"

乔父眉头一皱："你这话什么意思？你是要我什么也不顾，看着医院出事？你别忘了，你妈当年可是拼死为你保住的医院，你难道要弃之不顾？"他越说声音越大，有些激动。

乔洛只是轻挑了一下眉梢："你这么激动，难道是心虚？"

乔父稍微镇定了一下："反正这事没什么可商量的。"

“既然没什么可商量的，”乔洛站了起来，“那我也没什么好说的。我没有必要为这种不义之事添砖加瓦。”

“你这是什么意思？”乔父厉声道，“你想把你妈妈留下的东西毁了吗？”

乔洛推了一下眼镜：“毁掉这个的，不是我，是你。”一句话就让乔父哑口无言，他继续说，“当初妈妈选择保护医院，那是因为她相信你。她相信那只是一个意外，她觉得如果让你因为一个意外而失去医院实在是可惜。可是意外永远只有一次弥补的机会，你觉得现在的事还是意外吗？这次虽然不是你做的手术，可是我们医院已经出了两次事故，而这一次，不是一句意外就可以解决的！”

乔父脸色惨白，嘴唇轻颤：“你……你……”

“所以，”乔洛继续说，“再一次的掩饰不过是再一次的纵容。你觉得还要多少人来为医院的失误牺牲自己？还是说这救人的医院，压根就是建立在牺牲的基础上！”

乔父双目瞪圆，挥手就是一巴掌。伴随着清脆的一声啪，乔洛的眼镜被打落在地，他睁开闭上的眼睛，扬起嘴角，弯腰拾起眼镜，不紧不慢地擦去镜片上的灰，推上鼻梁，正视着脸色铁青的乔父：“你是我的父亲，你有权利打我，但是你也是丈夫，你没有权利让你的妻子为你牺牲，而你却把她的牺牲当作纵容。同样的，你也是医生，你没有资格让你的病人因为你的失误而付出生命的代价，而你不求改过反倒试图掩盖事实。”

他说话的声音不大，字字坚决，乔父说不出话来，整个人有些恍惚：“可是医院出了事，你妈妈想保护的……”

乔洛看着父亲说：“你觉得所谓的保护是什么呢？”

乔父说不上话来，乔洛继续说：“仅仅是保护医院吗？我想我妈更想保护的，是你，是你作为医生的尊严。而你现在的行为却是在自己践踏自己的尊严。她想保护的，也是一种信心。你总说我太自信，可是自信又有什么错？现在的你，如果一再掩饰错误，你还有改过的信心吗？”

乔父已经彻底说不出来，有些无力地坐在沙发上：“那你说怎么办？”

“该怎么办就怎么办。”乔洛回道。

乔父揉了揉额角，似乎再不想辩解什么了：“那梅家那里……”

“我会处理的。”乔洛浅笑了一下，“既然你同意了，那我就去办。”

乔父点点头，末了还是追问了一句：“是因为小舟吗？”

乔洛抬起的脚放了下去，转身道：“小舟从来就和这件事没有任何关系，难道你现在还不明白吗？”

乔父扭头看着他，站立在那里的乔洛微昂着头，带着十足的傲气。他突然有点鼻酸，脑子里闪过一张温柔微笑的脸。

小萍，也许，你保护得最好的，是儿子……

准备离开这个小镇子的时候，叶轻舟才用宾馆的电话打给了她妈妈。妈妈的口气似乎很平静，叶轻舟心里猜想，难道她妈不知道她跑了的事？如果她不知道，那么是否意味着乔洛也没发现呢？

虽然这是她所期望的，可是心里仍觉得很不是滋味。

她歪头思索着失落的来源，突然就想到了寄居蟹。如果有一天，寄居蟹长出了坚硬的外壳，不再需要海螺，那么它是否也会觉得有点寂寞呢？

乔洛去找梅莹莹的那天，先回了一趟叶轻舟的家。

屋里收拾得很整洁，每样东西都放置得像还有人住一样。他走过去，茶几上压着一张纸条，他拿起来一看，上面是叶轻舟小而整齐的字：我又跑了，别再找我了，我就是个胆小的蜗牛。

他扬起嘴角，把纸条压回去，转身走进厨房。冰箱上贴了一张便利贴，上面写着：冰箱要时常清理，不然会滋生细菌。

消毒柜上贴的是：使用前要清洗碗筷。

电视上是：看电视剧要距离两米以上。

空调上是：开空调要注意通风换气。

……

最后他走进他的房间，盖在床上的白布上写着：床单要勤换洗，小心螨虫！

乔洛就终于忍不住勾起嘴角无奈地笑了一下。这家伙是在说，这个房子留给他了，她永远不会回来了是吗？

去找梅莹莹的时候，她似乎很忙，想来是非雅地产最近确实风波很多。但是听说乔洛要和她谈两家的事，她还是同意下班以后见面。

两人约在了一家茶馆的贵宾间里。

梅莹莹一来，就傲气地说：“你是听说我同意了我们的事才来的吧。”

乔洛没回她的问题，只是问：“你爸会为我们医院做什么？”

梅莹莹笑道：“你觉得呢？医疗事故的等级可全在他一句话。

是你们的错，还是病人本身的身体问题，这也全看他一人，难道你还有什么疑问吗？”

“没……”乔洛笑道，“既然要谈条件，那自然是要看看双方的诚意如何，买卖是否划算。”

“你难道觉得亏了？”梅莹莹哼了一声，“告诉你吧，我对你真的没什么兴趣，完全是因为叶轻舟喜欢你。她想要的，我就要让她失去。”

“因为这个拿自己的婚姻做儿戏？”乔洛拿起杯子，抿了一口茶，随意地说。

“婚姻？”梅莹莹笑道，“我可没这么傻，我不会和你结婚，仅仅是让你们不能在一起，你必须答应我！”

乔洛点了点头：“可是这样梅主任恐怕不会愿意，要知道叶轻舟和他可没什么关系。”

“他？”梅莹莹不屑，“大不了就分医院的股份好了，他的事我管不了。”

“所以……”乔洛顿了一下继续说，“梅主任愿意帮我们医院掩盖医疗事故，我们的代价有两个，一是我不能和叶轻舟在一起；二就是分走医院的股份，是吗？”

梅莹莹不明白他为什么要重复这样的事，但还是点了点头：“大概就是这样。怎么，你有意见？”

“当然。”乔洛突然站了起来，猛地就拉开贵宾间的门，“二对一，这可不公平。”

见他打开了门，梅莹莹说话就小心了几分：“那你想怎样？”

“交易终止。”乔洛扭头对着她说。

“你！”梅莹莹站了起来，脸色一变，“想干吗？”

乔洛突然把一直放在裤子口袋里的左手伸了出来，放在她眼前，伸开五指，握在手里、勾在中指上的一个小型录音笔就垂了下来。他勾起嘴角：“我可是知法守法的好公民。”

梅莹莹双眼立刻睁大，伸手就要去抢，乔洛早已快她一步走出了包间，收手往口袋里一塞，看着她惨白的脸笑道：“送你一句话，做人别得寸进尺。”说着大步走了出去。

在各大媒体刊登乔家医疗事故以及梅家以此为要挟向医院方谈条件的丑闻曝光的同时，非雅地产出现破产危机的消息。表面上说是因为紫阳庭院广告词的事，新楼盘预售惨淡，楼盘也停工了，业内知情者却说不光如此。听说董事长赵非雅包养了一个小白脸，挪用公司公款做个人投资，结果全部打了水漂。

这个内部消息和两年前昌茂地产的事很像，业内传言这家公司不太吉利，所以公司内部出了问题，入股协助都无人问津。

看报纸的时候，叶妈妈细细地读着，乔洛在一边听，末了说了一声：“妈，编辑好像改了你的稿子，少了几句话。”

叶妈妈皱了下眉头：“真的吗？我怎么没发现。”

乔洛耸了下肩膀，无奈地一笑：“不过听起来还是很不错，可能是你文字功底太一流。”

叶妈妈听了吹捧，脸上扬起笑，突然问：“你爸现在还是想不通吗？”

乔洛将此事曝光以后，由叶妈妈这个资深记者专门对此调查撰稿，乔父在外面对调查，回家面对记者，似乎有点要崩溃了。事情稍微平定以后，他在叶妈妈和乔洛的建议下，索性去乡村度假，借此平复心情，医院方面则交由乔洛打理。

事件被报道以后，由于乔家主动承认并曝光梅家丑闻，加上叶妈妈鬼斧神工的文字，社会舆论并未全盘抨击此次医疗事故。要说没影响那是不可能的，乔洛在接受记者采访时只说了一句："医者，必双全，有智，有勇。"

这句话引发了不少争论，有人说这是坏了事的打肿脸充胖子，也有人说医生也是人，谁能无过，只要承担就是勇敢。

乔洛摇摇头："也许过段时间就好了吧。"

叶妈妈将报纸一折，放在一边："上次就告诉你小舟在哪里了，你之前太忙，现在没事了你怎么也没去找她？"

乔洛抬眼："我不找，我只等。"

叶妈妈一愣："等？你相信她会来找你？"

"不信。"乔洛非常直接地说。叶妈妈睁大眼睛，带着惊诧。他继续说："但是我相信，什么船都有靠岸上桥的时候。"

叶轻舟溜回 S 市的时候，已经是秋天了，天气转凉。她选择在中午溜去了小区里，鬼鬼祟祟地绕到自己家楼下，然后慢慢掀开头上的大草帽，摘下墨镜，贼溜溜地往上一看——窗帘还是拉上的，看上去没人住。她小心地钻进楼道，迅速冲上楼，摸出钥匙打开门。

屋里似乎还是和她走的时候一样。叶轻舟心里一沉，更加落寞了。

把箱子往墙角一放，把钥匙往茶几上一搁，她目光一扫，突然就愣住了，伸手拿过桌上的纸条。在她写的那行字下面，多了一行挺拔的字，每一笔都刚劲有力：

暗礁已炸毁，冰山已让道，只等船进港。

她一愣，继而笑了起来。

N 市的妙仁私立医院，虽然之前闹出了医疗事故的风波，但是最近已经平息了不少，很多老病患依旧愿意相信这家开了百年的医馆。

临近下班的时间，病人并不多，安静的走廊上弥散着淡淡的酒精味。交接班的护士医生进进出出，走廊的椅子上搁着一张当天的报纸，偌大的版面上写着：

非雅地产今日破产拍卖。

一只白净的手把报纸从椅子上拿了起来，放在一边，然后坐了下来，手里拿着挂号的号码条。

旁边一扇门拉开，一个病人走了出来，屋里面的人唤了一声：“下一号。”

等候的病人站起来，推开白色的门走进去，步伐很轻。屋里的医生垂头写着什么，微带着栗色的头发垂在额前，只能看见他高挺的鼻梁。他左手执笔继续写字，头也不抬地说：“哪里不舒服？”

病人小心地坐下，怯怯地开了口：“医生，我好像丢了东西。”

医生写字的手停下，抬起头，映入眼帘的是一张紧张不安的脸，圆圆的脸上透着红晕，两只眼睛一直在眨巴。他勾起嘴角：“丢了什么？”

病人抬头，比着手指说：“我丢了我的海螺壳……”

“哦？”医生似乎对这个话题有了兴趣，把笔搁在一边，身子微微向后一靠，双手环在胸前，“很重要吗？”

病人认真地点头：“我是一只寄居蟹，虽然现在有了坚硬的外壳，可是还是很想念以前的海螺壳……”

医生笑道：“有了外壳不好吗？为什么还要找海螺壳呢？”

病人抬眼，小声地说：“因为，有些寂寞呢……”

医生站起来，走上前，一把拉起病人，往胸前一揽：“好吧，我批准你去找！”

“好像……已经找到了。”

尾声

EPILOGUE

尾声

时间大概过了很久，久到小舟同学生出小小舟……不过说这话是很危险的，这无疑是怀疑了某人的本事，于是坐在沙发上看报纸的乔洛斜眼："十月怀胎是正常的妊娠过程，这个漫长时间不是我的责任范围。"

欧阳从婴儿床里抱住小宝宝，左看看，右看看，再看看沙发上的两个人，叹息一声："名字还没想好呢？"

"是啊……"叶轻舟认真地翻着新华字典，泪流满面道，"起名字实在是太难了！"

欧阳两眼立刻闪出亮光："那个，让我起吧！我起名最好了！"

乔洛把报纸一合，直接说："起成欧阳这样？"

"叫欧阳有什么不好？"欧阳立刻反驳，"多好的名字啊，你们想想，中国名字这么多，叫我这个的能有几个？"

叶轻舟赶紧冲上去，一边平息她的怒气，一边急忙从她手里把宝宝抢下来放回床上。发飙可以，但是别拿着她的孩子一起发飙啊！"那你起几个看看？"

欧阳得到孩子母亲的同意，立刻就得意了，张口就说："男孩嘛，要做国家的栋梁，就叫乔栋，或者是乔梁好了！”

“呃……”叶轻舟傻了，“桥洞？桥梁？”

“好像有点怪……”欧阳自己也反应过来，抓抓脑袋继续说，“要不，乔盾（桥墩）？”

乔洛终于按捺不住了：“你怎么不干脆叫乔湃（桥牌）？”

“乔湃？”欧阳摸摸下巴，“好像不错哎！”

叶轻舟抹汗，那啥，起名字真是太难了！她低头看看总是挂着笑容的宝宝，为什么她觉得这抹笑非常诡异，让她这个做妈的都不寒而栗，不如叫孩子乔……大神好了！

给点阳光就灿烂

番外

给点阳光就灿烂

其实欧阳已经不太记得苏灿离开多久了，或许已经久到她都要将他遗忘了，遗忘掉这个突然出现在她生活中又突然消失的人。

人生就像一辆行驶着的公共汽车，上上下下，无数的人来了又走。可是你总能记得那么一个人，即使那个人的出现如烟花一般短暂，但是依旧绚烂。

那还是上高中的时候，继承了做警察的父亲的热血，欧阳一直自诩为 S 中除暴安良的女侠。她觉得，在每个时代，总该有些人站在风口浪尖，替天行道、斩奸锄恶，以扬天下之正气。而她，就是肩负这样重任的人。

听闻学校后巷是不良学生敲诈勒索的地点，某日晚自习后，她就拉着死党李穆和自己一起蹲点。

巷子里只有一盏破旧的路灯，灯光昏暗，还时不时黑一下再亮。在这不太亮堂的地方，突然就出现了三个黑影。欧阳立刻把手里吃了一半的油炸臭豆腐往李穆手里一塞："拿好武器，必要时候，戳死敌人，捍卫尊严！"

李穆低头看着臭豆腐，欧阳已经扛着她的棒球棍冲了出去。巷子里是两个小混混截住了一个男生，欧阳模糊地看了下被勒索的那个男生的校服，似乎也是S中的学生。

欧阳女侠手持棒球棍，气势豪迈、脚步坚定、目光如炬，三下五除二就灭了两个小混混，然后抬眼看着被欺压的弱质女……不，少年。

少年看上去十七八岁，五官清秀，眼角微吊，一双桃花眼里带着笑意，双手环在胸前平静地看着身边的打斗，末了笑眯眯地看着微喘着气的欧阳。

欧阳看着这个微笑的少年，白色的校服衬衫服帖地穿在身上，领口的纽扣开着，露出纤细的锁骨。他那样笑着，笑得欧阳心跳加速。她怎么不知道原来S中还有这么一个美少年？她眯起双眼，然后就干了一件她后悔了很久的事。

女侠昂起头，邪魅一笑，冲着少年道："妞，给爷笑一个。"

可是她没想到，桃花少年配合地柔笑了一下："我只卖身，不卖笑……"

女侠立刻就窘了，但还是坚挺地说："那……爷就买了你！"

少年挑眉轻笑："我很贵，你买得起吗？"

虽然这个开头不够风花雪月，但是他们一起度过了高中的岁月，进入了大学。一如他在那个夜晚突然出现，几年后的一天，他突然消失。

那是个临近过年的日子，欧阳还记得是个晴朗的好天。整个上午，她和苏灿都窝在床上打网游，直到肚子饿得咕噜叫了，两人才嬉笑着套上羽绒服窜出公寓去买烤串吃。

出了家门，暖暖的阳光照了下来，欧阳扯下脑袋上的毛线帽，得意扬扬地说："看吧，本女侠一出门，连太阳公公也要出来作陪！真是太不好意思了！"

苏灿在后面看着她连蹦带跳的样子。那时候的欧阳，把一切都看得那么美好，在她的眼里，没有冬日萧索的树木，没有路边微微的白霜，只有满眼灿烂的阳光。

但是这一切都结束在了那个阳光灿烂的午后。

吃完了烧烤，苏灿说阳光这么好，应该去散步，于是两人就大摇大摆地去轧马路，甚至忘记了出门前他们都没有带手机。青春的日子里，永远不知道疲惫，两人一直散步到天黑，欧阳开始觉得肚子饿，苏灿摸了下口袋，才发现带出来的钱不够。于是两人傻笑着拦了一辆出租车，计价器的数字直线攀升，欧阳在口袋里数一个个锃亮的硬币。

苏灿笑道："你回家拿钱，我做人质就是了。"

于是车开到了公寓的楼下，那时候苏灿已经大四，在母亲的公司里实习，公寓也是他买下的，五十平方米简单而有格调的小空间，对恋人来说正是空闲有余，又适当亲密的大小。

欧阳乐呵呵地跑回家拿钱，从钱包里抽出了钱就要下楼，突然看见茶几上的手机，顺手拿了过来，一看却吓坏了，足足几十个未接来电！她赶紧查看，前几个还是家里的号码，后面全是她妈打来的。

欧阳一边关门下楼，一边打了回去，电话那头却没人接听。她心里忍不住咯噔了一下，难道是她平日行侠仗义得罪了什么宵小之辈，于是绑架了她老娘以作威胁？

走到楼下的时候，欧阳把钱递了过去，苏灿等着司机找钱，欧阳终于拨通了电话。她还没来得及说话，就听见她妈惊慌的声音:“快，快来第一医院，你爸出事了！”

欧阳当即脑子一嗡。苏灿正走下出租车，她想也没想就一个猛子又扎进了车里。苏灿一愣，她也没时间解释了，急着对司机说:“去医院！第一医院！”

出租车开出去许久，欧阳的手紧紧攥着，这才想起没和苏灿说一声。扭头看去，车早已开出了小区。只是那时候，她没想到当时没能说话、没能回望一眼的人，再见，已是四年后，物是人非。

到了医院，欧阳才知道，她爸在高速公路上追击一个嫌疑犯时和一辆私家车相撞，出了车祸，伤势严重。

时间就是午后一点，而那个时候，欧阳和苏灿正迎着灿烂的阳光在路上漫步。她记得，仰头去看，白亮的光线晃得她睁不开眼。不知道在那个时候，她爸是否也是被这样的阳光晃住了眼。

等到欧阳赶到医院的时候，已经六点多，而她的父亲已经闭上了双眼。

盖在他身上的白布，比下午的阳光刺眼多了。欧阳只觉得眼前一片模糊，什么也看不见。

大约过了一天半，欧阳才从昏迷中醒来，想起打电话给苏灿，可是他的电话却突然停机了。她忙着帮母亲料理父亲的后事，也就没去顾及这些。

又过了几天，打电话依旧是停机，她心里有些发毛，跑去公寓一看，门锁换了，旧的钥匙已经无法打开。她敲开门，一张陌生的脸。

房主出国，紧急卖房。

非常烂俗的八点档剧情，在各种懦弱善良的女主身上上演，却偏偏连女侠也演了进去。

一晃四年，又是一年冬天。

下午上班前，总监开了个简短的会议，说的是关于之前和非雅地产的广告纠纷。原来赵非雅被其包养的小白脸摆了一道，她的公司宣告破产了，所以 AM 广告公司的人都以为这事已经过去了。可是现实就是这样，有些事就算结束了，却还是结束得不干净。

按欧阳的话说，那就是断子不绝孙，春风吹又生！

“你说……”欧阳小声和叶轻舟耳语，“赵三八当年骗走了你爹的财产，如今也算是因果报应。就是不知道，是哪个人才干出的这种事。”

叶轻舟的样子欲言又止，最后只是嘀咕：“那个……那个……我也不知道呢。”

欧阳摸了摸下巴：“我真想拜会一下这个英雄。虽然方法比较那啥，不过也算是以其人之道还治其人之身了。”她说着就开始想象这个英雄的模样，“能勾引到赵非雅的，这家伙，肯定皮白肉嫩，啧啧，整个一祸水啊！”

正在开会的温若何瞄见了她们这边的小动静，干咳了一声道：“那这事就由欧阳去接洽吧。”

尽管欧阳对这个英雄无比向往，可是事实证明，希望越大，震惊就更大！

接待她的职员小刘把她带到了办公室门前，敲了几下门。里面的人应了一声，声音听起来有几分耳熟。欧阳还未细想，小刘就把门打了开来。里面的人临窗而坐，阳光透过窗户照在他身上，周身带着一圈朦胧的光，有些晃眼。

那人抬眼，阳光下，他扬起嘴角，微微地一笑，欧阳立刻就五雷轰顶了。

他缓缓地开口："是你？"

欧阳下意识地回道："不是我！"

那人就浅笑了起来，一双桃花眼弯了弯，满是笑意。

他那么一笑，欧阳觉得，是那么熟悉，熟悉到让她觉得现实是那么陌生，仿佛岁月回到了四年以前。她怔怔地愣在那里，过了好一会儿，回过神走上前，狠狠扇了他一个耳光，丝毫不犹豫："你现在怎么这么不要脸了？"

欧阳千算万算，也没算到苏灿就是那个以出卖色相收购公司的主管。说实话，她更没有想到，四年后他们会这么突然地重逢。

"叶轻舟！"欧阳微醺着说道，"你早就知道害赵非雅的小白脸就是苏灿，对不对？"

"欧阳……"叶轻舟自知有错，只是默默地想拿走她手里的酒杯，"其实我觉得苏灿去做小白脸，肯定是有原因的。"

"做小白脸还要原因？"欧阳哼了一声，"我一直在猜想，四年前他怎么会突然消失了呢。在我最崩溃的时候，他就那么轻松地走了。我想过好多理由，但还真没想过，转行做小白脸，才是真正的理由！"

拒绝了前来接叶轻舟的乔洛的便车，欧阳围上围巾，走出了酒吧。没走三四步，酒吧招牌的霓虹灯还投射在她脚边闪烁，突然灯光下，投下一个黑色的影子。

她抬头一看，前面立着一个纤细的身影。他披着一件米色的风衣，里面是一件黑色的线衫，斑斓的灯光映照在他白净的脸上，他眯起双眼，声音轻柔，满是诱惑。他说："可以说几句话吗？"

欧阳一愣，倒不是吃惊在这里看见他，而是他的主动搭话。

四年前他拍拍屁股，突然就游过大西洋，跑去了国外。俗话说得好，雁过留毛，人过留屁，可他倒好，连个屁都没留。换作平常人，哪还有脸回来啊！

可是呢，他还就有脸回来了。不但回来，他还主动搭话，还一副啥事都没有的样子！

敢情他以为就是去外地旅游了一趟啊！

此时的欧阳心里只有一句话想对他说，那就是，你真的贱得上天无路、入地无门了！

可惜，她的话没说出口就作罢了，心想今日女侠心情甚好，放他一条生路，于是转身就走。他却猛地走过来，一把拉住她的手腕，微微上吊的桃花眼里满是笑意。

欧阳记得这双眼，只是曾经那里的笑是自信的，是得意的，或是邪气的……

从未像现在这样，带着冷漠、绝望和疯狂……

他一走近，欧阳就闻出了浓重的酒气。现在不过七点左右，好像还没到深夜买醉的时候，她一失神，他顺势一把抱住她，把全身的重量压下来，似乎是相信，她不会撒手不管的。瘦削的下巴抵在她肩膀上，头发摩挲在她耳后，气息呵在她颈项间："欧阳，我回来了。"

欧阳虎躯一震，眯眼看着他，行啊！原来她还是低估了他脸皮的厚度。敢情他以为她是圣母玛利亚啊，被人突然甩了四年，然后这人一回来，她就春心荡漾，屁颠屁颠地贴上去，不计损失，不求回报，以一颗博爱的胸怀去温暖他……因为浪荡而寂寥的心？

她甩手一推，靠在她身上的人立刻踉跄了几步。他似乎醉得厉害，一下子倒在地上。欧阳咬了下嘴唇，哼了一声："你当我是王宝钏啊！告诉你，老娘我是孙二娘！"

他躺在地上，突然放声大笑："真好，你还是你。"

"我当然是我了！"欧阳俯视着他，"难道你以为没你我就不能过日子了吗？"

他坐起来，摇摇头："我只是想告诉你，别为我生气或是愤怒，都不值得。"

他这样说，好像欧阳多么在乎他一样："少臭美了！我才懒得想起你！"

"那就好。"他苦笑了一下，站起来，转过身往后走，边走边说，"忘了我，忘了一切。"

"这话应该是我说！"欧阳大声吼道，难道她还会幻想什么破镜重圆吗？

隔天中午休息，公司的同事不知怎的又说起了赵非雅的事。欧阳正好去茶水间倒咖啡，也就听了几句。

"听总公司的人说，赵非雅最近又出现了，死咬着上次广告的事。”这话是羊羊说的，“听说她是想告那个小白脸，说之前的广告是小白脸帮忙出的主意。听说那小白脸和叶轻舟好像认识……”

“为什么要告那小白脸？”丽娜撇嘴，“还不是她自己老来风骚，非要找小白脸。要我说，难道她还以为那小白脸是真心的不成？还不就是为了钱！”

明明她自己也管苏灿叫小白脸，可是别人这么说他，欧阳听着并不舒服。她想，大概是自己的面子作祟，毕竟这个为人不齿的小白脸是自己的初恋男友。

“听说那小白脸挺有本事的。”羊羊说，“骗了好几个富婆的钱，好像是几个老女人一起要来告他，也不知道情况如何。”

“难道是劫富济贫？”筱霞笑道，“这个小白脸专门骗这些款婆吗？”

“嗯。”羊羊点头，神神秘秘地说，“我听小道消息，说这个小白脸还不是那种money boy，人家很讲究排场的，一般都约不到他。听说那些被他盯上的款婆都是背着自己丈夫在外风流的。其实这人也蛮神秘的，难道是有什么特别的人生追求？”

羊羊的话让欧阳心里犯起了嘀咕。她看见苏灿时被怒火冲头，完全没想这些事，因为苏灿家境富裕，她确实没想到他会甘心被那些老女人包养。他以前只是花心风流，但是花心风流并不等于被包养，这两者怎么看都有着天差地别。

口味重……也不是这么个重法啊。

倘若做一个假设，苏灿家道中落而导致他不得已出卖自己，虽然勉强可以解释经济因素，但也不能解释他的性格因素。要知道就算做牛郎，以苏灿的条件，也可以陪一些少妇，怎么着也不至于找那些上了年纪的货色啊。

况且他还在公司做了主管，尽管职业不怎么高尚，但是也还算可以，怎么看也不至于要干这行啊。

可是想了一半，欧阳就打断了自己的思绪。娘的，怎么又想这个家伙了呢！她甩甩脑袋，清理了一下思绪，继续工作。

下班后，欧阳约了李穆一起吃饭。今时不同往日，女侠成了普通白领，跟班成了人民警察。

吃着饭，欧阳就开始吐槽苏灿的出现了，连李穆也颇为吃惊，说着说着就和欧阳同仇敌忾了：“欧阳！咱有志气！不去鸟他！”

“嗯嗯！那是当然！我是谁啊！”

“不过，最好的报复方式，是你也找个大款，这样你俩就凑成对了！”

“……”

没过几天，是欧阳父亲的忌日。她突然接到李穆的电话，他说：“欧阳，今儿个我们又说起你爸的事，结果我听说你爸出事那天，和他相撞的那个私家车主也去世了。”

“这个我知道，警局不是还拨了抚恤金吗？”

“可是听说他去世时，妻子都没来，他儿子连警局拨下来的抚恤金都没要，突然就从人间消失了，谁也不知道去哪里了……”

“嗯？”

“听说……”李穆说着顿了一下，“他的名字叫苏灿。”

市第一医院，精神科。

病房里亮着灯，一个约莫四十来岁的中年妇女坐在床边，虽然穿着朴素的病号服，头发也蓬乱未打理，但是却遮掩不住她妖冶的容貌，妩媚里带着高贵，只有一双眼睛里满眼是恐惧。仔细一看，这双恐惧的双眼是微微上吊的桃花眼，和苏灿一样。

苏灿坐在床边，问她："今天又看见什么了？"

那妇女的目光是涣散的，但是说的话，却是在回答苏灿："苏鹏，我看见苏鹏了……"

苏灿继续说："苏鹏是谁？"他的话里带着调侃，又不全是，似乎还有一种悲伤的气息。

"是……是我丈夫……"那妇女喃喃地说，"他……他全身都是血，就在那里，在那里！"她说着两眼睁大，似乎充满了恐惧，手指着空荡的墙角。

苏灿却似乎很镇定："哦？那他为什么全身是血？"

那妇女站了起来，全身颤抖："是我，是我把他的刹车弄坏了，他就……他就……"

"他就怎么了？"苏灿继续问，话里已经没有了调侃，只是冷冰冰的字句。

"他……他就在那里！"那妇女开始惨叫，突然目光一转，看见了床边的苏灿，"你就是苏鹏！苏鹏！你……你要干吗？！"她一边尖叫一边扯自己的头发，把原本就已经蓬乱的头发揪得满手都是，十分吓人。

苏灿就笑了起来。笑声疯狂里带着绝望，回荡在病房里显得格外恐怖。

他突然收了笑，无视发狂的母亲，站起来走到门前，拉开门，用一种焦急的口气叫道："医生，医生快来！"声音像极了一个担心母亲的儿子，和之前的行为和笑声截然相反。

但他打开门，却看见了站在门口的欧阳和李穆。

苏灿说起了一个故事。有一个女孩，是名门千金，从小高傲，总觉得自己将来一定要嫁给一个白马王子才符合她的身份。她的父亲有很多学生，好几个都偷偷喜欢她，但是她一个也看不上。尤其是其中一个，虽然她的父亲很喜欢他，可她就是不喜欢。他总是盯着她看，看得她全身发毛。

她恋爱的时候，父亲很反对，因为她喜欢的那个男人和她的父亲从事着不同的事业，而且在很多观点上都是对立的。可是她就是喜欢他，他很阳光，不像有些人，总是在背后偷看她。

有一天，她和男友吃完晚饭在路口分了手，她走上一条寂静的小路。那天是阴天，天上连月亮也没有，她走着走着就觉得背后有人跟着她。她一回头，只觉得眼前一黑，然后就有人扑向了她，捂住了她的嘴……

等她醒来的时候，她发现自己躺在家里的床上，一边是哭泣的母亲。她只觉得全身酸痛，发生了什么，她大抵也能猜到，但是她万万没有猜到，那个捂她嘴的人，此时正跪在她父亲的面前。他说他很爱她，爱她到不能自拔，他是一时糊涂，他会娶她的，只有他才能给她幸福，因为现在的她已经不再是以前的那个女孩了……

她冲过去厮打他，恨不能把他活活咬死。她说她要去告他，让他坐牢！可是她的父亲却给了她一个耳光，说家丑不可外扬。这一巴掌，把她所有的尊严都打没了，她哭着去找她男友，可是他却冷冷地告诉她，以后不要再找他了。

她绝望地坐在地上时，那个男人出现了，他说他会一辈子对她好的。

她坐在那儿一直哭，哭到不再有眼泪。然后她站起身，昂着她高傲的头，看着眼前这个毁了她所有幸福的人，冲着他笑了起来。她说：“好吧，我嫁给你，既然你这么爱我……”

从那以后，她就不再哭了。她只笑，对所有人都笑。她在外面，徜徉在不同的男人怀里，每天都在夜深人静的时候回家。看着他一脸的憔悴，她还是笑，她说：“谢谢你等我，谁叫你这么爱我呢……”

她笑得很大声，比哭声还要大。在那所房子里，让所有人听了都全身颤抖。

“哈哈……苏，谁叫你这么爱我！哈哈哈哈……”

在扭曲的婚姻下，苏灿成了最悲惨的牺牲品。纵使他也恨父亲，却没想到自己的母亲有一天会亲手害死了他的父亲。他痛恨自己的母亲，痛恨像她那样婚后出轨的女人！连父亲死时，她都没去医院看一眼。等苏灿找到她的时候，她在酒店里慵懒地搂着一个面容清秀的男子，对他说：“哦，死了啊，那我就轻松了。”

欧阳没有想到，故事的背后还有这么多故事，但是显然苏灿比她淡定多了，他说：“现在你们知道了，就不会再来跟踪我了吧？”

“谁跟踪你了！”李穆反驳道，“我和欧阳是顺道路过！”

苏灿也不反驳她们的话：“那就好。”他说着抬眼看了看欧阳，“也许四年前我欠你一个理由，现在给你了。我还欠你一个道歉，现在也给你，对不起。现在的我已经回不到过去了。”他说着，起身准备离开。

“你以为我们欧阳还会稀罕你不成！”李穆替自己的死党抱不平，欧阳却咬着嘴角，一言不发。

“不用稀罕我。”他笑了笑，“是我自己装成我父亲的样子把我的母亲吓疯了的，一个害自己母亲的人，不值得任何人稀罕。”

“你……”李穆没想到苏灿会向他们坦白到如此地步。这下，连欧阳也有些吃惊了。

“我不想记起过去了。”他起身往前走，“如果要重新开始，我会找一个没人认识我的地方。”

在他不想记起的过去里，包含了欧阳。

她突然扬起嘴角笑了起来。曾几何时，他们连回忆都不愿意留存，宁可遗忘。

苏灿被拘捕的时候，欧阳并不意外。她只是没想到，这么快。是的，这么快，四年那么漫长，重逢的日子却那么短暂，她还没有回神，这个男人就又离开了。

赵非雅和其他几个女人，一起把苏灿给告了。他涉嫌感情诈骗。按照法律，涉案金额达到二十万以上，就算是金额巨大了。虽然他后面还有个公司，但是已经被他挥霍了不少，所以情况不是很好，一审判了七年。

欧阳就立刻想到了苏灿那天说的话，要去一个没人认识他的地方重新开始。得，监狱里确实没人认识他！

她突然想起，很早以前的一天，两人逛街逛累了，她缠着苏灿背自己回家。

背着她的苏灿突然说：“欧阳，我们以后会分手吗？”

“为啥这么说？”她当时不以为然。

“突然想到了。”他笑了一笑，“现在太幸福，有点不安。”

“啧啧，那你真是吃饱了撑的。”她撇嘴，拍了拍他，“有劲想这个，不如快点走，我要回家吃薯片！”

他加快了脚步：“那我要是被其他女人拐走了呢？”

“那我就把那个小三打到连她娘都不认识她，然后把你打得连我都不认识你。”欧阳叫嚣。

“不和我分手？”苏灿有些吃惊。

“对哦！”她把头靠在他的颈窝，贴着他的耳朵说，“我好像都没想过要分手哎！不行，不行，劈腿一定要分……”她话没说完，他扭头，堵上了她的嘴。

他看着她，笑了笑：“我希望，命运也不能把我们分开。”

三年后。

苏灿被保释出狱，沉重的铁门打开，他觉得外面的空气都有些陌生。又是一个阳光明媚的好日子，他抬手，遮挡了一下刺眼的阳光。

逆光中，他看见一个人。那个人走来，对他说：“嗨，你现在这样，没有以前那么贵了吧？”

“啊……”他突然不知道该说什么。

“我想了想，以前我救过你，你应该以身相许。”

“欧阳……”

“我觉得吧，有时候命运，也没那么牛……”

“你……”

“虽然你说不想记得过去，不过我琢磨着现在的我可比以前漂亮多了。你绞尽脑汁回忆，也绝对回忆不出这么好的我！”

“哈哈……”

“所以，我拉你走，还是你拉着我走？”

“我可以背着你走。”

“为什么？”

“因为今天阳光灿烂。”